「ま、ま、ま、魔族うううううぅぅぅぅぅぅ!?」
「に、人
んんん
っっっっっっっ!?」
役立たずと言われ勇者パーティを追放された俺、最強スキル《弱点看破》が覚醒しました

商人の身で勇者をしのぐ
活躍をしてしまった青年。
実はその身に《弱点看破》の
スキルを宿していた。
ウィッシュ
魔王軍の幹部だったが、
ウィッシュに負けたため追放。
基本ぽんこつで口は悪いが、
仲間思いな性格。
リリウム

辺境の村で暮らしていた少女。
料理が得意。
ノア
主神レピスの末娘。
人間に期待を寄せ過ぎたため
天界を追われ、
ウィッシュと出会う。
ミルフィナ

「ありがとう、ミルフィナ。
俺はもうビビらねぇ！
みんなを守ってみせる！」
俺は集中力を最大限に高め、
眼前の巨大生物を見つめた。
——その瞬間。
今にも襲いかかってきそうな
フォルニスの動きが、突如スローになった。

役立たずと言われ勇者パーティを追放された俺、最強スキル《弱点看破》が覚醒しました 1

追放者たちの寄せ集めから始まる「楽しい敗者復活物語」

迅 空也

HJ文庫
982

口絵・本文イラスト　福きつね

目次

プロローグ

「た、大変だ！　街にリリウム軍が攻《せ》め込《こ》んでくるぞ！」

住民たちが束《つか》の間《ま》の休息を楽しんでいる昼下がり――

街の城門を守る哨兵《しょうへい》が、危機を知らせる鐘《かね》を鳴らしながら大声を轟《とどろ》かせた。

「リ、リリウム軍だって⁉」

「魔王《まおう》軍の幹部じゃないか！」

難攻不落《なんこうふらく》の城塞《じょうさい》国家と呼ばれるリングダラム王国。その首都であるアストリオンに、40年振《ぶ》りに魔王軍が侵攻《しんこう》してきていた。

「この国はもう終わりだ……魔王軍に占領《せんりょう》されるんだ！」

「この子だけでもっ！　私はどうなってもいいから、この子だけは安全な場所にっ！」

「神レピスよ……どうか民を……弱き我らをお救いください……」

住民たちは慌《あわ》てふためき、ある者は混乱を煽《あお》り、ある者は子供の身を案じ、ある者は神に祈《いの》りを捧《ささ》げている。

街に混乱と恐怖《きょうふ》が渦巻《うずま》く中。

リリウム軍の方へ走る集団がいた――

「ふふっ。まさか、勇者の僕《ぼく》が居る街に、魔王軍の幹部が攻め込んでくるとはね。もしかして僕の存在を知らなかったのかな？　だとしたら、敵ながら可哀想《かわいそう》なヤツだ、ふふっ」

「レヴァン、嬉《うれ》しそうだな！　まぁ、相手は魔王軍の幹部様だ。討伐報酬《とうばつほうしゅう》のことを考えたら笑っちまうのも無理はねぇけど！　がはははッ！」

「勇者レヴァンは良いですが、ガリウスは緊張感《きんちょうかん》を持ちなさい。敵の総大将は、魔王軍でも最強と謳《うた》われている伝説の女魔族《まぞく》なのですよ」

「……ノエルの言う通り。深淵なる銀氷《アビス・アイス》リリウム……魔王軍幹部の中でも特に強大な力を持つと言われている存在……気を引き締《し》めて」

勇者レヴァン♂、聖騎士ガリウス♂、賢者《けんじゃ》ノエル♀、魔法使《まほうつか》いパル♀、そして――

「大丈夫《だいじょうぶ》！　俺《おれ》たち5人なら、どんな敵だろうがやれるさ！　住民のみんなを守るんだ！」

商人の俺（18歳《さい》♂）を含《ふく》めた、勇者レヴァンを中心とする5人のパーティーである。

「がははッ！　ウィッシュは商人なのに、なんか勇者みたいだな！　弱《よえ》ぇくせに！」

聖騎士ガリウスが豪快《ごうかい》な笑いを飛ばし、俺を茶化《ちゃか》してくる。

「……ウィッシュ、意気込《いきご》むのは勝手だけど、前衛はレヴァンとガリウスに任せなさい。

紙装甲《そうこう》のアンタが前に出て負傷したら、足手まといになるだけ」

魔法使いパルの厳しい忠告が飛んでくる。

「分かっていると思いますが、ウィッシュは負傷したら自分で回復薬を使用してください。貴方《あなた》の面倒《めんどう》を見る余裕《よゆう》はありませんからね！」

パルに続き、賢者ノエルにも辛辣《しんらつ》な言葉を浴びせられる。

「……ああ、分かってる。俺は素材を収穫《しゅうかく》して運ぶ役に徹《てつ》するよ」

それがパーティーでの俺の役割。

俺が活躍《かつやく》するのは戦いの場ではない。仲間が倒《たお》した敵から素材を剥《は》ぎ取り、ロープでまとめて運ぶ。荷物持ちとして、戦闘終了《せんとうしゅうりょう》後にパーティーに貢献《こうけん》するんだ。

しかし、なんだろう……魔王軍以上に、仲間からの攻撃性《こうげきせい》の高さを感じるぞ……。

「お喋《しゃべ》りはそこまでだ。門を抜《ぬ》けて街の外へ出たら、一気にリリウムのもとまで駆《か》け抜けるぞ。敵の総大将の首は勇者である僕が頂く。他の人間に手柄《てがら》を盗《と》られるわけにはいかない！」

勇者レヴァンの言葉を合図に、俺たち5人は走る速度を上げた。

――約1時間後。

街の外の平原に出て1時間が経過した今でも、俺たちはリリウムを発見できずにいた。

「クッソ！　リリウムめ、どこに居やがる！」

聖騎士ガリウスの苛立《いらだ》つ声が平原に響《ひび》く。

「……おかしい」

続けて、魔法使いパルが深刻そうな表情を浮《う》かべて呟《つぶや》いた。

「何か気になるのか？」

思慮《しりょ》深《ぶか》いパルの発言が気になったので、俺は間を置かずに訊《き》き返した。

「……ええ。リリウム軍は5000もの軍勢と言われている。でも、アタシの魔力《まりょく》感知に拠《よ》ると、この周辺には100ほどの魔族しか存在していない」

「他に奇襲《きしゅう》部隊を隠《かく》しているってことか？」

「……分からない。侵攻してきている魔王軍の魔族が低級な輩《やから》ばかりなのも不自然」

「魔族が、どうしたって？」

今しがた戦闘《せんとう》を終えた勇者レヴァンが問いかけてくる。その手に携《たずさ》えた剣《けん》の切っ先には、敵の緑色の血がベットリと付着していた。

「……今、レヴァンが倒した魔族も下級魔族《レッサーデーモン》」

「ああ。さっきから、この気味の悪い化け物ばかり相手にしている。弱点が無いらしく、一体倒すのも時間が掛《か》かる。面倒なヤツらだ」

パルの指摘《してき》通り、周辺に居るのは、見た目が魔物《まもの》に近い四足歩行の魔族だけである。身体の全身が茶褐色《ちゃかっしょく》で、頭頂部から二本の角が生えている怪物《かいぶつ》のような存在。大きな鉤爪《かぎつめ》と長い舌が特徴的《とくちょうてき》で、口からは毒々しい涎《よだれ》が滴《したた》り落ちている。

言葉を操《あやつ》ることができないので、知能も低いと言われている魔族の下級兵。

上級魔族《グレーターデーモン》に使役《しえき》されるために、俺たちの世界《レピシア》とは異なる魔族の世界から召喚《しょうかん》された存在と言われている。

「……さらにおかしいのは、深淵なる銀氷リリウムの存在。リリウムは、これまで人間の前に姿を現したことはない。でも、過去の戦いで捕《とら》えた上級魔族からの情報や国の伝承物に拠ると、膨大《ぼうだい》な魔力量を誇《ほこ》る至高の氷雪系魔法《まほう》の使い手だということは判明している」

「なるほど、近接戦闘タイプではなく遠距離《えんきょり》タイプの魔術師《ソーサラー》なのですね」

賢者ノエルも後方に注意を向けながら歩み寄ってきた。

「……ええ。でも、その膨大な魔力を、この周辺では全然感知することができない」

「そんなはずはない。召喚主である親玉が指揮を執《と》らなければ、低知能の魔族が群れをなして侵攻してくるのは不可能だ。リリウムは絶対に居る。それに、こいつらがリリウム軍なのは確定しているしな」

勇者レヴァンの言葉に間違《まちが》いはない。

全部で12の軍から編制されている魔王軍。12の軍は、それぞれ異なる幹部魔族が率いているのだが、侵攻してきているのが、どの幹部の軍隊なのかは見分けることができる。

魔王軍幹部は、自身のシンボルマークが記された旗や武具を兵隊に装備させたり、兵士の身体へ刻印したりして対外的に自らの威光《いこう》を示しているのだ。

旗や武具を装備した一般《いっぱん》兵士は見当たらないが、俺たちが戦っている下級魔族の身体には、なにやら氷の結晶《けっしょう》のような紋様《もんよう》が刻《きざ》み込まれている。

これがリリウムの軍であることの証左なのだ。

「……リリウムの軍であることは間違いない。でも、敵の総大将が、この戦域に出張ってきているとは考えられないってこと。なぜなら、リリウムほどの強大な魔力の持ち主が近くに居るのなら、この周辺に冷気が溢《あふ》れて草木も凍《こお》るはずだから」

そう言って、パルは周辺の景色を見渡《みわた》した。

平原は血塗《ちぬ》られているが凍りついてはいない。

気候も、寒気ではなく暖気を感じる。むしろ暑いくらいだ。

「リリウムが居ないなら、下級魔族を倒して素材集めするしかないんじゃねぇか？　下級って言っても滅多《めった》にお目にかかれないレア魔族だ。金になるぜ？」

聖騎士ガリウスが汗《あせ》を拭《ぬぐ》いながら、リーダーである勇者レヴァンの顔を見る。

「ふんっ、仕方ない。……おい、ウィッシュ、しっかり角を剥ぎ取っておけよ。一本足りとも獲《と》り逃《のが》すな。お前の唯一《ゆいいつ》の仕事だからな！」

「ああ、任せろ！　荷重《かじゅう》限界ギリギリまで獲《え》るぞ」

こうして俺たちは、リリウムではなく下級魔族に目標を切り替《か》え、戦闘を再開させた。


——2時間後。

リリウムの姿を確認《かくにん》することはできなかったが、2時間で下級魔族を6討伐《とうばつ》することができた。こういう計算も商人の俺がおこない、後々の戦闘におけるペース配分に役立てる。

伐採《ばっさい》用ナイフで素材を獲り終えた俺は、角を纏《まと》めて背負《せお》い込む。

「……ふう、そろそろ運べる量の限界だな」

呟いた直後——

突然《とつぜん》、アストリオン外壁《がいへき》上から空めがけて空砲《くうほう》が放たれた。

重低音を周囲に轟かせた空砲。その音と光景を確認した仲間たちは互《たが》いに顔を見合わせる。

勇者レヴァンが無言で頷《うなず》くと、仲間たちは一斉《いっせい》に戦闘区域から離脱《りだつ》した。

空砲の発生場所であるアストリオンまで全速力で駆ける俺たち5人。

「どうやらボルヴァーンを使用するみたいだな！　この国では初めてじゃないか？」

「そうだな。僕も自分の目で、あの最新兵器の力を見るのは初めてだ」

聖騎士ガリウスと勇者レヴァンの会話の中に出てきた単語――

ボルヴァーン。

人間が『ある者たち』の知恵《ちえ》を借り、開発に成功した対大物魔族用の最新火力兵器。火の魔素《まそ》を大量に使用するため連射はできないが、絶大な威力《いりょく》を誇るらしい。

「もし、軍にリリウムが帯同しているのであれば、絶好の機会ですね」

「……大幹部を仕留められれば、人間が魔王軍に対して完全に優位に立ったことになる」

色めき立つ俺たちは城門まで戻《もど》り、外壁上に設置された砲台《ほうだい》に注目する。

リングダラム王国のシンボルである三日月模様が施《ほどこ》された砲身《ほうしん》。その先端《せんたん》部分である砲口《こう》の照準は平原のリリウム軍に向けられていた。

平原にはリリウム軍しかおらず、人間たちは全員が門の周辺まで退いている。

……撃《う》つには絶好のタイミングだ。

唾《つば》を飲《の》み込む喉《のど》にも自然と力が入る。俺は息を呑《の》みつつ、その瞬間《しゅんかん》を待った。

そして、ボルヴァーンの発射準備が整った、まさにその刻《とき》――

リリウム軍の動きに変化が生じた。

リリウム軍が街とは逆方向に動き出したのだ。つまり、これは退散したということだろう。

「ウオォォォォ！」

「我々が勝利したぞおおおお！」

「魔王軍、恐《おそ》るるに足らず！」

退却《たいきゃく》するリリウム軍を確認した人間たちは大声で勝鬨《かちどき》をあげる。

俺たちは40年振りの魔《ま》王軍侵攻《おうぐんしんこう》を返り討《う》ちにすることができたのだ。

「なんだか中途半端《ちゅうとはんぱ》な魔王軍だったな。本当に深淵《アビス・アイス》なる銀氷リリウムの軍だったのかぁ？オレは不完全燃焼《ねんしょう》だぜッ」

魔王軍幹部の本隊なら、アストリオンは甚大《じんだい》な被害《ひがい》に遭《あ》っていただろう。それも、最強と謳われているリリウムが相手なら、国を滅《ほろ》ぼされていたとしても不思議ではない。

俺たち人類は、魔王軍に何度も国や都市を壊滅《かいめつ》させられてきた歴史があるのだ。

しかし、ここアストリオンは未《いま》だ魔王軍に対し敗北を許しておらず、今日の勝利で国の体制はより盤石《ばんじゃく》なものになるだろう。ただ、ガリウスの指摘通り、半端《はんぱ》感は拭えないが。

「住民たちに被害が無かったのが一番じゃないか。戦利品も一杯獲得《いっぱいかくとく》できたんだし、良しとしようぜ、ガリウス」

俺がガリウスに応え、安堵《あんど》の気持ちと達成感を噛《か》みしめていると……、

「きゃあああああああああああ！」

門の中——アストリオンの街から不穏《ふおん》な空気と悲鳴が漏《も》れ出てきた。

冒険者《ぼうけんしゃ》が外で戦闘している間に、魔王軍が街に入り込んでしまったのだろうか⁉

「助けないと！」

俺たちは急いで悲鳴のする方へ向かった。


現場に到着《とうちゃく》した時には既《すで》に人だかりができており、辺りは喧騒《けんそう》に包まれていた。

腰《こし》を抜かす若い女性に今にも襲《おそ》いかかろうとしている下級魔族。

そして、その様子を遠巻きに見つめる住民と冒険者たち。

「ん？　なんだなんだぁ？　こんなに人がいるのに、何で誰《だれ》も助けてやらねぇんだ？」

ガリウスの疑問に即答《そくとう》したのは勇者レヴァンだった。

「ふんっ、よく見てみろ。あの女は下級国民だ。助ける道理など、どこにもない。戻るぞ」

「おい、待てよ！　この状況《じょうきょう》でそんなこと言ってる場合か⁉」

「なんだウィッシュ？　勇者の僕に意見する気かい？」

「意見じゃない！　お願いだ！」

「却下《きゃっか》だ。僕の力は善良な住民のために行使されるものだ。断じて、あんな卑《いや》しい下級国民のために使うものではない。下級の魔族と下級の人間、お似合いじゃないか。ふんっ」

勇者レヴァンは女性を忌々《いまいま》しそうに見つめ、吐《は》き捨てるように言った。

——下級国民。

ここリングダラム王国において、特に恵《めぐ》まれない立場にいる人たちのことだ。経済的に貧しく、日々の生活を送ることさえ命がけと聞く。しかし、法的に下級国民という身分に置かれているわけではなく、一部の国民たちが差別的に使用している呼び方である。

「助ける相手の身分なんか関係ないだろ⁉」

「関係あるさ。だったら、みんなにも訊いてみよう。このパーティーのリーダーは勇者である僕だ。その僕にではなく、ウィッシュの考えに賛成の者はいるかな？」

レヴァンは仰々《ぎょうぎょう》しい物言いで、パーティーメンバーに訊《たず》ねた。

「私は勇者レヴァンの意向を尊重いたします。下級国民など捨て置いて問題ないでしょう」

「……アタシたちが下級国民の面倒を見る必要はない」

「だな！　貴族様ならともかく、下級国民を助けても金にならないしな、がははッ！」

ノエル、パルに続き、ガリウスも勇者の意見に従った。

「そうかよ！　だったら俺は一人で助けに行く！」

「ふんっ、お前ごときが一人で倒せるわけないだろう」

俺は勇者レヴァンの言葉を無視し、背負っていた素材を地面に下ろす。

伐採用ナイフを強く握《にぎ》り締め、その勢いのまま、下級魔族に襲われている女性のもとに駆け寄った。

「グギュルルルウウウゥゥゥゥ!!」

叫《さけ》び声《ごえ》とも唸《うな》り声ともつかない不快な声を上げる下級魔族。その大きな口からは長い舌が伸《の》びており、茶色いヘドロのような唾液《だえき》が地面に滴り落ちている。

「……だ、誰か……ッ！　誰か助けて……!!」

悲痛な叫び声を上げる女性の表情には絶望が滲《にじ》んでいた。

その一方――女性の表情とは対照的に、勇者レヴァンの顔にはショーのクライマックスを期待するかのような好奇《こうき》の色が浮かんでいる。

……同じ人間なのに……この『差』はなんなんだ……。身分や職業によって命の価値まで変わってきてしまうのか⁉

俺は、そんな価値観を認めたくない！

非力だろうが何だろうが、目の前で困っている人が居たら助けたい！　助けるんだ！

「うおおおおおぉぉぉ！」

俺は女性の前に飛び込み、ナイフで下級魔族の舌を切り裂《さ》いた。

「ギャギャルルゥゥウウウウウウゥゥゥゥ!!」

　四足歩行の茶褐色の化け物は大きな呻《うめ》き声を上げ、一歩二歩と後ずさった。

「――ッ!?　あ、あなたは!?」

「通りすがりの商人です！　ここは俺が食い止めますので、貴女《あなた》は逃《に》げてください！」

「あ……ああぁ……ありがとうございます……ッ！　で、でも、わ、私、腰を抜かしてしまって……た、立つことが……」

　女性は両足を震《ふる》わせ、地面に根が生えたようにペタンと座《すわ》り込んでしまっている。

　この状況、食い止めるだけじゃダメだ！　倒しきらないと！

　……でも、俺だけでやれるのか!?　勇者レヴァンでさえ、ソロではなくパーティーで対処するような敵だ。普通《ふつう》に考えたら、商人の俺が一人で勝てる相手じゃない……。

「…………ふんっ」

　遠くで腕組《うでぐ》みをしながら不満げに様子を見つめる勇者レヴァン。

　俺のことを鼻で笑う姿が目に飛び込んでくる。

　これは俺が選んだ戦いだ。仲間の助けは期待できない。俺が自力で何とかするんだ！

　絶望的な状況だろうが、窮地《きゅうち》を脱《だっ》する方法はあるはずだ……ッ!!

　戦闘能力で劣《おと》る俺は頭を働かせるしかない。それも、脳が擦《す》り切れるほどに。

注意深く敵の様子を窺《うかが》う。

「ギュウウウウウウゥゥゥ」

下級魔族は先程《さきほど》とは異なる声質で唸っているようだ。俺に舌を裂かれたことで怒《いか》りの感情を出しているのだろう。

「……どこかに弱点はないか⁉」

女性だけでなく、俺自身の命も窮地に陥《おちい》っている状況。

俺は冷静に敵の情報を探《さぐ》ることに神経を集中させた。

――直後。

突然、下級魔族の両目の間……眉間《みけん》に位置する場所が鈍《にぶ》く光った。

「な、なんだ⁉　こいつ、魔法を使えるのか⁉」

そんなはずはない！　レヴァンたちとの戦闘では単純な物理攻撃《こうげき》しかしていなかった。

魔法発動の予備動作じゃないとすれば、あの光はなんなんだ⁉

思考がまとまらない中、下級魔族は標的を女性から俺に切り替え、襲いかかってきた。

下級魔族の鬼気《きき》迫《せま》る形相。

地面を這《は》うような長い舌が迫《せま》ってくる。

「――ッ‼　やるしかねぇ！　喰《く》らいッ、やがれぇぇぇぇぇぇぇぇ！」

眼前に迫る、鈍く光る点。

敵の眉間の一点に視線を集中させ、俺はナイフを突《つ》き立てた。

光を発する部位にナイフの切っ先が突き刺《さ》さり――

直前まで怒り狂《くる》った声を上げていた下級魔族は、断末魔《だんまつま》の叫びを上げることなく地面に崩《くず》れ落ちた。周囲に緑色の血飛沫《ちしぶき》と茶色い唾液の混合液を飛び散らせて……。

商人渾身《こんしん》の一撃《いちげき》が致命傷《ちめいしょう》となり、怪物は静かにその場で息絶えていた。

「…………はぁはぁ。良かった……ラッキーだったが、なんとか女性を守れた……ぞ」

決死の戦闘を終えると、周囲の喧騒が一段と大きくなっていく。

「だ、誰だ、あのナイフ使い！」

「有名な冒険者様なのか⁉」

「もしかして、勇者様⁉」

恐怖に身を竦《すく》めながら一部始終を見ていた民衆たちの声だ。

その中でも一際《ひときわ》大きな声が耳元に届いてくる。

「マ、マジかよ⁉　ウィッシュのヤツ、一人で倒しちまったぜ⁉　しかも一撃で……‼」

聖騎士ガリウスの驚《おどろ》きの声。

その隣《となり》では、勇者レヴァンの舌打ちする様子が見えた。

一章　ウィッシュ追放される

「ウィッシュ、お前は僕のパーティーに要《い》らない。出ていけ」

リリウム軍のアストリオン侵攻の翌朝。

勇者レヴァンに酒場に呼び出された俺は、突然、パーティーからの解雇《かいこ》を告げられた。

「……は？　急に何を言って……」

「がっはっは！　今の状況が理解できないのか、ウィッシュ？　そんなんじゃ、この先、商人として一人でやっていけないぞ？」

酒場には昨日の戦利品の確認と祝勝会を兼《か》ねて、パーティーメンバー全員が揃《そろ》っている。

聖騎士ガリウスは俺を小馬鹿にすることはあっても嘘《うそ》を言ったりはしない。

「……知能が低いのが原因」

魔法使いパルも俺へ強く当たることはあっても冗談《じょうだん》は言わない。

「パルよ、そうハッキリ言ってやるな。がっはっは！」

ずっと一緒《いっしょ》にパーティーを組んできた仲間だ。こいつらのことは分かっている。分かっているつもりだったのに……。

「ウィッシュ、お前にも分かるように説明してやる。僕のパーティーに、お前のような役立たずは要らない。そう言っているんだよ！」

「や、役立たず……？」

「お前は、これまでギルドの依頼《いらい》や魔物の討伐で戦果をあげてきたかい？　あげてないだろう？　お前の『名前』が示す通りにさ！」

名前——

俺の名前はウィッシュ。ただのウィッシュ。それだけ。

国に多大な恩恵《おんけい》をもたらした冒険者には、名前のほかに姓《せい》を名乗ることが許される。

勇者レヴァン＝ルークス。

聖騎士ガリウス＝ノルデンシェルド。

賢者ノエル＝ローゼ。

魔法使いパル＝コレナ。

俺以外の４人は全員が姓を持っている。

俺だけは国にも冒険者ギルドにも認められていない。同じパーティーで活動していたのに俺だけが認められていないのは、単純に俺の力量不足ということだ。

レヴァンは、そのことを指摘しているのだろう。

「ああ、その通りだよ。俺はレヴァンたちと違《ちが》って、自慢《じまん》できるような功績も勲章《くんしょう》もない。でも、なんで今さらそんなことを言うんだよ⁉」

「今さら？　今までは荷物持ちとして仕方なく置いてやっていたんだ。主力メンバーが身軽になって、戦闘に集中できるようにな」

「がっはっは！　おかげでオレたちも戦いやすかったぜ？」

「なら、なんで……」

「荷物持ちが分をわきまえず、勇者の僕に意見するからだ！　卑しい下級国民を助けたくらいで調子に乗るなよ？　僕は世界を守っているんだ！」

「レヴァンの言う通りです。私たちのパーティーは勇者レヴァンの活躍があってこそ成り立つのです。商人風情《ふぜい》が勇者の真似事《まねごと》をするのはパーティー全体の士気に関わります」

俺の後方で佇《たたず》んでいた賢者ノエルからも、非難の声があがる。

「そういうことだ、ウィッシュ。お前は僕のパーティーに必要ない。むしろ邪魔《じゃま》だ」

「………ガリウスやパルも同じ意見なのか？」

「ああ。オレは正直に言うと、商人をパーティーに入れるのは最初から反対だったんだ。勇者パーティーなんだから、戦闘に特化した冒険者を入れるべきだってな」

「……アタシもレヴァンたちと同意見。お金《ルピ》は既に貯《た》まっている。これ以上増やす必要はない。今アタシたちに必要なのは、強いパーティーメンバー」

そうか……そうなのかよ……。

「お前の手持ちルピは全部置いていけよ。それは僕たちパーティーのモノだからな。まぁ、お前の持っている小汚《こぎた》ないナイフはくれてやろう。それが僕たちパーティーからの餞別《せんべつ》だ」

「がっはっは！　良かったなぁ、ウィッシュ」

「……本当に俺とレヴァンたちは、これでお別れなのか？」

俺はウエストバッグに入っていたルピをテーブルに置き、念を押《お》すように訊ねる。

「ああ。実は、ずっと新メンバーが居たんだが……気づかなかったのか？　ふふっ」

「え？」

「ニーザ。一応、パーティーメンバーの入れ替わりだ。挨拶《あいさつ》くらいはしておけ」

レヴァンは酒を呑みながら、誰とも分からない相手に対して呼び掛けた。

この酒場には俺を含めて5人しかいないはずなのだが……。

俺はそう思っていたのだが、酒場の片隅《かたすみ》から黒い影《かげ》が、すぅーっと浮き出て、次第《しだい》に輪《りん》郭《かく》を露《あら》わにしていく——

やがて影は人の形になり、物体として存在していることを俺にアピールしてきた。

「我ハ、ニーザ＝ナクス。暗殺者也《アサシンナリ》」

人の形になっても黒く朧《おぼろげ》気な印象を醸《かも》し出している不気味な存在。フードで顔を隠したまま、低音で自己紹介《しょうかい》してきた。

——暗殺者。戦闘のプロフェッショナルだ。特に1対1の戦闘では驚異的《きょういてき》な強さを発揮する。その上、諜報《ちょうほう》活動やパーティーメンバーを緊急的《きんきゅうてき》に離脱させる能力も保有している。商人に比べて遥《はる》かに戦闘に特化した冒険者だ。

「……これで、本来のアタシたちの目指す勇者パーティーが完成した」

「なるほど。俺の居場所は本当にないってことか……」

「そういうことだ。だが、安心しろ。お前が他国へ商売に赴《おもむ》く際は、僕たちが護衛として守ってやるさ……暇《ひま》だったらな。ふふふっ」

「がっはっは！　良かったな、ウィッシュ」

様々な感情が押し寄せてくる。

「……ああ……いろいろ世話になったよ……じゃあな」

その場にいるのが辛《つら》くなってきたので、俺は逃げるようにして酒場から出た。

「よぉし！　今日はニーザの歓迎《かんげい》の宴《うたげ》だ！　僕たちの本当の門出《かどで》に乾杯《かんぱい》しよう！」

「おう！　かんぱーい！」—「……ごくごく……ふぅ、今日のお酒は一段と美味！」

「これで私たちパーティーの活動も安定しますね！」

レヴァンたちの賑《にぎ》やかな声が俺の耳に届いてくる。

こうして、お金も帰る場所もなくなった俺は、一人、新たな門出を迎《むか》えることになった。


行くあてはなかったが、前を向いて歩くしかない——

気持ちを立て直し、歩き始めた俺だったが、

「あ、あの、すみませんっ」

後ろから急に声を掛けられた。

「あ、あなたは……」

振《ふ》り返ると、そこには若い女性が裸足《はだし》姿で立っていた。

「昨日は助けて頂き、本当にありがとうございました」

女性は深々とお辞儀《じぎ》をして、俺に感謝の意を伝えてくる。

昨日、俺が街中で下級魔族《レッサーデーモン》から助けた女性だ。

服が所々汚《よご》れていたり、糸が解《はつ》れていたりするのは襲撃《しゅうげき》のせいではないだろう。

彼女《かのじょ》の苦労が痛いくらいに伝わってくる。

「あ、えっと」

「お怪我《けが》はないでしょうか？」

「だ、大丈夫です。このとおり、ぴんぴんしてます！」

胸を叩《たた》いて無事をアピールしてみせた。

本当に心配しなきゃならないのは俺じゃない。目の前の彼女のほうだ。

「それなら良かったです。貴方が助けに来てくれなかったら、私は今ここにいません。私を見捨てずに助けてくれたこと、どうしても、直接お礼を言いたかったのです」

「気にしなくていいですよ。俺は自分の信念に従って行動しただけですから」

……そうだ。だから、俺は俺の行動に後悔《こうかい》はしていない。その結果、パーティーを追放されたのだとしても、悔《く》いはないんだ。

「本当にありがとうございます。私では大したお礼ができず、申し訳ないのですが……」

女性は沈痛《ちんつう》な面持《おもも》ちで地面に視線を落とした。

「それも気にしないでください。俺は報酬《ほうしゅう》が欲《ほ》しくて貴女を助けたわけじゃありませんから。ただ……」

「……？」

――貴女が幸せに笑ってくれたら、それでいい。

そう言おうとしたが、俺は言葉に出すことができなかった。

「ごめんなさい……なんでもない……です」

「？　……そうですか。この度のこと、改めてありがとうございました。冒険者様の未来に光あらんことを」

女性は恭《うやうや》しく一礼すると、レピス教の定型句を告げ、立ち去って行った。

「レピス教の信者だったのか」

存在しているかどうかも分からない神レピス。その神様を信奉《しんぽう》し、崇拝《すうはい》する人間は多い。

本当に神レピスがいるのなら、あの女性の現状を放置しておくはずがないと思うのだが……。もし存在するなら、神様ってのは薄情者《はくじょうもの》に違いない。

俺は無責任に心の中で悪態を吐《つ》く。

しかし、考えれば、俺だって薄情者なんだ。この国に居場所がない人々に対して何もしてないし、何もできずにいる。

「そもそも、俺自身が居場所も失ったわけだしな……ははっ」

自然と乾《かわ》いた笑《え》みが零《こぼ》れてしまう。

誰かを救いたいなら、まずは自分の生活基盤《きばん》を安定させないとな！

新たに芽生え始めた目標を胸に、今度こそ本当に一人だけの冒険《ぼうけん》を開始させる。

◇◆◇◆◇◆◇◆◇◆◇◆

人々に感謝される商人になりたい——

そう夢に描《えが》いて、俺は田舎《いなか》の村を飛び出して商人になった。

しかし、現実は自分の理想通りの展開にはならない。昨日の行動によってパーティーを追放されたとしても、それが今の俺にとっての現実なんだ。でも……。

俺は平和な街通りを歩きながら昨日のことを考えていた。

「……あの光は一体なんだったんだろう？」

下級魔族の眉間に突如《とつじょ》現れた小さな光。

戦闘終了後、パーティーメンバーに訊いても、「そんな光は見ていない」「お前の幻覚《げんかく》だ。敵を倒せたのも何かの偶然《ぐうぜん》に違いない」と言われて、信じてもらえなかった。

あの光に導かれるままナイフを眉間に突き刺したら、下級魔族が絶命したんだ。倒せたのは本当に偶然なのだろうか？　まぁ、どちらにしても、

「俺は商人だ。魔族や魔物を倒すのが役目じゃない」

祖父から受け継《つ》いだ愛用のウエストバッグに手を当て、昔からの憧《あこが》れに想《おも》いを馳《は》せる。

「……祖父《じい》ちゃん。俺、祖父ちゃんのような立派な商人になって、この世界《レピシア》をもっと豊か

にするんだ。生活する土地、職業、身分によって格差が出ないような世界に……」

俺の生まれ育った村は、世界《レビシア》でも田舎に位置する場所にあり、日々生活するだけでも不便に感じることが多かった。しかし、国の首都であるアストリオンは、別世界のように文明が発達していると祖父から教わっていた。

不自由さを解消させるには、自分たちで新たなモノを作り出すか発展している地域の文明を取り入れるかしかない。

俺に文明を作る力はない。だけど、便利な道具や技術を流通させることはできるかもしれない。そう考えて、俺は祖父と同じ商人の道を選んだ。

「すべての人間に恵みが行き渡《わた》れば、田舎の父さん母さんの生活だって安定する。それに……あの女性だって……」

心機一転。俺は気持ちを入れ直し、ウエストバッグをポンッと叩く。

物や地面などと触《ふ》れた際、時折、キュッキュッと不快な音が出る不思議なウエストバッグ。

祖父も親から受け継いだものらしい。元は俺のひい祖父ちゃんが使っていたモノだから、既に50年以上に亘《わた》り活躍している年代物だ。大事に使っていこう。

◇◆◇◆◇◆◇◆◇◆◇◆

パーティーを追放されて独りになった俺《おれ》は、街の商人ギルドを訪《おとず》れていた。

「はい、ウィッシュ様ですね。本日はどういったご用件でしょうか」

商人ギルドの受付員である女性の丁寧《ていねい》な挨拶。彼女の明るい挨拶にも、なんだか優《やさ》しさを感じてしまう。独りになったことで、余計に人との接触《せっしょく》に温《ぬく》もりを抱《いだ》いてしまうようだ。

「えっと……今まで加入していた冒険者パーティーを抜けたんで、その報告に来ました」

冒険者――自らの意志で魔王《まおう》軍討伐を成《な》し遂《と》げようとする者たち……の総称《そうしょう》だったのだが、魔王軍の活動が沈静化《ちんせいか》してきている現在においては、魔物《まもの》討伐《とうばつ》や旅行者の護衛、物資の収穫や納品などをおこなう人間のことを指すことが多い。

ギルドは、冒険者への依頼を一括《いっかつ》で管理し仕事を割《わ》り振っている組織である。

「フリーランスの申請《しんせい》ですね、かしこまりました。少々お待ち下さい」

女性は慣れた手付きで書類を用意し、必要な箇所《かしょ》に記入する。

どの職業《クラス》であっても、パーティーに加入した時と脱退《だったい》した際には、自身が所属している職業ギルドに届けを提出する必要がある。ギルドに登録している人間が、現在どのような立場で、どこのパーティーで、どんな活動をしているのかをギルド側が把握《はあく》するためだ。

フリーの商人になった場合、ギルドを通して仕事を紹介されたり、冒険者パーティーへの斡旋《あっせん》をされたりもする……優秀《ゆうしゅう》な商人なら。

俺はフリー申請を済ませ、新たに発行されたカード型の手形を受け取る。

手形は大事な身分証明書だ。これがなきゃ仕事できないし、宿にも泊《と》まれない。

失くさないように大事に仕舞《しま》い、俺は商人ギルドを後にした。

「さぁて、これからどうしようかな。なにはともあれ、お金を稼《かせ》がないと！　まぁ……商人ならルーヴィッチを拠点《きよてん》にするのが効率的だよなぁ。あそこは、ここアストリオンと違って商人が中心となって活動している国だし」

リングダグラム王国の首都アストリオンは冒険者の街とも呼ばれ、様々な戦闘系の職業が集まり、討伐依頼《とうばついらい》をこなしている。戦士ギルドの本部もここに置かれている。

俺がさっき寄ったギルドは商人ギルドの支部だ。商人ギルドの本部はニーベール共和国の首都ルーヴィッチにある。王政ではなく共和制なので、税率も公平で商人が活動しやすいと言われている。徴税《ちようぜい》や貢納《こうのう》もないそうだ。

……と、いうことで、

「よし！　ルーヴィッチを目指そう！」

しかし、目的地は決まったものの、俺には危機的な問題が未だ残されている。

……金《ルピ》がない。このままでは、ルーヴィッチへの道中で野垂れ死ぬ。

と、いうことで、無一文の俺は旅立ちの前に街の教会へ行くことにする。

教会は聖職者が祈《いの》りを捧《ささ》げるだけでなく、神に仕える職業のギルドの役割も担《にな》っている。

条件を満たした場合、転職などの手続きもできる。お布施《ふせ》が必要になるとかで、転職は色々とハードルが高いらしいが……。

結局、世の中、何をするにしても金《ルピ》である。


教会に着き、俺は純白の扉《とびら》を開け、厳《おごそ》かな雰囲気《ふんいき》のある内部へと足を踏《ふ》み入れる。

「すみませーん」

静寂《せいじゃく》に包まれた教会内は、誰一人《だれひとり》いない物静かな空間である。

40年振《ぶ》りの魔王軍侵攻で、教会の司祭様《プリースト》も忙《いそが》しいのだろうか。

数分経《た》って、司祭様と思《おぼ》しき女性が奥《おく》の扉から現れた。

「…………おや？」

司祭様は俺の姿を確認すると、どういうわけか一瞬《いっしゅん》だけ目を見開かせた。

「へ？」

俺の目的が見抜《みぬ》かれてしまったのだろうか。

「い、いえ、なんでもありません。こほんっ、憐《あわ》れな子羊よ、レピス神を崇拝する我ら教会へ、よくぞおいで下さいました。レピス神の赦《ゆる》しと愛を受け取りに参られたのですね」

世界《レピシア》やお金《ルビ》の名前の由来にもなっている神レピス。そのレピスを信仰《しんこう》しているのがレピス教であり、全人口の９割が信仰していると言われている。

「いいえ、違います」

しかし、俺はレピス教信者ではない。懺悔《ざんげ》などしている時間はないのだ。

「そうですか。見たところ聖職者ではないようですが……転職を望まれるお方でしょうか」

「いいえ。私は遥か西方にあるルーヴィッチの街に旅立つ決心をいたしました。長年暮らしたアストリオンの地に別れを告げるため、神レピスに報告に参った次第であります」

「おお！　それは良い心がけです！　神レピスも、さぞお喜びになることでしょう！　使徒ナルランのお導きに感謝いたします」

レピス教徒ではない俺には、司祭様の言葉の意味が全然わからなかった。

俺の目的は神レピスへの報告などではない。

「……私の長い旅には様々な困難が待ち受けていることでしょう。神レピスの御加護《ごかご》があれば、長く過酷《かこく》な道中も乗り越《こ》えることができましょう」

「なるほど。貴方《あなた》のルーヴィッチへの旅は巡礼《じゅんれい》の行いなのですね。それでは、当教会も敬《けい》虔《けん》なる信徒に神レピスの恵みを授《さず》けましょう」

俺は司祭様から神の恵み――お金《ルピ》を手渡《てわた》される。

「神レピスの御慈悲《ごじひ》に感謝いたします」

お金《ルピ》には希少な光の魔素が組《く》み込《こ》まれており、それだけで本当に神の恵みとも捉《とら》えられる貴重な物だ。そして、巡礼に旅立つ信徒は、教会から3日分の生活費にあたる3000ルピを無償《むしょう》で受け取ることができるのだ。

この3000ルピは、「旅の目的地に着いたら、その街の教会に還《かえ》す」という決まりがある。正直、バックレてもバレないわけだが、信心深い者たちは罰当《ばちあ》たりなことをしないという、性善説に基づいたシステムである。

俺にしたって、ルーヴィッチまでの道中で金を稼いで還すつもりでいる。

この3000ルピは街を出発するための資金なんだ。

「ん？　司祭様……これは？」

司祭様は神の恵みだけでなく、なにやら液体薬のようなものを追加で授けてくれた。

「これは教会の修道士たちが精製した滋養《じよう》薬です。長旅になるでしょうから、疲《つか》れた時にお飲みください。『魔』を打ち払《はら》う効果も期待できますよ」

「ありがとうございます！」

俺は改めてレピス教会の司祭様にお礼を言い、教会をあとにした。

教会を出る際、司祭様が何か呟《つぶや》いていたような気がする。

「……貴方には、なにやら大きな光を感じます。いずれ、数奇《すうき》な運命に巻き込まれることがあるやもしれません。どうか、神レピスの加護を信じ、乗り越えていってください。貴方の未来に光あらんことを――」

二章　魔王軍幹部リリウム

魔王ザイオン——

名前だけは人間たちにも知れ渡っているが、文献《ぶんけん》にも出てこない存在であり、今ではその存在自体が疑問視され始めている。

名前の出処《でどころ》も不明。小さな子供たちの間で勇者と魔王ごっこなる遊びを行う際、子供たちが勝手に名付けたものだとも言われている。そのくらい不確かな存在。

昔と比べて冒険者の活動内容が変化したとはいえ、最終目標が魔王討伐《まおうとうばつ》であることに変わりはない。魔王の存在は不明だが、人間たちと敵対する魔王軍と呼ばれる組織は間違《まちが》いなく存在するのだ。昨日アストリオンに侵攻《しんこう》してきた、大幹部リリウムなどの上級魔族《グレーターデーモン》が中心となって編制している軍隊である。

人間を滅ぼすために魔族の世界からやってきたらしいが、こちらも詳細《しょうさい》は不明。

……魔王軍とは、いったいどんな奴《やつ》らなのだろう。

「そもそも、リリウムって奴がアストリオンに攻《せ》めてこなければ、俺の冒険者としての日常は壊《こわ》されずに済んだんだ」

アストリオンを出発し、ルーヴィッチを目指す道中で魔王軍幹部に文句をぶつける。

「…………」

……いや、そうじゃないな。

魔王軍侵攻も確かに原因の一端《いったん》ではあったが、元々、勇者パーティーに俺の居場所は無かったんだ。新たな人生の一歩を切ることができたのだとしたら、むしろ良かったとも言える。

リリウム軍からの被害《ひがい》は、街の一部の建物が破壊《はかい》されただけで人的被害はゼロとのこと。住民は全員無傷だったのだ、冒険者を含《ふく》めて。

「これが俺の進むべき道だ。変えるのは過去じゃない…………未来だ」

雲ひとつ無い澄《す》み切った平原で、一人、隣国《りんごく》の都市への旅という冒険に出る俺。

そんな旅の道中——

「おおおおおおっ！　1ルピ金貨発見っ！　マジかぁ、ツイてる！」

平原に作られた道の片隅で、俺は光る物体を発見した。

1ルピ金貨は100ルピの価値がある。2食分の飯を手に入れた計算だ。

俺の冒険、幸先《さいさき》良いスタートが切れたようだ。この調子でルーヴィッチを目指そう！

◇◆◇◆◇◆◇◆◇◆◇◆

ウィッシュが道端《みちばた》で小さな幸運と巡《めぐ》り合っている頃《ころ》——

「まったく！　なんで私が人間の街に攻め込まなきゃならないのよ！　おかげで大変な目に遭《あ》ったわ！　家を氷漬《づ》けにしちゃった後、ママに叱《しか》られた時くらい怖《こわ》かった！」

魔王軍幹部、深淵なる銀氷《アビス・アイス》リリウムは魔王城へと帰還《きかん》していた。

世界《レピシア》の最南端《たん》の孤《こ》島《とう》に、ひっそりと建つ魔王城。

人間たちには秘匿《ひとく》され続けてきた魔王軍の本拠地《ほんきょち》であり、リリウムの生活する場所でもある。城の周辺には霧靄《ミスト》系の魔物《まもの》が吹《ふ》き出す白い陽炎《かげろう》のような物質が飛散しており、漆黒《しっこく》の魔王城を覆《おお》い隠《かく》すように包《つつ》み込んでいる。

リリウムは光沢《こうたく》感溢《あふ》れる布生地で作られた服に身を包み、城内の薄暗《うすぐら》い回廊《かいろう》を歩く。

リリウムのミニスカートのようにも見える下半身衣装《いしょう》は、後方部だけマントのように地面近くまで垂れ下がっているのが特徴的《とくちょうてき》だ。全体的に銀を基調とした服、そして、雪の結《けっ》晶《しょう》を彷彿《ほうふつ》とさせるようなデザインの髪飾《かみかざ》りからは寒々しいオーラが放たれている。

「そもそも、このボロ城の修復工事も途中《とちゅう》だってのに……人間なんか放っとけばいいのよっ。じいさん世代の喧嘩《けんか》を今の世代に持ち込むなって話よね……ったく、ぶつぶつ」

リリウムは文句を漏《も》らしながら城内の薄暗い通路を抜《ぬ》け、紅《あか》い絨毯《じゅうたん》が敷《し》かれた大広間に到着《とうちゃく》した。

大広間は地面に敷かれた紅《くれない》の絨毯だけが目立つ色で、壁《かべ》やら置物やらは全てが暗い色を放っている。紅の絨毯も、人間の生き血で着色したもので、ところどころ黒ずんでいる。

リリウムは、この暗澹《あんたん》とした大広間が嫌《きら》いだった。

理由はデザインや受ける印象だけではない。

「リリウム、ただいま帰還いたしました」

大広間にはリリウムの他に、12の幹部魔族が各々《おのおの》好き勝手にたむろしている。

「おやおや、リリウムさん。これはまた随分《ずいぶん》と早い帰還でしたね」

リリウムの帰還報告に真っ先に反応したのは、魔王軍の総指揮官ドワイネル。老夫のような老獪《ろうかい》さを持った老魔術師《まじゅつし》である。

ドワイネルの皮肉に、周囲の幹部は薄《うす》ら笑《わら》いを浮《う》かべ、リリウムに向けて嘲《あざけ》るような視線を突き刺している。

リリウムは、この魔王軍幹部たちのことが嫌いだった。

「……っぐ」

歯を食いしばりながらリリウムは嘲笑《ちょうしょう》に耐《た》える。

魔王軍の幹部は貴族階級に生まれた者たちで構成されており、平民出身のリリウムは何かと目の敵《かたき》にされることが多かった。魔族の貴族は強大な力を祖先から受け継いで誕生するので、通常は平民に戦闘《せんとう》能力で負けることはない。

リリウムは努力の積み重ねによって、自らの地位を勝ち取ってきたという経緯《けいい》がある。

「仕方ありません。相手は、あのリングダラム王国の城塞《じょうさい》都市アストリオンです。リリウムさんには少々荷が重かったようですね」

リリウムの美しい蒼《あお》色の長髪《ちょうはつ》は腰《こし》まで伸《の》びており、通常時には毛先から頭部までの４分の１までが白銀のグラデーションになっている。

しかし、リリウムの怒りや興奮といった感情により、髪《かみ》が変色するという性質がある。怒りが臨界点に達した時、髪全体が頭部に至るまで白銀に輝《かがや》くのである。

「むむむむぅ」

不満そうに唸《うな》り声《ごえ》を漏らすリリウム。その髪は鮮《あざ》やかな銀色に染まっていた。

「おやおや？　まったく、氷雪系魔《ま》法《ほう》の使い手だというのに、相変わらず怒《おこ》りっぽいんですから…………リリウムさん、なにか申し開きすることがあるのですか？」

ドワイネルは努めて優しい口調でリリウムに問いかけてくる。

「……いえ、ありません。ですが、なぜ今回の侵攻の役目は私だったのですか⁉　他にも戦いたい幹部は大勢いたでしょう！」

リリウムは内政を担当する幹部である。人間との戦闘経験はなく、今回が初めてだったのだ。魔族の世界である魔界《ヘラ》では同族から戦闘力《せんとうりょく》の高さを買われ、最強の存在として名を轟《とどろ》かせていたリリウム。

しかし、リリウムは、この世界《レピシア》に来てからは自らの戦闘能力を発揮できずにいた。それは現在の世界《レピシア》がリリウムにとって不都合《ふつごう》な環境《かんきょう》となっており、戦闘能力を大幅《おおはば》にダウンさせられているからである。

そのことは、もちろんドワイネルたち幹部も知っており……。

「今回の侵攻の目的――それはですね……リリウムさんが、この魔王軍で『使える』のか『使えない』のかを改めて確かめるためですよ。フォッフォッフォッフォ」

ドワイネルは目を細め、リリウムを舐《な》め回すように見つめた。

「……えっ」

「リリウムさんは、もう何十年も魔王城に引きこもって居られますよね？　もしかすると、腕《うで》が鈍っているのではないかと、我々も心配していたのです」

「ご、ご心配なく！　私は事務作業が好きですし、なにも問題ありません！」

「おやおや？　それは本当ですか？　戦闘にも問題ないと？」

「……うぅ」

「ボルヴァーンも問題ないと？」

「べ、別に、あんなオモチャ、た、大したことっ……!!」

人間たちの作り出した最新火力兵器ボルヴァーン――

氷雪系のリリウムにとって最悪の兵器であり、今のリリウムの状態であれば、一撃掠《いちげきかす》っただけで肉体も精神も吹き飛んでしまうほどの威力《いりょく》がある。

「ふぅむ？　では、なぜ先の戦闘、ボルヴァーンの発射が準備された段階で退いてしまったのですかな？　我々としては、アストリオンのボルヴァーンを一基でも破壊《はかい》してきて頂けると、ありがたかったのですが」

もちろんリリウムに破壊できるはずがない。命からがら逃《に》げ戻《もど》ってきたのである。

「私が真の実力さえ出せたら、あんなオモチャ……ッ！」

「リリウムさん、強がりを言うのは止《や》めにしましょう。リリウムさんの『今の』状態は我々も重々承知しています。ですから、私としては、これからリリウムさんには別の役割を担ってもらおうかと考えているのですよ」

ドワイネルが、とうとう本題を切り出す。

「別の……役割？」

「ええ。魔王軍の幹部ですと、人間の冒険者《ぼうけんしゃ》との戦闘に赴く必要があります。今のリリウムさんには大変過酷なミッションでしょう。特に今回のように、勇者を相手にすると命の危険性もあります」

「ゆ、勇者……ごくり」

「ですので、リリウムさんには新しい働き場を用意いたしました！　リリウムさんが、伸び伸びと自分の能力を全力で発揮できる仕事場です！」

ドワイネルは急に優しい口調になり、リリウムの昂《たかぶ》った気持ちを冷やしてきた。

その言葉に釣《つ》られるように、リリウムの髪は透《す》き通った元の蒼色に戻っていく。

「幹部を退いて、別の地で働けってことですか？」

「その通りです！　もし、それが嫌《いや》でしたら、魔界にお戻りになられても良いですよ？

私が特別に進言してあげます」

「い、いえ！　まだ魔界には戻りません！」

この状況《じょうきょう》で魔界に戻ったら、リリウムの立場は酷《ひど》いものになる。

レピシアに侵攻してきている魔王軍は、レピシアでの活動や功績により、魔界に戻った際の上流階級が保証される。

逆に、リリウムのように失態を犯《おか》して魔界に帰還した場合、下級魔族《レッサーデーモン》より下のゴミとして扱《あつか》われてしまうのだ。

「それではリリウムさんには、これからリーストラ城の主《あるじ》としての任務を授けます。リーストラ城は地域の要衝《ようしょう》であるバルデ領にあります。冒険者たちが、この要衝を拠点にする前に我々魔王軍が、このバルデ領を占領《せんりょう》するのです。そのための根城として使用してください。強力な配下も多数用意しておきます」

つまり――

リリウムは幹部からダンジョンのボスクラスに降格させられた、ということである。

リリウムにとっては二度目の降格であり、行き先はバルデ領という辺境地域。

どうみても左遷《させん》の意味合いが強かった。

幹部の下には、親衛隊や言葉を話せる上級魔族が存在する。それらの者たちは、世界《レピシア》のあちこちに根城を構えて生活しているのだが、リリウムはリーストラ城などという名に聞き覚えがなかった。

「…………むぐっ」

蒼色に戻っていたリリウムの髪が、再び白銀に輝き出す。

「落ち着いてくださいい、リリウムさん。地方を制圧するのも大事なことなのですよ。我々魔王軍はリリウムさんに大いに期待しているのです。リーストラ城で功績をあげ、早々に魔王城へと戻ってきてください。リリウムさんの抜けた魔王軍幹部は大打撃《だいだげき》なのですから」

「っく…………善処いたします」

「あぁそうそう、リリウムさんの抜けた『臨時』措置《そち》として、新たに幹部に引き上げる者を紹介しておきましょう。ルゥミィ、リリウムさんに挨拶しなさい」

この大広間にはリリウムを除いて、最初から『12』の幹部が勢揃《せいぞろ》いしていた。

リリウムを入れると13。

ドワイネルに呼ばれてリリウムの前に出てきた、ルゥミィという若くて小さな女魔族。

リリウムとは初対面であり、ルゥミィの真っ赤なストレートヘアからは、紅の絨毯以上の血の臭《にお》いが放たれていた。

「センパ〜イ、初めましてぇ。ルゥミィって言います、よろしくで〜す！　って言っても、センパイは田舎に行くんで、これから会うことはなさそうですねっ！　キャハッ！」

ルゥミィは甲高《かんだか》い声でリリウムを挑発《ちょうはつ》する。

「ふんっ」

リリウムは不機嫌《ふきげん》さを増して、ルゥミィを突《つ》き刺《さ》すような目で攻撃《こうげき》した。

「あっれぇ〜、やっぱり怒りっぽいんですねぇ〜。そんな狭量《きょうりょう》だから部下からも見放され

ちゃうんですよぉ？　ただでさえ、今は氷雪系魔族の価値が下がっているのにっ。あっ、ちなみにアタシの得意魔法は炎《ほのお》系でっす。キャハッ！」

ルゥミィの赤を基調とした装備は、炎系に長《た》けていることの強調であり、彼女のプライドの高さの証《あかし》でもある。また、ルゥミィの周辺には高濃度《こうのうど》の火の魔素《まそ》も漏れ出ており、この火の魔素がリリウムの不快感をさらに強めていた。リリウムの氷雪属性とは対になる魔素であり、彼女の苛立《いらだ》ちに拍車《はくしゃ》をかけていたのだった。

「リリウムさんの後任は、このルゥミィに務めてもらいます。ですので、リリウムさんは安心して、リーストラ城での任に集中してください」

「リーストラ城！　キャハハッ！　平民のセンパイには、お似合いの場所ですねっ！」

幹部たちの冷ややかな視線《みせん》を浴びながら、リリウムは大広間から退場した。そして、その日の内に身支度《みじたく》を終えて、誰《だれ》からも見送られることなくリリウムは新天地へと旅立った。

「…………」

リリウムは人間との戦闘を避《さ》け、細心の注意を払いながら一人で目的地へ向かい——魔王城を出発してから10日後、リーストラ城に無事辿《たど》り着いた。

到着したリリウムの視線の先——これからリリウムが主として治める、彼女の居城となるリーストラ城。

その新たなリリウムの根城は……、

「なによ、これ！　天井《てんじよう》が崩《くず》れ落ちてるじゃない！　おかげで日当たり良好で超快適《ちようかいてき》♪

……って！　そんなわけあるかぁ！　人間からの風当たりが強すぎるわっ！」

既《すで》に人間の手によって滅《ほろ》ぼされていた。

リリウムの脳裏《のうり》にドワイネルの言葉が蘇《よみがえ》る。

『――強力な配下も多数用意しておきます』

「強力な配下!?　どこにいるのよ、そんなもん！　この虫か!?　この小さな虫が私の強力な配下なのか!?」

吹きさらしの廃城《はいじよう》付近には小虫が飛んでいるだけで、周辺からは強力な生物の気配など感じられない。

『我々魔王軍はリリウムさんに大いに期待しているのです。リーストラ城で功績をあげ、早々に魔王城へと戻ってきてください』

老魔族の声が、再びリリウムの頭に響《ひび》き渡る。

「ふっざっけんなあああぁ！　なにが期待よ！　功績をあげる!?　無理でしょ、こんなボロボロの城で！　虫が寄ってきて皮膚病《ひふびよう》に侵《おか》されるだけだわ！」

魔王軍幹部たちの笑い声が聴《き》こえてくるようだ。

「ぐぬぬぬぅ、アイツらぁ！　このことを知っていたなぁ！」

ドワイネルは、このバルデ領が要衝の地であると説明していたが、周辺には何もなく、人間にとっても価値のある場所とは思えなかった。

リリウムは当初、この城の主に任命されたことを左遷だと感じていたが、どうやらそれは間違いだったことに気づく。

——これは左遷ではなく、事実上のクビ。

幹部からボスクラスへの降格ではなく、一兵卒を通り越しての戦力外通告である。

リリウムの髪は隅々《すみずみ》まで見事なまでの白銀に変色し、真っ昼間でも認識《にんしき》できるくらいの強い光を放ち始めた。

「あのジジィ！　もういいっ！　こんなクソ組織こっちから辞《や》めてやるわよっ！　魔王軍滅びろ！　ばーか、ばーか、ばーか！」

鬱憤《うっぷん》を晴らすかのように、リリウムはリーストラ城の建物の残骸《ざんがい》を拾って、それを城に投《な》げ込み続けた。

◇◆◇◆◇◆◇◆◇◆◇◆

アストリオンを出発してから10日後。

初日に１ルピ金貨を発見してから、ルーヴィッチまでの道中にある村や集落に立ち寄りながら、俺は順調に旅の行程を進めていた。

現在地から目的地のルーヴィッチまでは徒歩で約５日。現在のペースなら問題なくルーヴィッチに辿り着ける。心配なのは強力な魔物に出会ってしまった場合の対処法である。

パーティーで行動していた時は、寝《ね》ている間も交代で周囲を警戒《けいかい》していたので問題なかった。しかし、ソロの場合は違《ちが》う。いつ襲《おそ》ってくるか分からない魔物を常に警戒しなければならない。商人の一人旅は、お金《ルピ》の他にも危険がいっぱいだ。

幸い、アストリオンからルーヴィッチまでの道には、それぞれの国から雇《やと》われた冒険者が旅人を守る意味で巡回《じゅんかい》している。それほど数は多くないが、これまでにも何組かの巡回パーティーとすれ違った。

道から外れた場所へ行く際は危険度が増すので、俺みたいな非力な商人は個別に冒険者パーティーを護衛として雇うことになる。

「今までは、俺が商人を護衛してきたのになぁ……」

勇者パーティーに所属していた以前の俺は、こういった商人の護衛依頼《いらい》も請《う》け負《お》っていたものだ。実際、必要とされていたのはレヴァンを始めとする戦闘能力の高い冒険者なんだけど。まぁ、考えても空《むな》しいだけだ。俺は俺の旅を続けよう。

「……ところで……ここは、どこだ!?」

色々考えながら歩いていたら、いつの間にか整備されていない土地に入り込んでしまったようだ。でも、陽《ひ》はまだ高い。来た道を戻れば、アストリオンとルーヴィッチを繋《つな》ぐ正規ルートに出られるはず……。

「えっと……どっちから来たんだっけ……？」

ヤバいっ。額から冷《ひ》や汗《あせ》が滴《したた》り落ちるのを感じる。

近くには目印となるような建造物などはない。ただ、雄大《ゆうだい》な平原が広がっている。

「マ、マズいぞ!? ここで道に迷ったら、俺の計算が全て狂《くる》う！」

ルーヴィッチまで徒歩で5日というのは、もちろん正規ルートで向かった場合の日数である。遠回りした場合、それ以上の日数がかかるだけでなく、命の危険性も高まる。

魔物の気配は感じられないので、その場で冷静に周辺を確認《かくにん》してみることにする。

「ここは……エーレス平原だよな……」

リングダラム王国とニーベール共和国の中間に存在するエーレス平原。

王国により管理されている平原であり、魔物はおろか外来生物の侵入《しんにゅう》すら許さない穢《エ》れ《ー》なき平原《レス》。王国の何代目かの王様、エーレスが整備したらしいが。

よぉく目を凝《こ》らして遠くを眺《なが》めていると、黒い物体が屹立《きつりつ》しているのが確認できた。

「あんな物体、この平原にあったかなぁ?」

村の建物にしては大きすぎる。街というほど大きなものではない。そもそも、エーレス平原に王国が作った村や集落はあれど、街は存在しない。

考えれば考えるほど、あの物体に興味が湧《わ》いてしまった。俺は何かに取り憑《つ》かれるように、黒い物体目指して足を進めていた。間違いなく、来た道とは逆方向のはずなのだが。

——どれくらい歩いただろう。

とうとう、黒い物体が目の前に確認できる位置まで来てしまっていた。

遠くからは黒い物体に見えたソレは、近くで見ると、ただの廃墟《はいきょ》でしかなかった。

「廃墟……廃城か?　エーレス平原に、こんな壊れた城あったっけ……?」

ルーヴィッチまでの道や残金など、色々気にしなくてはならないことはあったが、今はこの廃城が気になってしまっている。

現在は真っ昼間だ。

この廃城の正体さえ分かれば、陽の位置から現在地が予測できるかもしれない。

「ひとまず、城の敷地《しきち》に入ってみるか」

俺の居る場所は城の後方部らしく、後ろから踏み入る形となる。

石造りの城は見るも無残に破壊され、外からでも城内の荒《あ》れ果てた姿を確認することができた。いたるところに苔《こけ》が繁殖《はんしょく》している光景は、過ぎ去った歳月《さいげつ》を感じさせる。なんだか苔が、真っ白だった歯を侵食《しんしょく》した虫歯のようにも見えた。

それほど大きくない城だが、破壊される前は立派な建物だったことが窺《うかが》える。

そして、一通り探索《たんさく》し終えた結果——この城は人間が建造したものではなく、魔王軍の拠点として建てられたものだということが分かった。

「人間だったら、こんな趣味《しゅみ》の悪い人骨のレリーフなんか飾《かざ》らないよな……」

城内には人間への敵意を剥《む》き出しにした装飾品《そうしょくひん》類が散らかっていた。

魔王軍の城ということが分かり、急いで退散しようとした、その時——

コツンッ！　コツンッ！

城の正面付近から何やら音が聴こえてきた。

「なんだなんだ⁉」

石と石がぶつかるような音だ。

もしかして、この城とうとう全壊《ぜんかい》しちゃうのか⁉

「やっべぇ、早く出ないと！」

急いで城の外へと逃げようとしたのだが……、

「ふごぉっ！　い、痛ってぇ！」

外へ出た瞬間《しゅんかん》、いきなり俺の頭に石の破片《はへん》のようなものが飛んできた！

なぜ、こんなものが外から飛んでくるのだろうか⁉

「あっ⁉　えっ……んんんっ⁉」

石が飛んできた方向から、なにやら女性の驚《おどろ》いた声も飛んできた。

どうやら無人ではなかったようだ。

理由は分からないが、あの女が俺の頭に石を投げつけてきたらしい。

「こらー！　俺に何か恨《うら》みでもあるのかぁ！」

「ちょ、ちょっと……なんなのよ、もうっ」

女は困惑《こんわく》した様子で俺を見つめてくる。

俺は女の前に立ち、相手を威嚇《いかく》するように覗《のぞ》き込んでやった。

…………⁉

「ま、ま、魔族うううぅぅぅぅぅぅぅぅぅ⁉」

魔族特有の尖《とが》った長い耳を確認した俺は、心臓を跳《は》ね上げてしまう。

顔や髪、身体などは全て人間と同じ見た目だが、長く突き出た耳の特徴《とくちょう》は魔族そのもの……相手は、どう考えても魔族だった。

「に、に、に、人間んんんんっっっっっっっっっっっ⁉」

なぜか、女魔族も俺と同じように素《す》っ頓狂《とんきょう》な声を発している。

……言葉を操《あやつ》れる。ということは、間違いなく上級魔族以上の存在だ。

どうする⁉　言葉が通じるなら、ハッタリが通じるか試《ため》してみるか⁉

「お？　な、なんだぁ？　まだ魔族の残党が居たのか！　これはすぐに討伐《とうばつ》しないとな！」

思いっきりドヤ顔で凄《すご》んでみせる。……伐採《ばっさい》用ナイフを携《たずさ》えて。

「……へ⁉　ちょ、ちょ、ちょっと待って！　わ、私、魔族じゃないわ！　ほ、ほらっ！」

女は慌《あわ》てた様子で自分の両耳を手で覆い、上目遣《うわめづか》いで人間アピールしてきた。

「無理すぎるわ！　そんな尖った耳の人間いるわけないだろぉ！」

なんだ、この謎《なぞ》の女魔族……恐怖《きょうふ》の対象のはずなのに、命の危険を全然感じないぞ……。

「あ、あんたこそ！　そ、そ、そんなちっぽけなナイフで、わ、私と戦《や》り合う気？」

「……へ⁉　い、いや、こ、これは、その……」

優位に立っていたはずの俺《おれ》だったが、武器ではなく明らかに道具に分類される得物を指《し》摘《てき》され、怯《ひる》んでしまう。

「くっ、くふふふっ、ま、まぁいいわ。冗談《じょうだん》はこの辺にして、殺してしまおうかしらね」

マウント合戦に勝利した女魔族は、悦《えつ》に浸《ひた》った様子で高笑いをあげる。

それにしても……この女魔族。

冷静に見ると、強くなさそうな……気がしてきたぞ……？

俺は魔法使《まほうつか》いじゃないので魔力《まりょく》感知はできないが、この女魔族からは魔力の漏出《ろうしゅつ》を感じられない。言葉を操る魔族ともなれば、その膨大《ぼうだい》な魔力が周囲に漏れ出るはずなのだが……。

目の前の女魔族からは全く漏れ出ていない。商人の俺でも分かるほどだ。それこそ、アストリオンに暮らす職人クラスの住民と接しているような感覚。

俺は思考速度を速め、ある結論に達する。

「実は俺、勇者レヴァンのパーティーに所属して――」

「申し訳ございません！　調子に乗ってしまいましたぁ！　命だけは助けてください！」

女魔族は、とんでもない速さで土下座してきた！　命乞《いのちご》いとともに。

なにこの豹変《ひょうへん》ぶり……まぁ……予想的中だけど。

この女魔族は、おそらく斥候《せっこう》か何かなのだろう。魔王《まおう》軍の戦闘要員ではないのだ。

要は勇者パーティーに所属していた時の俺と同じ……。

「ふっふっふ。なるほどなるほど。あぁーっはっはっはっはっは！」

俺の安全は確保された。良かった、なんとか、この危機からは脱《だっ》せられそうだ。

――ポトッ。

緊張《きんちょう》の糸が解け、油断していた俺は、腰に着けていた手形を落としてしまった。

……いけない、いけない。

「ん？」

女魔族は地面に落ちた俺の手形を凝視《ぎょうし》している。

「……？」

「はあああああぁ⁉　商人⁉　なによこれ！　しかも、勇者パーティーに所属してるって嘘《うそ》じゃないのよ！　元じゃん！　元！」

女魔族は立ち上がって俺を指差し、抗議《こうぎ》の声をあげてくる。

や、やっべぇ！

手形に記載《きさい》されている俺の活動履歴《りれき》とパーティー履歴が見られてしまったようだ！

「は？　ち、ちがうし！　元って言っても、今も勇者と繋がりはあるしぃ？」

「いやいやいや！　そもそも、勇者のパーティーに所属している人間が、こんな辺境にいることが不自然なのよ！」

「ふ、ふーん？　い、いいのかな、そんなこと言って。お前を討伐して勇者のもとに送り届けちゃおうかなぁ？」

「あんた、何者なのよ⁉　いったいなんなのよ⁉」

「俺は勇者レヴァンのパーティーメンバーだ！　…………元」

最後に小さく、現在の状態を表す一言を付け加えておく。

「待って！　私はこう見えて、魔王軍じゃないのよ！　魔族だけど、魔王軍じゃないの！　信じて！　おねが〜いっ」

「嘘吐《うそつ》くなよ。どう見ても魔王軍だろ……」

「ちょっと前までは魔王軍だったわ……で、でも！　今は完全にフリーの旅人なの！　安心安全、人畜無害《じんちくむがい》の平和主義者、それが今の私よ！」

魔族の旅人とか……人間に滅ぼされた廃城の観光ツアーでもやってんのか⁉　おいおい、なんか一儲《ひともう》けできそうな話が思いつきそうだぞ。

って、今は商魂《しょうこん》出してる場合じゃない！

「安心安全、人畜無害の平和主義者が、さっき善良な商人を殺そうとしてなかったか？」

「違う違う！　さっきのはノリよ！　はぁぁ〜〜〜、この商人、ノリ悪いわぁ！」

女魔族は両手を広げ、ヤレヤレといった様子で呆《あき》れている。その顔が憎《にく》たらしい。

「じゃあ、なんで魔王軍を抜けたんだよ。魔族なんだから魔王軍に入ってなきゃおかしいだろ。そもそも、魔王軍に参加するために、魔族の世界からレピシアに来たはずだ」

「………クビになったのよ」

「えっ？」

「だ・か・ら！　魔王軍をクビになったって言ってるのよぉ！　ばぁかぁぁ！」

クビ？　魔王軍にクビとかあるの⁉

それにしても、目の前の女魔族の悲愴感《ひそうかん》が痛いほど伝わってくるな、なぜだろう。

「えっと、込み入ったことを訊《き》いて申し訳ないんだけど、なんでクビになったの？」

「私が戦闘で使い物にならないからよ！　うわぁーん！　言ってて悲しくなってきたぁ！」

……マジか、完全に俺と同じ状況じゃないか。

「そうか……大変だったな」

「あんたに私の気持ちが分かるわけないでしょ！　戦闘では功績をあげられなかったけど、私だって裏で色々頑張《がんば》ってたんだから！」

「分かるぞ！」

「ぐすっぐすっ………へ？」

「俺だってな！　毎日、道具整理やお金の管理をして、装備品の耐久度《たいきゅうど》なんかも毎日チェックして、毎日特売セールを利用してコツコツとパーティーのお金を貯《た》めていたんだ！

毎日毎日……っ」

「……」

「それなのに！　あいつら、あっさり俺を切りやがってぇ！　ふんぬううぅ！」

今まで我慢《がまん》してきた本音を、どこの誰とも知らない、人間ですらない相手に吐《は》き出す。

「もしかして、あんたも勇者からクビ宣告を受けたの？」

「うっ……そ、そうだ。文句あるか」

「な、ないわよ！　ばーか、ばーか！」

「……」

快晴の平原に、一陣の風が俺と女魔族のもとを吹き抜ける。

穏《おだ》やかな日常を届けてくれる、『暖かい風』。

「えっと、とりあえず、俺のことは殺さないでね？」

「むしろ、私を殺さないで頂けると助かるわ」

「俺の弱さを舐めるなよ？　マジで戦闘では役立たずだったんだからな？」

「はぁ？　私のほうが弱いですぅー！　弱すぎて下級魔族も召喚《しょうかん》に応じてくれなくなりました ぁー！」

「俺なんか、その下級魔族相手に死にかけたわ！」

その後も自らの弱さ自慢《じまん》を繰《く》り広《ひろ》げた俺たちだったが、口撃《こうげき》合戦は引き分けに終わった。

上級魔族以上の存在なのに俺と引き分けるとは、なかなかの強者、もとい弱者だな……。

「なかなかやるな……まさか魔王軍に、お前のような使えないヤツがいようとは」

魔王軍には、最強と謳《うた》われるリリウムのような大幹部がいる一方で、こいつのような憐《あわ》れな下《した》っ端《ぱ》も存在するのだ。

鉢合《はちあ》わせたのがリリウムじゃなくて本当に良かった。

「あんたも相当よ……まさか勇者パーティーに、あんたのような使えないヤツがいようだなんて」

「……ふんっ、まぁいい。俺はルーヴィッチに行く旅の途中なんだ。アホ魔族に構っているほど暇《ひま》じゃないし、金に余裕《よゆう》があるわけでもないから。達者でな、旅の魔族さん」

「ルーヴィッチ？　ここは全然違う方角じゃない。私が案内してあげようかしら？　アホ商人さん」

え？　マジで……？　っていうか、ココどこなの……。

「なぜ、アホ魔族のお前が人間の街の位置を知っている……」

「私は魔王軍で内政を担当していたのよ。まぁほとんど事務作業だけどね。その作業でレピシアのことを勉強したし、人間の国や街も覚えたわ。あと、私はアホ魔族じゃないっ」

「へ、へぇ……。まぁ、道案内くらいなら頼《たの》んでやってもいいか。特に害は無さそうだし」

遠くから見ただけでは魔族だとバレることもないだろう。

「あらあら、方向音痴《おんち》のアホ商人様は随分と上から目線なのね」

「分かった分かった。とりあえず、ルーヴィッチまでの道中、協力しようじゃないか。お互《たが》い戦闘には自信がないんだ。野営する際も二人のほうが安全なのは間違《まちが》いない」

「そうね。私は特に目的もないし、これからどうしようか決めかねていたところだったから、丁度いいわ」

「よし、それじゃあ暫定《ざんてい》パーティー結成だな。俺は商人ウィッシュだ。短い間だろうけど、よろしくな！」

旅の途中で一時的にパーティーを組む際は、もちろんギルドへの届け出は必要ない。目的が達成されれば、そこでパーティー解消。それが暫定パーティーだ。

パーティーメンバーが魔族だから、ギルドに申請《しんせい》できるわけないけど……。

「私はリリウムよ。リリウム様と呼んでいいわよ」

……ん？　リリウム……!?

「お前がリリウムかよおおおおおおおおおおお!!」

穏やかな平原に、俺の様々な感情が込《こ》められた叫《さけ》び声が轟く。

「あら、さすが私ね。こんなアホ商人にも名前が知れ渡《わた》っているなんて。くふふっ」

「お前か！　アストリオンの街に攻め込んできて、めちゃくちゃにしやがったの！」

「違いますぅ！　めちゃくちゃにされたのは私のほうですぅ！　ばーか、ばーか！」

なんで、攻めてきたコイツが文句を言っているんだ……。

いざ、ルーヴィッチまでの道を女魔族先導のもと歩き出したのだが――

「お前が攻め込んできたせ《せ》いで俺は…………いや、それはもういいや」

「ふんっ」

というか、あの戦場で気になっていたことがある。

魔法使いパルが言っていたことだ。

『――膨大なはずの魔力を、この周辺からは全然感知できない』

たしか、戦場でリリウムの魔力を感じ取れないという趣旨《しゅし》の発言だった。

「お前が本当に大幹部リリウムだったとして、なんで戦場に居なかったんだよ!?　あの場

には下級魔族しか居なかったんだぞ⁉」

「い・ま・し・たぁ！　ちゃんと最初から最後まで居ましたぁ！」

「そんなはずないだろ。魔法使いの魔力感知にも引っかからなかったんだぞ。雑魚兵《ざこ》じゃあるまいし……」

……ん？　雑魚兵……？

目の前の自称《じしょう》リリウムという女魔族の様子を確認してみる。

「ぐぬぬぬぬぬっ！」

自称リリウムの髪の毛《け》は、眩《まぶ》しい銀色に光《ひか》り輝いている。

一方、顔は今にも燃え上がりそうな赤色になっていた。

リリウムって、たしか深淵なる銀氷とか呼ばれている至高の氷雪系魔法の使い手だったはず……。

しかし、目の前の女魔族の顔は今にも火を噴《ふ》きそうなほど燃えている。

「お前、偽者《にせもの》だろ」

「むきいいいぃぃぃぃ！　これでも喰《く》らええええええ！」

ヤバい！　真の力を解放させるつもりなのか⁉　急いで逃げるべきか……⁉

コツンッ！

「痛《い》って！」

逡巡《しゅんじゅん》していた俺の頭に石が飛んできた。

自称リリウムが足元にあった石の破片を飛ばしてきたらしい。

「っへっへっへっへ。どうよ、恐《おそ》れ入ったかしら？」

石の破片を得意気に握《にぎ》って勝ち誇《ほこ》る表情が憎たらしい。

「なにがだよ⁉　今のが深淵《アビス・アイス》なる銀氷リリウムの必殺《ひっさつ》技だとでも言うつもりか⁉　人間の子供にも負けるぞ！」

「はぁ？　人間の子供なんか、ギリ勝てるわよ。そこまで甘《あま》く見てもらっちゃ困るわね。これでも元魔王軍幹部なのよっ」

ギリなのかよ⁉　魔王軍幹部って子供にギリ勝てるくらいの強さしかないのかよ⁉

「百万歩譲《ゆず》って、お前がリリウムだとして、あの戦場で気配を消していたのはなんでだ？本物なら、魔王軍との戦いに慣れていない冒険者なんか一網打尽《いちもうだじん》にできるはずだろ」

「べ、べつに、気配を消していたわけじゃないわよっ、ただ、その……下級魔族より劣《おと》る魔力しかないものでして……あはははは……」

おいおい、無表情で笑いだしたぞ……自称リリウムさん。

「深淵なる銀氷なんだろ⁉　膨大な魔力量を誇るんだろ⁉」

「誇りませぇ～ん！　そんなの大昔の魔界に居た頃《ころ》の私で～っす！」

魔界？　魔族の世界のことかな。

「そんなヤツが、なんで魔王軍の幹部に居座《いすわ》ってんだよ⁉」

「魔界から、こっち《レピシア》に来た時は期待されていたのよ。私、超有望株《ちょうゆうぼうかぶ》のスーパールーキーだったからね！」

「なんかよく分からんが……」

自分語りが始まったようだぞ⁉

「でもねっ！　私がこっち《レピシア》に来てから数年経《た》った頃、世界《レピシア》は最悪な状況に変化してしまったのよ……」

「………」

「まずは、ボルヴァーンとかいう意味不明な火力兵器の存在！　あのインチキ兵器が作られて、あっちこっちの街に配置されたことが第一の悪夢よ」

「人間にとっては最高の防衛兵器と言われているが？」

「私にとっては悪魔《あくま》の兵器よ！　あんなのを作るなんて人間は恐ろしい生き物よ……」

「ふ～ん。でもよ、本物の深淵なる銀氷《アビス・アイス》リリウムさんなら、ボルヴァーンなんか簡単に破壊できると思うんだが？」

論点は結局そこに行き着く。

「……できないのよ」

「お前が偽者だから？」

「ち・が・う！　それは、私にとって第二の悪夢とも呼ぶべき現象のせいよ……」

「魔族なのに悪夢をいっぱい抱《かか》えているんダナー」

「うっさい！」

「んで、その現象ってのは、なんなの」

「温暖化よ」

「………は？」

「だ・か・ら！　世界の温暖化よ！」

レピシアは今、ある者たちのおかげで様々な進歩を遂《と》げている。その技術的進歩の副作用で、たしかに世界《レピシア》の気候は昔よりも温暖化していると言われている。

「温暖化の何がいけないんだよ。暖かいほうが生活しやすいし、冒険者にとってはありがたいことだぜ？　温暖化は世界にとっての幸福って言われているくらいだし、全然悪夢なんかじゃないぞ？」

食糧《しょくりょう》生産量も増加したって話だし、良いことばかりだ。

「私は氷雪系魔法《まほう》の使い手なのよ。っていうか、氷雪系魔法『しか』使えないのよ！」

……あっ。なるほど、こいつの言いたいことが分かったぞ。

「お前、特化バカだったのか」

「バカ言うなあああ、アホォォォォ！」

魔術師《ソーサラー》タイプは通常、火、水、風、土の四大魔素を基礎《きそ》にして、魔法発生に必要な魔素を練《ね》り込む。自身の能力を磨《みが》くために、この四大魔素をそれぞれ組み合わせたりして、独自の魔法を作り出すのが魔術師である。

有名どころでは雷《かみなり》系の魔法だ。雷の魔素は存在していないが、水、風、土の三元魔素を基礎にして魔素を練り込み、雷を発生させるらしい。メカニズムは商人の俺にはよく分からないが。そして、問題となっている特化バカというのは、この四大魔素を一つしか使えない……使おうとしない者たちのことだ。

「深淵なる銀氷……至高の氷雪系魔法の使い手……なるほどな」

そういうことか。氷と雪の魔法しか使えないとなると、この温暖化した世界《レピシア》では分が悪くなる。

温暖化により水の魔素が減少し、火の魔素量が増大しているのだ。火の魔素が強く練り込まれている大気の場合、そもそも氷雪系魔法など発生させることもできない。

水蒸気を氷の結晶《けっしょう》に変化させて様々な魔法を繰り出すのだろうが、火の魔素量の濃度《のうど》が高くなると、水そのものになってしまう。

そして、この自称リリウム……いや、リリウムさんは、おそらく水魔法《みずまほう》も使えないのだ。

水の魔素は使えるが、それを元にした氷と雪の魔法しか扱えない。

至高の氷雪系魔法の使い手か……どうやら至高過ぎたようだ……。

「な、なによ、その可哀想《かわいそう》なヤツを見る目は⁉」

「なんで水魔法使えないんだよ。氷とか雪って、いわば水魔法の発展型だろ？」

まぁ、特化バカの答えは何となく分かるが。

「ウチは代々ずぅーっと氷雪系魔法の使い手の家系なの！　それに、雪とか氷は見てるだけで心が癒《い》やされるし！　綺麗《きれい》でロマンチックじゃん！」

——つまりは『好き』だから。ロマンを追い求めているのだろう。

俺も祖父《じい》ちゃんを尊敬して商人を継《つ》いだ。そして、勇者や戦士ではなく商人を誇りとして活動してきた。なんとなく、リリウムの想《おも》いにも通じるところはあるが……。

「でも、今の環境《かんきょう》なら水系のほうが需要《じゅよう》あるだろ。氷雪系しか使えない魔術師とか俺でも雇わんぞ。基本の水魔法も使えないんじゃ需要ないわー」

「なによ需要って！　そんなもん知らないわよ！　需要とか供給とか勝手に決められた固定観念とか社会圧とか、そういうものはね……全部凍《こお》りついちゃえばいいのよおお！」

需要と供給、大切だと思うぞ。

俺は商人だから、そういうのに敏感《びんかん》にならないと死活問題になるのだ。

「リリウムさんよ、お前の事情はよぉーく分かった。だから落ち着いてくれ。俺も似たような境遇《きょうぐう》だから、馬鹿にできるような状況《じょうきょう》じゃないしな」

俺とリリウムは歩く速度をやや緩《ゆる》め、互いに顔を見合わせる。

リリウムは少し落ち着いた表情になり、髪《かみ》の毛の色も透明《とうめい》感溢《あふ》れる蒼《あお》色に変化していた。

魔族の性質は謎だらけだ。

「そうね。あんたも使い物にならず、追い出された身分だったわね」

コイツぶん殴《なぐ》りてぇ……。

俺が心の中でリリウムにボルヴァーンをぶっ放していた時、ある異変に気がついた。

……気がついてしまった。

「ところで」

「なによ？」

「ここはどこだ⁉」

リリウムと言い合いながら歩いていたせいで、周囲の景色が変化していることに全然気がつかなかった。

ルーヴィッチまでの道は平坦《へいたん》なコースであり、見晴らしの良い平原を開拓《かいたく》して作られている。

現在、俺とリリウムが立っているのは樹林地帯の中である。

「あれ？　なんでこんな森の中に居るのよ、私たち……」

「知らないわ！　俺が訊きたいよ！」

どうやら方向音痴は俺だけではなかったらしい。

幕間《まくあい》　～女神《めがみ》の受難～

空も地面も壁《かべ》もない、白い空間。

ただただ、無限に広がる白の世界——天界。

そこに女神ミルフィナは居た。

レピシアに住まう人々にとっての崇拝《すうはい》対象である神々の一柱。それが女神ミルフィナであり、最も幼い低級の神である。

「……このままだと人間と魔族、また争いになっちゃうっ！」

ミルフィナは今にも泣き出しそうな顔で、下界のレピシアの様子を眺めていた。

ミルフィナの青色の瞳《ひとみ》には、人類の最大都市であるアストリオンにリリウム軍が侵攻《しんこう》してくる様子が映し出されていた。

魔王軍と人間たちとの戦闘《せんとう》の一部始終を確認したミルフィナは、すぐに最高神レピスのもとへ向かう。

レピシアの創造主にして主神でもあるレピス。ミルフィナにとって、父にあたる存在である。しかし、ミルフィナは父レピスの姿を実際に目で見たことはない。レピスは、ミルフィナのような下級の神の前には姿を見せず、いつも声だけで対応するからである。

最高神レピスが存在する場所に到着《とうちゃく》するや否《いな》や、ミルフィナは声をあげた。

「お父様！　ミルフィナです！　大事なお話があって参りました！」

ミルフィナの大きな声は一切反響《いっさいはんきょう》しない。

この白い空間の広大さと、周囲に何も存在していないことの証《あかし》でもあるのだが、何も存在しないはずの空間から、突然《とつぜん》、声が返ってきた。声だけが。

「──却下《きゃっか》する」

「そんな……ワタシは、まだ何も……」

「幼き神ミルフィナよ。未熟なお前の考えなど、聞かずとも分かる」

「それなら……」

「却下だ。人間たちに魔族以上の戦闘能力を付与《ふよ》するのが我々の役目であり、存在意義である。今回の魔王軍侵攻《まおうぐんしんこう》を防げたのも、『力』あってこそ。ミルフィナ、お前の言う『平和』は敵を滅《ほろ》ぼさぬ限り成し得ぬ」

「そんなの！　やってみなくちゃ分からない！」

女神ミルフィナが再三に亘《わた》って父レピスに説いてきたものが、人間と魔族の和解である。

戦闘による争いではなく、対話による平和を目指すミルフィナ。一方、レピスを中心とする上級の神々は、魔族との戦闘に勝利することを目標に掲《かか》げていた。

「誕生して500年にも満たない小娘《こむすめ》のお前には何も分かるまい。これは古《いにしえ》の時代より続く、我々人間の神と魔族の神との問題なのだ。お前のような未熟者の入り込む余地などない」

言葉の内容とは裏腹に、感情が全く読み取れない無機的な話し方でミルフィナを一蹴《いっしゅう》する神レピス。

「んんんんんっ～～～もうっ！　お父様の分からず屋！」

ミルフィナはレピスとは対照的に、駄々《だだ》っ子のように声を荒《あら》らげた。

「そこまで言うなら、自分の目で確かめるが良い。お前の相手をするのも面倒《めんどう》だ」

「……へ？」

「幼き未熟な女神ミルフィナよ。お前は今日よりレピシアの地に降り、真の現実を体験してくるのだ。そして、今後、この天界に立ち入ることを禁ず――以上だ」

レピスは、罪人に判決文を読み上げる裁判官のように淡々《たんたん》と告げた。

「……え⁉　うわわっ⁉　なにこれ！　きゃあああ‼」

こうして、女神ミルフィナは冷たい光に呑《の》まれ、レピシアに飛ばされたのだった――

三章　女神様とパン

ルーヴィッチを目指していた俺とリリウムは、気づくと森の中に居た。

「なんでこんな場所に来てんだよ!?　ルーヴィッチまでの道に、こんな森なんて無かったはずだぞ!?」

「お、落ち着きなさいっ！　なにか特殊《とくしゅ》な魔《ま》法攻撃《ほうこうげき》を受けた可能性があるわ！」

「いや、ないわ！　絶対迷っただけだわ！」

使えない貧乏《びんぼう》商人と使えないポンコツ魔族をわざわざ狙《ねら》うような、そんな酔狂《すいきょう》なヤツ居るわけない。使用する魔力が勿体《もったい》ない。

……冷静に自分たちを分析《ぶんせき》すると空しくなってくる。やめよう。

「……でも、この森、不思議と心が落ち着くわね。まるで癒《い》やしの空間のようだわ～」

「はぁ？　どこがだよ……ねっとりと纏《まと》わり付く、気味の悪い空気が漂《ただよ》ってるぞ……」

森の中は、昼間とは思えない陰気《いんき》な空気に支配されている。

魔物《まもの》どころか魔族でも出てきそうな物々しい雰囲気《ふんいき》である。

「あんた、地図持ってないの？」

というか、魔族は俺の隣《となり》にいた。

「持っていたら、あんな廃城《はいじょう》に辿《たど》り着いてない」

「たしかに……」

「仕方ない。こうなったら、この森を突《つ》っ切るしかない。日が暮れる前に抜《ぬ》けるぞ！」

「夜の森は危険だしね……日中は寝《ね》ていて、夜から活動を始める強力な魔物も多いわ」

そうして、俺とリリウムは鬱蒼《うっそう》とした森の中を駆《か》け出した。


「ハァ……ハァ……ハァ……ハァッ」

どのくらい走っただろうか。

森の中なので見通しが悪く、距離《きょり》感も時間の感覚も薄《うす》れてくる。

周辺には明るい木漏《こも》れ日《び》が溢れているので、まだ陽は落ちていない。

……あぁ、なんでこんなことになったんだろう。

順調に旅をスタートさせたはずなのに、気がつけば意味不明なポンコツ魔族と一緒《いっしょ》に謎の森を駆け抜けている今の俺。

「ウィッシュ！　止まって！」

少し前を走るリリウムが俺のほうを振《ふ》り向いて、停止させた。

「どうした？」

急がないと、強力な魔物が起きてしまう。

「シィー！」

「ん？」

リリウムは口に人差し指を当てて沈黙《ちんもく》を促《うなが》してくる。

なにかあったのだろうか。

「この近くに強力な魔力反応があるわ……」

リリウムは声のトーンを落として状況を説明した。

俺が相手の詳細《しょうさい》を訊《たず》ねようとした直後——

正面から世界の終わりを告げるような地響《じひび》きが聞こえてきた。

地震《じしん》のように大地が揺《ゆ》れ、小刻みに俺とリリウムの身体も振動《しんどう》している。

「終わった……」

こんなん絶対、鉢合わせちゃいけない怪物《かいぶつ》だろ……。

「んんんんっ！」

「ど、どうした⁉」

隣で身を屈《かが》めているリリウムが、なにやら集中し始めた。

魔術師が極大魔法や特別な魔法を発動させる際に行う、予備動作だ！

深淵《アビス・アイス》なる銀氷リリウムの真の能力が解放されるのか⁉

「秘技！　死んだふり《死んだふり》！」

パタッ。

リリウムは、その場に蹲《うずくま》って倒《たお》れた。

「死んだふりかよ⁉　大魔法でも使うのかと思って、一瞬《いっしゅん》期待しちまったじゃねぇか！」

大地を揺るがす震源地《しんげんち》とも呼べる生命体は、正体が確認《かくにん》できる位置まで迫《せま》って来ていた。

――邪熊族【ゴルドン】。

強力かつ凶悪《きょうあく》な魔物として冒険者《ぼうけんしゃ》に恐れられ、遭遇《そうぐう》したら戦闘せずに逃亡《とうぼう》することを最優先に作戦を立てろ、と言われている最悪の相手。

下級魔族《レッサーデーモン》が魔族の世界に棲《す》まう怪物なら、魔物はレピシアに生息する怪物だ。知能が低いという点は同じだが、人間を絶命させる目的で攻撃《こうげき》してくる下級魔族に対し、魔物は人間を捕食《ほしょく》するために襲《おそ》ってくる。まさに生存本能剥《む》き出しの生物だ。

【ゴルドン】は、俺の2倍はあろうかという巨体《きょたい》を揺らしながら、前傾《ぜんけい》姿勢の二足歩行で近づいてくる。体毛が黒光りしているので、成熟体だ。

【ゴルドン】は真っ白な毛で産まれるが、永い時を経て、どんどん黒くなっていく。体毛の濃《こ》さが、イコール個体の強さの証明にもなるのだ。

冒険者ギルドが指定する特定危険生物に位置づけられ、上位のAランクから下位のFランクまでの6段階中で、【ゴルドン】は文句なしのAランク！

俺は、横で息を潜《ひそ》めながら頑張って気配を消している女魔族を一瞥《いちべつ》する。

「ちょっと！　コッチ見ないでよ、気づかれるでしょ！」

コイツ、元魔王軍幹部のハズなのに……。魔王軍幹部だったら【ゴルドン】くらい、一瞬で倒せるはずなのに……。

女魔族様は情けない姿で横たわっている。

「グルルルルルルルルゥウッ！」

【ゴルドン】が呻《うめ》き声《ごえ》をあげて威嚇《いかく》してくる。

リリウムの力は期待できない。ここは俺がなんとかするしかない！

「うっし！　やれるもんならやってみろ！　俺は商人ウィッシュ！　かかってこい！」

俺はナイフを取り出して、威勢《いせい》よく大声をあげた。

「そんなナイフ一本じゃ無理よ！　あいつのエサになるだけだわ！」

「リリウム、お前は逃《に》げろ！　【ゴルドン】は怪物じみた筋力を誇るが、敏捷度《びんしょうど》は低い。

身軽なお前なら、俺が囮《おとり》になっている間に逃げ切れるはずだ！」

「な、なに言ってんのよっ！　さっき会ったばかりの私のために、なんで命張ろうとしてんのよっ！　私は魔族なのよ⁉」

これまで俺は色々なものに見放されてきた。

だけど、今は——

「魔族だけど、俺の仲間だ！　リリウム！　お前はもう、俺のパーティーメンバーなんだ！　だから、俺は逃げねぇ！　戦いながらでも、打開策を探《さぐ》ってやる！」

理由はどうあれ、リリウムが旅のパーティーを組もうと提案してきた時、俺は正直言って嬉《うれ》しかったんだ。勇者たちに見捨てられて独りぼっちになった俺と一緒に冒険《ぼうけん》しようだなんてな。マジで短い間だったけど、ちょっと楽しかったぜ。

俺がナイフを握りしめ、【ゴルドン】に立ち向かおうとした、その時——

「私は深淵なる銀氷《アビス・アイス》リリウム！　あんな愛玩《あいがん》動物に臆《おく》することはないわ！」

リリウムが突然立ち上がり、前に出て俺を制した。

「なにしてんだよ！　早く逃げろよ！」

「逃げるのはウィッシュのほうよ！　わ、私は誇り高き魔族なの。わ、矮小《わいしょう》な人間の、弱小な商人に助けられたとなったら、け、経歴に傷がつくのよっ」

「格好つけんな！　二人して死んだら、それこそ無駄死《むだじ》にだ！」

「だったら、ウィッシュが逃げなさい！　私、こう見えて実は敏捷度は低いの！　だから、生き残る可能性が高いのはウィッシュのほうよ！」

嘘……吐《つ》くなよ。

ここまで走ってきて分かったが、リリウムの走る速度は俺《おれ》よりも速い。息切れしながら最高速度で走る俺に対して、リリウムは軽快に森の中を駆けていた。

「なんで、そこまでして人間の俺を……」

「人間……だからかしらね。同族に見捨てられた私を拾ってくれて、少し……本当に、ほんの少しね？　…………感謝、してる」

ドスンッ！　ドスンッ！

【ゴルドン】は激しい唸《うな》り声と歯軋《はぎし》りとともに、威嚇しながら近づいてくる。すでに今にも襲いかかってきそうな距離まで到達《とうたつ》していた。

「っく……」

「正直、私にはもう目的がない。魔王軍にも戻《もど》れないし、戻る気もない。人間の仲間にもなれない。はみ出し者の私の最期《さいご》はココが相応《ふさわ》しいのよ……」

だったら、そんな悲しい顔すんじゃねぇよ！

さっきまでのように俺をバカにして、自分だけ逃げろよ！

「チクショウ！　俺に力があったら！」

無力な自分を責め、ナイフを握る力を強める。

——すると、突然。

【ゴルドン】の右胸……その少し下に位置する部分から、小さな光が漏《も》れ始めた。

下級魔族の時と同じ。幻覚《げんかく》を視《み》てしまうほど、俺の精神が昂《たかぶ》っているのだろう。

心を落ち着かせ、神経を研《と》ぎ澄《す》ませる——

「その光を狙って攻撃して！」

今度は幻聴《げんちょう》が聴こえてきた。

どの道、今の俺にできるのは【ゴルドン】を牽制《けんせい》することくらいだ。狙う場所は身体のどこでもいい。だったら、ちょうど光っていて狙いやすい、あの部分を突く！

「グオオオォォォォオオオン!!」

【ゴルドン】が、ゆっくりと右腕《みぎうで》を掲げる。

「ウィッシュ！　危ない！」

俺の後ろから、リリウムの悲壮感溢《ひそうかんあふ》れる声と石の破片《はへん》が飛んできた。

破片は俺の頭ではなく、【ゴルドン】の身体へと当たった。

リリウムが敵の狙いを自分に引き付けるために放った渾身《こんしん》の『必殺技』。

リリウムが作り出した、この一瞬の間を逃《のが》すわけにはいかない！

俺は【ゴルドン】の動作を注視する。そして、その大きな右腕が天高く掲げられたタイミングを計り、隙《すき》だらけとなった右胸の下方部……小さな光へとナイフを突き刺《さ》した。

まるで、光に吸《す》い込まれるようにして——ナイフが敵の身体に突き刺さった。

貧弱《ひんじゃく》な商人のナイフ攻撃。

【ゴルドン】にとっては、小さな虫に刺されたのと大差ないようなダメージだろう。

「グルゥ!?　キュウウウウウウゥン！」

しかし、【ゴルドン】は俺のナイフで右胸の下方部を刺された直後、大きな呻き声をあげて苦しみ始め……大の字になって背中から地面に倒れた。

【ゴルドン】の倒れた時の衝撃音《しょうげきおん》が樹海に広がり、木々で羽を休めていた鳥たちが一斉《いっせい》にどこかに飛んでいくのが見えた。

「私たち……助かった……の？」

「そ、そのようだな……」

「この熊、完全に絶命してるわよ？　……ごくり」

【ゴルドン】の状態を、へっぴり腰《ごし》で恐る恐る確認するリリウム。

「……ふふふっ、ふふっ！」

「ど、どうしたのよ⁉」

「【ゴルドン】は、この商人ウィッシュが倒したのだ！　フワァァァハッハッハッハッハ！」

腰《こし》に手を当てて、高らかに勝利宣言をする。

「はぁ⁉　あんなナイフの一撃《いちげき》で倒せるわけないでしょ⁉　き、きっと、私の石の攻撃が急所に当たったからだわ！　う、うん！　きっと、そうに違《ちが》いないわ！」

「いいや、俺のナイフ攻撃だ！」

「違う！　わ・た・し！」

その後も同じような不毛なやり取りを続けた俺たちだったが……後方から、バサバサバサッ、という草が靡《なび》く音が聴こえてきて――

「ぎゃああああああああああああああ！」」

俺とリリウムは一目散にその場から逃げ出した。

「俺に感謝してるんだよな⁉　だったら俺を先に逃げさせろ！」

「嫌《いや》よ！　私が先に逃げるわ！　ウィッシュは、ここでエサになりなさい！」

お互いに顔を青ざめさせながら樹海を疾走《しっそう》する。

そんな俺たちの後方から――

「おーい！　待ってよぉ～！」

小さな子供の声が聴こえてきた。

俺とリリウムは急停止し、顔を見合わせた後、恐る恐る振り返る。

「……へ⁉　女の子⁉」

この不気味な樹海に、人間の女の子が一人で突っ立っていた。

【ゴルドン】に遭遇した時以上の衝撃《しょうげき》である……。

「ウィッシュの知り合い……なわけないわよね……。完全に普通《ふつう》の人間ね……魔力《まりょく》も全然感じられないわ……」

俺たちに声を掛《か》けてきた女の子――あどけなさが残る少女の容貌《ようぼう》は、リリウムの言う通り普通の人間に違いない。

しかし、身に纏った白のドレス調の衣《ころも》からは、不思議な威圧《いあつ》感が放たれている。

金髪《きんぱつ》のツインテールや青い瞳などからは、逆に親しみやすさを感じるのだが。

「お兄ちゃん、ウィッシュって名前なんだねっ！」

無邪気《むじゃき》に笑う少女の雰囲気は、服装なども相まって薄気味悪《うすきみわる》い樹海で完全に浮《う》いていた。

「う、うん……俺は商人ウィッシュ。こっちはリリ……いや、なんでもない。それよりも、キミは？　なんで、こんなところに一人でいるのかな？」

リリウムの名は伏《ふ》せたほうが良いだろう。子供であっても、その名を知っている可能性はある。無意味に怖《こわ》がらせる必要はない。

「ワタシはミルフィナ！　神様だよ！　この樹海に来たのは――」

少女が元気に自己紹介《しょうかい》をし、事情を説明しようとした時。

リリウムが、少女に聴こえないよう俺の耳元で囁《ささや》いてきた。

「……ちょ、ちょっと！　どうみてもヤバい子でしょっ。自分のこと、神様とか言っちゃってるわよ!?」

う、うん……それは同感……なのだが……。

「あ、ああ……うん、そうだけど……」

さすがに、この場所に置いていくわけにはいかないよな。この子……ミルフィナとか言ったか……この子くらいの年齢《ねんれい》には、自分が勇者だとか信じる人間も居るしな。神様までいってしまう子供には会ったことはないが……きっと、大変な目に遭《あ》ってきたのだろう。

「――っていうわけで、お兄ちゃんを追ってきたんだよ！」

……それにしても、今日は本当に変な一日だ。魔王《まおう》軍の元幹部様と鉢合《はちあ》わせたと思ったら、今度は神様だ。次は何が出てくるのかな……ははは。

「はーい、分かった分かった、お嬢《じょう》ちゃん。それ以上、わけ分からないこと言ってると、森の熊さんに食べられちゃうからねぇ〜、静かにねっ」

物思いに耽《ふけ》っていた俺だったが、リリウムの声で現実に戻された。

リリウムは、お姉さんぶって少女をあやしているようだ。

「だ・か・らぁ！　説明してるでしょお！　ウィッシュ兄がいれば、あんな熊なんか簡単にやっつけられるんだから！　リリウム、魔王軍の元幹部なのに判断力が鈍《にぶ》いんじゃない？」

……………へ⁉　なんで、こんな小さな子供がリリウムの正体を知っているんだ⁉

「な、なにをぉ……この、クソガキぃ〜っ！」

「落ち着け、リリウム。えっと、ミルフィナちゃん、だったっけ……キミは一体」

「ミルフィナでいいよぉ！　さっきも言った通り、ワタシは女神！　最高神レピスの末っ子だよ！　この前、レピシアに降り立ったんだぁ」

ミルフィナは可愛《かわい》らしく茶目《ちゃめ》っ気《け》たっぷりにウインクをしてきた。

「レピスは知ってるけど……いや、名前だけだが。ミルフィナ……神？　は聞いたことない」

「うぅ〜〜。ワタシは、ひよっ子の神様だからね……まだレピシアの人々には認知《にんち》されてないよ……。でも、ワタシはお父様以上に、この世界のことを考えてる！　それを証明するためにレピシアに来たの！」

少女とは思えないような芯《しん》の宿った言葉。俺はミルフィナの言葉と、その声に不思議と温《ぬく》もりを感じていた。

どこかで聴いたことある声……それも、ついさっき……。

「ウィッシュ？　子供の遊びに付き合っていられる時間はないわよ。見て……もう夜になっちゃう。急いで森を抜けないと」

「……そうだな。まぁ、この子も俺たちの後を追ってくるだろう。俺がミルフィナを見守りつつ走るから、リリウムは先導よろしく」

「ええ、任せて。生意気なガキんちょだけど、ここで野垂れ死なれたら私の寝付《ねつ》きも悪いわ。しっかり守りなさいよ」

「ああ、任せろ！」

俺が力強く親指を立てて応えると、

「残念だけど、ウィッシュ兄たちに、この樹海は抜けられないよ」

ミルフィナが忠告してきた。その表情からは遊びや冗談《じょうだん》など感じられない。

「ど、どういうことだ⁉」

「この樹海の名前は、追憶の樹海《フォルニウム》。禁忌《きんき》の場所で、人間は一度入ったら最期。樹海全体に張られた結界によって、脱出《だっしゅつ》することなく息絶えるの」

「はぁぁ⁉　そんな迷信《めいしん》じみた話、私たちが信じるとでも⁉」

「信じなくても、自分たちで経験すれば分かるもん」

「ふーん、そう！　いいわ、ウィッシュ！　このリリウム様の後について来てちょうだい！　こんな樹海、すぐに突破《とっぱ》してやるから！」

そう言うと、リリウムは俺の返答を待たずに駆け出していった。

「ったく、すぐ突っ走るんだから。……ミルフィナ、俺はリリウムを追うから、すぐ後をつけてくるんだぞ？　離《はな》れそうになったら声をあげてくれ。いいな？」

「だいじょーぶっ！　ウィッシュ兄たちは先に行ってて。ワタシとすぐに合流できるから」

「？　まぁ、とにかく、困ったらすぐに大きな声を出せよ！」

俺はミルフィナに言ってから、先を行くリリウムを追った。

周囲は陽が沈《しず》んでおり、辺りは真《ま》っ暗闇《くらやみ》になっている。

それでも、構わずに駆けた。

「ハァ……ハァ……ハァ……ッ」

　呼吸が乱れてくるのが自分でも分かる。

　こんなに必死で走るのは、いつ振《ぶ》りだろうか。そんなことを考えていると、視界の先で暗闇の中、ポツリと立つリリウムの姿を確認することができた。

　あいつ……俺のペースに合わせるために待っていてくれたのか。

「ハァ……ハァッ……悪いな、待たせた」

　俺が軽くリリウムに告げると、リリウムは呆然《ぼうぜん》とした表情で俺を見返してきた。

「……ねぇ、ウィッシュ。これ……見てよ……」

　不安そうな声で、ぷるぷると腕《うで》を震《ふる》わせてリリウムが指差した先には――

【ゴルドン】の大きな死体が倒れていた。

「お、おいおい!?　う、嘘《うそ》だろ!?　この【ゴルドン】はなんだ!?　俺たちが倒したやつとは別のやつか!?」

「この右胸の下の小さな刺し傷《きず》……さっきウィッシュが付けたものよ……」

「と、いうことは……」

　俺が結論を言おうとした時――

　進行方向の暗闇から、ひょっこりと少女が飛び出してきた。

「はーい！　ウィッシュ兄たちは、めでたく戻ってきましたぁ！　おっかえりぃ～！」

雰囲気にそぐわない軽快な声で俺たちを迎《むか》えたのはミルフィナだった。

「俺の後を追ってきた……わけじゃないよな。前方から登場してんだもんな……」

嫌な夢でも見ている気分だぜ……ははっ。

「これで、この樹海のこと分かってくれたかな？」

「…………」

リリウムは無言だったが、今の状況は理解しているだろう。

「……ああ。たしかに、結界とやらが張られているらしいな。じゃなきゃ、真っ直ぐ走って元の場所に戻ってくるなんて有り得ない。少なくとも、俺はこんな経験したことがない」

「さすがウィッシュ兄！　理解が早くて助かるよ。じゃあ、そろそろ本当に危険な時間帯になるから、二人はワタシの後をついてきてねっ？　いっくよぉー！」

そうして、幼い女の子の先導のもと、俺とリリウムは夜の樹海を駆け抜けた。

――数十分後。

俺たちは無事に悪夢の樹海を脱出することができた。

「ハァ……ハァ……」

さすがのリリウムも息切れをしている。

「ははは……やったな！　生きて出られたぜ！」

「ウィッシュ兄、喜ぶのはまだ早いよ。ここは樹海の瘴気《しょうき》にあてられた魔物たちの棲息《せいそく》する場所だからね。もっと遠くの安全なところまで離れるよっ」

「お、おう」

俺たち三人は休憩《きゅうけい》する間もなく樹海を離れ、そそくさと歩き出した。

「いったいなんだったのよ、あの森……とても人間が管理下に置いている場所とは思えないわ……」

歩きながらリリウムが不機嫌《ふきげん》そうに零《こぼ》す。

「追憶の樹海──古の魔竜《まりゅう》フォルニスが封印《ふういん》されている森だよ」

「フォ、フォルニス⁉　魔界《まかい》の山岳《さんがく》地帯を吐息《とい》ひとつで吹《ふ》き飛ばしたっていう、あの伝説のドラゴン⁉」

「うん、そだよぉー♪」

魔竜フォルニス。

その昔、魔族《まぞく》の世界だけでなくレピシア中を恐怖《きょうふ》に陥《おとしい》れたという伝説のドラゴンだ。

俺も名前だけは知っている。それも小さい頃《ころ》から。

子供の頃、祖父ちゃんから聞かされた昔話。その話の中で、恐怖の象徴《しょうちょう》として描《えが》かれているのが魔竜フォルニスである。レピシアの子供には慣れ親しまれた作り話だ。

……と思っていたのだが、まさか、そのお伽噺《とぎばなし》の中の魔竜が、すぐ近くに居るだと？

「し、信じられん……」

「……ッ」

リリウムは、恐怖心《きょうふしん》からかミルフィナを射貫《いぬ》くような視線で見つめている。

いつの間にか森の結界を破り、俺たちを脱出へと導いた少女——ミルフィナを普通の子供として扱《あつか》うのは無理があった。

「ミルフィナが普通の子供じゃないことは分かったよ。さっきは信じなくて、ごめん」

俺は今の気持ちを率直《そっちょく》に伝えて謝《あやま》った。

「いーよ！　ワタシが、突然、声を掛けちゃったってのもあるしねー」

ミルフィナは両手を後頭部で組んで、悪戯《いたずら》っ子のように舌をペロッと出して答えた。

「声……か。それって、俺が【ゴルドン】と対峙《たいじ》していた時のことだよな？」

「おぉ？　気づいてたんだぁ？　そそ。ウィッシュ兄が自分の力のこと、まだよく分かってないようだったから、思わず声掛けちゃった」

「ウィッシュの力？」

話の内容が分からないリリウムは首を傾《かし》げている。

「俺の……力？」

ミルフィナの言葉を理解していないのは俺も同じだった。

「やっぱり、まだ自覚してなかったかぁ～！　あのさ、ウィッシュ兄、前にも戦闘中の相手の身体に光が見えたことって、なーい？」

「ある！　俺には間違《まちが》いなく見えたんだけど、周りの人間には見えてなかったんだ。だから、俺の幻覚なのかと思ってたんだけど……」

「それ、ウィッシュ兄が持ってる特別な能力だよ」

「マジかよ!?　俺にそんな力があるなんて、とても信じられないんだが……」

「ちょっと待って！　ウィッシュの不思議な能力も気になるけど、それよりもまず、アンタの存在よ！　ミルフィナとか言ったかしら、正体を言いなさい！」

語気は強かったが、リリウムの表情には少し恐怖も混ざっているようだ。

「いやいやいや！　ワタシ、最初に自己紹介してるからねっ!?」

「もしかして、人間の勇者が少女に化けていたり、とか………ごくり」

リリウムは生唾《なまつば》を飲み、緊張《きんちょう》に満ちた面持《おもも》ちでミルフィナの様子を窺《うかが》う。

「だからぁ！　神様だって言ってるじゃん！　ええぃ！　こうなったら、今、ウィッシュ兄にワタシの加護をあげちゃうもんっ！　これで、信じろおおおぉぉぉ!!」

　暗闇の中でミルフィナが叫《さけ》ぶと――

　突如《とつじょ》、俺の身体が眩《まばゆ》い光を放ち始め、温もりとともに大きな安らぎをもたらしてきた。

　……なんだろう、凄《すご》く心地《ここち》好《よ》い光だ。

　光に包まれた俺は、何にでもなれる、何でもできる。そんな全能感を抱《いだ》いてしまう。

　その後、光は一瞬で消失し、辺りは再び暗闇に飲《の》み込《こ》まれた。

「な、なんだったの⁉　ウィッシュ、大丈夫《だいじょうぶ》⁉」

「……あ、ああ、平気だ。むしろ、生き返った気分だ」

「？」

　頭の上に疑問符《ぎもんふ》が浮かんでいるリリウムをよそに、ミルフィナが話を続ける。

「今、ワタシがウィッシュ兄の眠《ねむ》っていた能力を無理矢理《むりやり》に引き出したの。ワタシのお父様なら無条件で人間に特別な能力を付与することができるけど、今のワタシにはこれが精《せい》一杯《いっぱい》。人間の元々持っていた力を引き出すだけ……信じてもらえるといいけど……」

　直前まで抱いていたミルフィナに対する不信感と恐怖心。そのどちらも、不思議と消え去っていた。それどころか、ミルフィナに対して心が通じ合っているという感覚すら芽生え始めている。まるで昔から組んできた仲間――運命を共にしてきた存在のような。

「ミルフィナの光に包まれた時、一瞬、白い世界が視えた気がしたんだ。それに、なんだか不思議な感覚だった……少し懐《なつ》かしいような……」

「なによそれ。混乱魔法《まほう》にでも掛けられたんじゃないの？」

「そんなんじゃない。俺は、この子を信じてみようと思う」

「ありがとうっ、ウィッシュ兄！」

ミルフィナは嬉しそうにニッコリと笑った。

「じゃあ本当に、この子が人間の神ってこと……？　いいえ、それは有り得ないわ！　魔族である私の正体を知っていて、何も攻撃を仕《し》掛《か》けてこないなんて不可解すぎるもんっ」

「ワタシからしたら、人間のウィッシュ兄と親しそうにしてるリリウムのほうが不可解なんだけどぉ？　ふふっ」

「し、親しくぅ⁉　そ、そんなわけないでしょ！　一時休戦中よ！　一時ね！」

リリウムは急に腕組《うでぐみ》をして、そっぽを向いてしまった。

そんなポンコツ魔族の様子を、ミルフィナはなぜか幸せそうに見つめている。

かと思ったら、一瞬で物憂《ものう》げな表情へと変わってしまった。

「……ワタシ、レピシアが人間と魔族が仲良く暮らせる世界になればいいなって、ずっと思ってた。でも、お父様たちに自分の考えを伝えても、厄介者扱《やっかいものあつか》いされるだけだった。それで、ついに勘当《かんどう》されて……」

小さな少女の小さな瞳《ひとみ》には、小さな雫《しずく》が浮かんでいた。

「ミルフィナ……」

スケールがデカすぎて、励《はげ》ましの言葉が見つからない。

「だから、ワタシの加護を与《あた》えるって決めてたウィッシュ兄が、魔族のリリウムと出会って行動を共にした時は運命だと思った！　この二人なら世界を変えられるかも！　って」

ミルフィナの瞳の輝《かがや》きは涙《なみだ》によるものではない。

確固たる自分の信念を語っている証拠《しょうこ》だ。


「ふーん。それが本当なら人間の神って、やっぱり最悪だわ」

しかし、そのミルフィナの想《おも》いをぶち壊《こわ》す、唐突《とうとつ》なリリウムの発言――

リリウムの表情には苛立《いらだ》ちの感情が表れていた。

「…………ぅ」

自身の想いが裏切られたミルフィナから、瞳の輝きが徐々《じょじょ》に薄れていく。

短い付き合いだが、この女魔族のことは理解してきているつもりだ。

ただのポンコツではない。相手が人間だろうが神様だろうが、本音をぶつける。それがリリウムだ。だから……、

「ふふっ」

思わず、笑《え》みが零れてしまった。

「何がおかしいのよ⁉ だって、そうでしょう！　こんな立派な想いを持ってる子供を放り捨てるなんて……レピスとか、最悪だわ！」

「おいおい、一応ミルフィナの親だぞ？　そんなに悪く言うな」

「ウィッシュだって、笑ってんじゃん！　あぁ、もういい、分かった！　ミルフィナ！　アンタ、私たちと一緒に来なさい！」

「え……」

状況《じょうきょう》が飲み込めないミルフィナは困惑《こんわく》しているようだ。

ミルフィナは返答に困り、俺の顔を見つめてくる。

「唐突過ぎるけど、俺も気持ちはリリウムと一緒だ」

「ホントにいいの？　ウィッシュ兄はともかく、リリウムは納得《なっとく》してくれたの？」

「ええ、私もアンタを信じるわ」

真顔で伝えるリリウム。

ミルフィナのことを気に入ったのだろう。リリウムの表情からは警戒感《けいかい》が消えていた。

「ありがとう……リリウム」

ミルフィナが安堵《あんど》したように応える。

「そうだ！　私にもアンタの加護ちょうだい！　私の中に眠っているトンデモない力を目覚めさせてよ！　そうすれば、私が魔王軍を叩《たた》き潰《つぶ》しにいってあげるわ！」

サラリとトンデモないことを仰《おっしゃ》るリリウムさん。

「ごめん、ワタシの加護は人間にしか使えない……しかも、一度きり……」

「そっかぁー！　まぁいいわ、私とウィッシュと……ミルフィナ、三人でアンタの目標を実現させるわよ！」

「…………う、うん！　よろしく……リ、リリウム」

照れた表情で、ミルフィナはリリウムと慣れない手つきで握手《あくしゅ》をした。

「人間と魔族が手を取り合って暮らす世界か……今はまだ難しいかもしれないけど、この小さな……ちっぽけなパーティーでは叶《かな》えられるかもしれないぜ？」

「…………うん！　絶対にできるよ！　アストリオンでウィッシュ兄を一目見た時、すぐに気づいちゃったんだもん！　この人、世界を変えられる人だ！　って。ワタシは未熟者だけど、勘《かん》はいいんだ！　えへっ」

得意気に笑うミルフィナ。その無邪気な表情は神様とはいえ、やはり子供に違いない。

「ところで、俺の眠ってた能力って、いったい何だったの？」

新たな仲間の加入も嬉しいけど、俺の目覚めた力のことも気になる。

「相手の弱点を感知する能力だよぉ！　どんな強力な相手でも、瞬時《しゅんじ》に弱点を見抜《みぬ》けるの。力が目覚める直前までは弱点箇所《かしょ》が光るだけだったんだけど、覚醒《かくせい》した今は相手の弱点属性とか細かい情報も読み取ることができると思う！」

「マジかよ……スゲー能力だな……」

「それ、ほんとぉ？　ミルフィナのことは信じたけど、ウィッシュの戦闘《せんとう》能力までは信じられないわー」

「ほほーう？　言いやがったな？　なら、リリウム！　さっそく、お前で試《ため》してやるぜ！」

俺は不遜《ふそん》な態度で突っ立っているリリウムを注視してみる。

すると――

「ほら、何も起きないじゃない。やっぱり、所詮《しょせん》はウィッシュってこと――」

「ちょちょちょおおお!?　なんか、リリウムの全身が光ってんだけどおおおおお!?」

俺の視界には、リリウムの全身から発せられた光が広がっていた。

ど、どういうことだ!?　今までは身体の一部に小さな光が灯《とも》っただけだったのに……。

「これは……きっと、リリウムの弱点が……その」

ミルフィナも俺と同様の現象を見ているのだろう。加護を与えし者と与えられし者――運命共同体みたいなものか。いや、今はそんなことより……、

「リリウム、全部が弱点じゃん！」

全身が光った。ということは、つまり、全身が弱点なのだ。なんというヤツだ……！

「はぁぁぁぁ!? そんなわけないでしょお！　絶対におかしいってばあああぁ！　うわぁぁああああああああん！　ばかあああああぁぁぁああああああ！」

その後、わんわん泣き出したリリウムを宥《なだ》め、俺たちは闇夜《やみよ》の中を歩き続けた。

◇◆◇◆◇◆◇◆◇◆◇◆

魔王軍の元幹部と女神《めがみ》様と冴《さ》えない商人の、あてのない三人旅。

経歴だけみれば凄そうなパーティーだが、現在の俺たちは晩飯すらロクに食べることができない貧困《ひんこん》状態に陥《おちい》っていた。

ぎゅるるるぅ、という抗議《こうぎ》の音を腹から鳴らすリリウム。

「ねぇ〜〜〜、ウィッシュ〜〜〜、お腹空《なかす》いた〜〜〜〜」

先程《さきほど》から何回も聞かされたセリフだが、全部無視している。

「………だいぶ歩いてきたな。そろそろ野営できそうな場所があるかも」

「ちょっとおお！　聞いてるぅ⁉　私、お腹が空いて死にそうなんだけどぉ⁉」

「あぁもう、うるさいな。今日は晩飯抜《ぬ》きって言っただろ。夜に狩《か》りするのは危険だから、明日の朝になったら食料を調達するって。今は体力温存が優先だ」

「むぅ～」

リリウムは膨《ふく》れっ面《つら》を向けてくるが、俺の考えは変わらない。

「ミルフィナを見習え。あんなに小さいのに、文句ひとつ言わないぞ？」

周辺の様子を確認しつつ、俺たちの進路を決める女神ミルフィナ。本当に頼《たよ》りになる。

「ワタシは栄養補給の必要がない身体だからね！　人間も魔族も、そういったところ不便だよねぇー」

「ミルって、お菓子《かし》も食べたことないの？」

「お菓子？　っていうのが何なのかは知らないけど、たぶん食べたことないよ？　食べる意味がないからねっ。それよりもさ、リリウム………ミルってのはワタシのこと？」

「ん？　そだよー。ミルフィナって、なんか発音しにくいんだよね、魔族的に！　だから、呼びやすいように縮めた！」

俺は発音に不自然さは感じない。人間と魔族、発声器官に違いがあるのかもしれない。

「……そっか。ミルか………えへへっ」

ミルフィナは、はにかむように笑った。

そんな微笑《ほほえ》ましいやりとりをしていると、俺たちは見晴らしの良い平原に到着《とうちゃく》した。

「ここ、エーレス平原……じゃないよな……」

今朝まで俺が順調に歩いていたエーレス平原。今では懐かしく感じる。

「この平原は違うっぽいよぉ？　エーレス平原なら、ワタシも天界からよく視てたから知ってるしねっ」

「……エーレスか……嫌な名ね」

リリウムが忌々《いまいま》しそうな顔で呟《つぶや》く。

「え？　リリウム、エーレス王のこと知ってんの⁉」

エーレス王。たしか、3代前のリングダラム国王だっけ。あれ、2代前だったかな。

「私がレピシアに来た時のリングダラム国王よ。ボルヴァーンの開発を指示したっていう、インチキなオッサンだわ。ふんっ！」

……ん？　ちょっと待て⁉　私がレピシアに来た時⁉　リリウムって何歳《なんさい》なの⁉

見た目は俺と同じくらいなんだけど……。

「でも、つい最近、エーレス王は死んじゃったよね？　今は別の王様だったような」

「つ、つい最近⁉　いや、死んだのって、かなり昔のことだぞ⁉」

「そんなことないでしょ。ミルの言う通り、たしか……30年ちょっと前じゃない？」

「……うん……そう、30年ちょっと前です……はい」

　ははは……ヤバい。この二人、時間の感覚が俺と違い過ぎる……。

「エーレス平原じゃないけど、ここは瘴気が感じられない穏《おだ》やかな場所だねっ」

　ミルフィナはご機嫌《きげん》な様子で、はしゃいでいる。

「ここ、野営地に最適な場所じゃないか？　今日はこの近くで野営しようぜ」

「ベッドはあるの？」

　このポンコツ魔族……真面目な顔して何を訊《き》いてきてんだ……。

「あるわけないだろぉ！」

「夜ご飯はブルベアのお肉がいいなぁ♪」

「そんな高級肉ねぇーよ！」

　ブルベア肉とか、アストリオンだと５０００ルピくらいする超高級肉《ちようこうきゆうにく》だ。

　このアホ魔族には、旅の常識を分からせてやる必要があるな。

「えぇー！　じゃあマイン酒もないのぉ⁉」

「ないない！　俺の身軽な手持ち装備を見れば分かるだろ……」

マイン酒は世界《レビシア》で最高級のお酒だ。鋳造貨幣《ちゅうぞうかへい》が流通する前は、お金《ルピ》の代わりに使われていたこともあるくらいの高級品。

「さいあくぅ！　ミルだって、こんな何もない場所で飲まず食わずで一夜を明かすなんて嫌だよね⁉　そうだよね⁉　ね⁉」

一人でも仲間を増やそうと、ミルフィナに必死に詰《つ》め寄るリリウムだったが、

「ワタシは別に問題ないよ？」

「そんなあああああ‼」

呆気《あっけ》なく撃沈《げきちん》した。

「よし！　多数決の結果、今日はここで野営！　今から準備するぞ……っと、その前に」

俺はウエストバッグの中から、小ぶりの袋《ふくろ》を取り出す。

「なによ、その耳障《みみざわ》りな音」

リリウムは、俺《おれ》が小袋《こぶくろ》をバッグから取り出した際のキュキュキュッという摩擦音《まさつおん》に不快感を露《あら》わにしている。空腹は魔族をもイライラさせるようだ。

「そんなこと言ってると、コレ、あげないぞ」

俺は小袋の中から手のひらサイズの物体を出して、リリウムに見せつけた。

「そ、そ、そ、それは⁉」

「パンだ」

「パン‼　食料だぁ‼　私たち、飢《う》え死《じ》にしなくて済むのね……良かった……ぐすんっ」

そんな大げさな……１日くらい何も食べなくても死にはしないだろうに。

「パン……？」

ミルフィナは、パンを不思議そうに見つめている。

目を丸くして、じーっとパンを見るミルフィナの姿は子供そのものだ。

「ミルフィナも食べてみるか？　１個しかないから、３等分の大きさしかないけど」

俺はパンを均等に３等分して、リリウムとミルフィナに手渡《てわた》した。

「……まったく、こんな食料を隠《かく》し持ってたなんて……早く言いなさいよねっ。ってか、私の少し小さくない？　ウィッシュのほうが、なんかちょっと大きい気がする」

「そんなわけあるか、きっちり３等分してる。ったく、本当は明日まで取っておくつもりだったんだ。もし明日、食料が手に入らなかったら旅の計画が狂《くる》うからな」

食料事情は旅をする上で避《さ》けて通れない問題だ。旅中では保存も保管も、まともにできない。空腹に負けて何も考えずに食べてしまったら、後で命取りになることだってある。

「これ……そんなに大事なものなんだ……？　必要のないワタシが食べちゃって、ホントにいいの？」

「ああ、問題ないぞ。子供は一杯食べて一杯大きくなるんだ」

「いっぱい……大きく……」

……？　俺の勘違《かんちが》いだろうか……ミルフィナが自分の胸をチラっと見たような……。

「ミルは女神様なんだから、それ以上は大きくならないでしょ。もぐもぐっ」

「え⁉　ワタシ、ずっとこの大きさなの⁉」

「いや、ごめん、私は魔族だから分からないけど……ミルは、その大きさが可愛くて良いと思う！　っていうか、このパン、味スッカスカね。私はもっと甘《あま》いのが好きなんだけど」

まぁ、2日前に行商から買ったパンだしな、仕方ない。旅の飯の味なんか、正直どうでもいい。食えればいいんだ、食えれば。

俺は乱暴にパンを毟《むし》って口に放《ほう》り込んだ。

「…………スッカスカだな」

味も少しは気にするべき要素かもしれん……さすがに無味乾燥《むみかんそう》すぎる……。

俺は味気のしないパンを噛《か》みながら、ミルフィナの様子を窺ってみる。

「可愛い……？　こんなに小さいのに」

なにやら険しい表情でブツブツと呟いていた。

「ミルフィナの小さな身体、俺も可愛いと思うぞ。今より大きくなるかは分からないけど、とりあえずパン食って元気だそうぜ！　あんまり美味《おい》しくないけど…………ははっ」

「へ？　……あ、ああ！　なんだ身体の大きさのことかぁ～～～！」

「？　いったい、なんの大きさだと……」

「な、なんでもないよっ！　よ、よぉーし、初めてのパン、いっただっきまぁーっす！」

ミルフィナは大事そうに両手で持ったパンを、一気に口に入れた。

もぐもぐと、小さな口で一生懸命《いっしょうけんめい》に咀嚼《そしゃく》するミルフィナ。

初めてのパン、それどころか初めての食事の感想はどんなものだろう？

「どう……だった？」

食べ終えて呆然としているミルフィナに訊《たず》ねてみた。

リリウムもミルフィナの感想が気になるようで、黙《だま》って見守っている。

「…………しぃ」

「「？」」

俺とリリウムは同時に首を傾げる。

「美味しいいいいいいぃいぃいぃ!!」

ミルフィナの甲高《かんだか》い声が、夜の平原に響《ひび》き渡《わた》った。

「え……!? そ、そうか、それは良かった……」

マジか……あのスッカスカのパンが美味しかったのか……。遠慮《えんりょ》して喜んでいるフリをしているなんてことは…………なさそうだな。

ミルフィナは闇夜でもハッキリと分かるくらい、目をキラキラと輝かせている。

「なにこれ、なにこれぇ！ パンって、こんなに美味しいの!? これ！ ワタシ大好きっ！」

飛び切りの笑顔《えがお》をみせるミルフィナ。その満面の笑みは、とても幸せそうで、見てる俺のほうまで嬉《うれ》しくなってくる。子供を見守る親ってのは、こんな気持ちなのかな。

「……俺の残りも食べるか？ ミルフィナの一口分くらいなら残ってるから」

「いいのぉ!? ウィッシュ兄の大事な食料なのに……」

「平気だよ。俺よりもミルフィナが食べて大きくなるほうが大事だからな」

「あ、ありがとぅ」

「まぁ、誰《だれ》かさんは残らず全部食べちまったみたいだけどなー」

俺はバツが悪そうな顔をしている女魔族のほうを見て、言った。

「し、仕方ないでしょ！ お腹空いてたんだもんっ！ それに、まさかミルが、こんなにパンに喜ぶなんて思わなかったし」

「まっ、そうだよな」

ミルフィナは俺の残りのパンも一口で平らげ、満足そうな表情を浮かべている。

そして——

「ねぇねぇ、他には食べ物ないの？」

無邪気な顔で訊ねてくる女神様。なんだろう、一瞬《いっしゅん》ちょっと悪魔《あくま》のようにも思えた。

「え……な、ないけど……」

まさか……初めての食事で、『食』の幸せに目覚めてしまったのだろうか。この状況で、それはヤバいぞ……俺が持ってた食料はパン1個だけだ。

「ミルぅ！　ミルも、もっとパン食べたいよね⁉　いいえ！　パン以上に美味しいもの、食べてみたいわよね⁉」

おいおいおいおいおい、煽《あお》るな煽るな！

「うん！　ワタシ、もっと色々なもの食べてみたい！　でも、今は無理だよね……」

「ううん、無理じゃない！　美味しいものが食べられる場所を探すの！　この野営地じゃ絶対に何も食べられないからねっ」

「おい、リリウムっ。余計なこと吹《ふ》き込《こ》むなっ」

リリウムにだけ聞こえるよう、小声で伝える。

「………ワタシ、ちょっと先に行って、周りに何かないか探してくるぅ！」

そう言うと、ミルフィナはすごい速度で、どこかへ走っていってしまった。

「ちょちょちょちょちょ!?　え、マジで!?　マジで行っちまったぞ！」

「くふふふふ、これで我《わ》が陣営《じんえい》の勝利は確実だ。我の胃袋《いぶくろ》を満たすのも時間の問題」

腰《こし》に手を当てて高らかに謎《なぞ》の勝利宣言をするリリウムだったが、その腹からは、きゅるるるるるぅという音が鳴っていた。

「おい、悦《えつ》に浸《ひた》ってるとこ悪いけど、野営の片付けするから手伝えよ」

「なによ？　ここでミルを待つんじゃないの？」

「待つよ。でも、今日はここでは野営しないから」

「どゆこと？」

「ミルが村なり集落なりを発見してきたら、そこへ向かう。もし、何も見つけられなかったとしても、別の場所へ晩飯の食料を調達しに行く」

「ウィッシュ～！　あんたのこと、頭の固いケチケチ商人だとばかり思ってたけど、格好《かっこ》いいところもあるじゃん！」

ケ、ケチケチ商人!?　頭の緩《ゆる》いユルユル魔族に酷《ひど》い言われようである。

「まぁ、あんな幸せそうな表情見せられたらな。まだ時間的にも余裕《よゆう》はあるし、食料確保できるまで、もう少し粘《ねば》ってみてもいいかなって思ったんだ」

「そうこなくっちゃ！　仲間３人いるんだし、力を合わせればなんとかなるって！」

仲間――

そうだ、今の俺には大事な仲間がいる。まだ出会ったばかりだけど、間違いなく大事なパーティーメンバーだ。みんなが笑って生活できるところ、そんな場所があれば最高だけど。

ふと、アストリオンでの出来事が脳裏《のうり》によぎる――下級魔族に襲《おそ》われている女性を安全な場所から眺《なが》める人々の光景。

人間という種族の中だけでも決定的な差や違《ちが》いが存在している。

種族も性別も職業も地位も、何にも囚《とら》われない自由な場所。

そんな夢みたいな場所、レピシアにあるわけない。

でも――

「ないなら、自分たちで作れば……」

頭の中で、ぐちゃぐちゃとした考えをまとめていると、ミルフィナが戻《もど》ってきた。

「たっだいまぁ！」

気のせいだろうか。ここを飛び出した時よりもミルフィナの表情は明るい気がする。

「おかえり、ミルフィナ」

「おかえり、ミル！　で、どうだった⁉　美味しいお店が並んだ街とかあった⁉」

いや、こんな平原にそんな派手な街があるわけないだろ⁉

「あったよぉ！　ここから、ちょっと進んだところに、人が住んでる場所があった！」

「本当か⁉」

こんな平原に、そんな場所があったなんて。勇者のパーティーを追放されなかったら、来ることもなかったであろう場所だ。なんだか、勝手に運命的なものを感じてしまう。

「やったぁ！　よく見つけたわ、ミル！　偉《えら》い偉い！　じゃあ、さっそく向かいましょっ」

こうして、俺たちはミルフィナに導かれるまま、平原に存在するという街へ向かうことに。


——数刻後。

俺たちは人工的な灯《あか》りのある場所に到着することができた。

「本当に人が住んでる場所があったわ！」

「……んー、街……ではないな、どうみても」

外から見える建物や設備を確認《かくにん》する限り、村だ。

「街じゃないの？　人間の住んでるところを街っていうんじゃないのぉ？」

ミルフィナが目をキョトンとさせて訊ねてきた。

「住んでる人間の数とか施設《しせつ》の充実度《じゅうじつど》とかで、呼び方が変わるんだよ。街は凄く発展してる場所のことで、食料や道具の流通量も多い。目の前の、あそこは……村っていうのが適切だな」

「じゃあ、パンもないの？」

「どうだろう、ここからじゃ分からないな。でも、いずれにしても俺たちは旅の冒険者《ぼうけんしゃ》だ。冒険者が旅の途中《とちゅう》で住民のお世話になる際は、必ず、それに見合うだけの恩義を払《はら》う必要があるんだ。お金《ルビ》が一番、一般的《いっぱんてき》な支払《しはら》い方だな」

「ウィッシュ兄、お金《ルビ》持ってるの？」

「ない」

正確にはギリギリ一人分の生活費しかない。元々、一人旅だったから。

「じゃあ、どうすんのよ？　まさか、タダで色々恵《めぐ》んで貰《もら》うつもりじゃないわよね？　それはダメよ？　暮らしてる人たちの迷惑《めいわく》にはなりたくないから」

人間の街に侵攻《しんこう》してきた魔族とは思えない発言である。

「安心しろ。お金《ルビ》で払えない場合は、冒険者特有の能力で住民たちのお手伝いをするんだ。

まっ、大抵《たいてい》は肉体労働だな。荷物の運搬《うんぱん》とか、農作業とか」

「それなら任せて！　私、めちゃくちゃ得意分野だわ！」

リリウム、もしかして魔族でも田舎者《いなかもの》なのかな。

「ということで、まずは村の入り口を警護してる守衛さんに話をして――」

あれ？　何か忘れているような？

……あっ。

「ウィッシュ兄？　どうしたの？」

「……いや、ダメだろ！　絶対ダメじゃん！」

「なによ？　あそこに食べ物が待っているのよ？　急ぐわよっ」

「待て待て待て！　リリウム、お前は何か大事なことを忘れていないか⁉」

「は？　何も忘れてないわよ？」

「お前、魔族じゃん！」

「…………あっ」

あっ。じゃないわ！　自分のアイデンティティを忘れるなよ……。

「ミルフィナはともかく、リリウムは絶対に捕《つか》まる。最悪の場合、即刻《そっこく》クビを取られるぞ」

「リリウムぅ……」

ミルフィナがリリウムを憐《あわ》れむような目で見つめる。

「そんなぁ！　私は悪い魔族じゃないのよぅ……見逃《みのが》してよぅ……」

「お前、アストリオンに攻《せ》め込んで来たじゃん」

俺はリリウムを指差して、過去の悪事を掘《ほ》り起こしてやる。

「あれはドワイネルのジジイに唆《そそのか》されただけだもん！　私、なんにも悪いことしてないもん。私が被害者《ひがいしゃ》だもん！」

ドワイネルというのはリリウムの元上司か何かだろうか。

「少なくとも、人間はレピシアに攻め込んで来ている魔族を良くは思っていない。むしろ、倒《たお》すべき敵として見ている」

「デスヨネー」

でも、リリウムと俺たち人間の見た目上の違いって、耳の形状だけなんだよな。魔族によっては、角があったり身体が巨体《きよたい》だったりと魔物《まもの》寄りのタイプもいるけど、リリウムに関しては完全に人間寄りの見た目だ。

「ふーむ？」

「ウィッシュ兄、なにか名案浮《う》かんだの？」

「名案かどうか分からないけど……リリウム、この飲み薬を服用してみてくれ」

俺は旅の出発前に教会の司祭様に頂いた滋養《じよう》薬をリリウムに手渡した。

「なによ、この液体薬……怪《あや》しくない？　大丈夫？」

「心配するな。ただの回復薬《ポーション》だ。疲《つか》れに効くらしい」

司祭様は、『魔《ま》』を打ち払う効果もあるとか言っていたけど……。

「なんだ、ただの人間用の疲れた身体を癒《い》やす飲み薬じゃない……まったく。……ゴクゴク」

リリウムは文句を言いながらも、しっかりと飲み始めた。

「ねぇねぇ！　ソレ、ワタシも飲んでみたーい！」

「悪いな、ミルフィナ。リリウムにあげた1本しか無いんだ」

「そっかー。残念だけど、飲める日が来るのを楽しみにしてよーっと♪」

「そういやソレ、修道士が作ったモノらしいんだよ。神聖な効果が期待できるから、ミルフィナと相性《あいしょう》良さそうだよな」

「つぶぶぅううううううううううううううう！」

「リリウム、どした？」

「修道士の作った神聖なモン、魔族《まぞく》の私に飲ませるなぁあああ！　アホォォオオ！」

「ま、まぁ大丈夫だろ。滋養強壮《じようきようそう》に効く、ただの飲み薬みたいなモンだから……」

「ほんと、きゃぁっ、かしら、あはぁっ、ね……ぅはぁ～。あああぁぁぁぁ～～～」

……あれ？　なんかリリウムの様子がおかしいぞ……。

「リリウムぅ？　だいじょーぶ⁉」

心配そうに見守るミルフィナ。

「ん……？」

突如、リリウムの身体から湯気のような朧気《おぼろげ》な気体が噴《ふ》き出してきた。

「グググググッググググッグッッグッ」

リリウムは地面に俯《うつぶ》せるように項垂《うなだ》れてしまっている。

俺がリリウムを介抱《かいほう》しようとした時、身体から発生していた黒いオーラの漏出《ろうしゅつ》は収まった。収まったというよりも終了《しゅうりょう》したというべきか。

リリウムは依然《いぜん》その場で蹲《うずくま》っている。

「お、お、おいっ！　大丈夫か⁉」

呼びかけると、リリウムは徐《おもむろ》に立ち上がった。

「うぅ……灼《や》けるように身体全身が熱いわ……なんてモン飲ませるのよっ、アホ商人！」

あぁ、良かった。無事みたいだな。

「良かったぁ！　リリウム、なんともない？」

「心配してくれてありがと、ミル。一応平気みたい。ちょっと頭がクラクラするけど」

「悪かったよ。ただの飲み薬だと思ったんだけどな……」

マジで魔に対しては効果があったみたいだな。まぁ、それも眩暈《めまい》程度だったようだが。

「飲んでも疲れが取れた気がしないわ。森を走った疲れが残ってるし」

「まぁなんにせよ、リリウムの入村計画を検討しないと……と、と、ととおおお!?」

「どうしたのよ。そんな大きな声を出すと村まで聞こえるわよ。静かにしなさい」

……いやいやいや。

いやいやいやいやいやいや！

俺はリリウムの顔を再度覗《のぞ》き込《こ》む。

おかしい……おかしすぎる。半分冗談《じょうだん》のような気持ちで薬を飲ませたのだが……。

「あれ……？　気のせいかな？　リリウム、なんか耳の形が……」

いや！　ミルフィナの気のせいじゃない！

なんと！　リリウムの耳が人間のように丸みを帯びているのだ！

「お、お前は誰だ！」

「は？　とうとう本当にアホになっちゃった？　リリウム様に決まってるでしょ」

不遜な態度で俺を馬鹿にする口振《くちぶ》りは、間違《まちが》いなくポンコツ魔族のリリウムだ。

「リリウムよ……自分の耳を触《さわ》ってみろ……」

「は？　急に何言ってんのよ。そんなの、いつもの可愛《かわい》く尖《とが》った耳………って！　何これ、どうなってんのよおぉ！　私の可愛い耳が変な形になってるぅ⁉」

「いやいや、人間らしい可愛い耳になったじゃないか。これで村にも入れそうだぞ？」

「ちょちょちょ。私どうなっちゃったのよ⁉　説明を求めるわ！　もしかして……私、人間になっちゃったの⁉」

「いや、俺に訊かれましても……。そもそも、人間と魔族の違いって何だ？」

「身体に流れる魔素の質とか、骨格とか。私の場合は、ほとんど人間と一緒《いっしょ》だけど……

……いえ、一つだけ決定的に違うモノがあったわ」

「なんだ？」

「血の色だね。ウィッシュ兄は赤いけど、魔族のリリウムは違う」

「そういうこと！」

「ああ、なるほど」

姿形の差異以上に明確な違い――それは身体中《からだじゅう》に流れる血液の色だ。

さっきリリウムが言った体内を流れる魔素の質というのは、血液の色に違いをもたらす。

人間の血は赤いが魔族の血の色は黒か緑だ。これは上級魔族《グレーターデーモン》だろうが下級魔族だろうが全部一緒だ。

　リリウムは思《おも》い詰めた表情を浮かべ、自分の指の先を裂《さ》く。

　リリウムの指先から流れ出した血の色は、緑色をしていた。

「っほ、良かった。私は魔族のままだわ」

「いっそ人間になりたいとは思わないのか？」

「思わないわ。ウィッシュだって人間に絶望しても魔族になりたいとは思わないでしょ？」

「それも……そうだな」

　結局、最初になった生命体に自分の精神は縛《しば》られるんだ。リリウムもそうなのだろう。

きっと、女神のミルフィナだって同じ気持ちだろう。

「………………」

　ミルフィナは、俺とリリウムの会話を物憂《ものう》げな表情を浮かべて聞いていた。

　もしかして、人間になってみたいとか考えてたり……？

「でも、良かったわ。これで人間の世界で活動しやすくなったわ！」

「耳の形が変わったのは気にしないのかよ？」

「へ？　まぁ少し不格好な形にはなっちゃったけど、別にいいわ。寝癖《ねぐせ》みたいなもんよ！」

「そっか……うん、そうだな！」

価値観は人それぞれ魔族それぞれ。血の色が何色であれ、リリウムは俺たちのパーティーメンバーだ。それは誰が何と言おうと間違いない。

ミルフィナも小さく頷《うなず》いて、元の元気な顔付きに戻っていた。

「さぁ、早く村に入るわよ！」

「うんっ。リリィ、いこっ！」

「ん？　リリィ……？　私のこと？」

「そだよぉ！　リリウムって言いにくいから、縮めてみた！」

ミルフィナの言葉に、リリウムは複雑な表情を見せた後……ちょっとだけ微笑んだ。

その後、俺たちは衛士《えじ》に事情を説明し、村へ入ることを許可された。もちろんリリウムの素性《すじょう》は隠して。

価値観は人それぞれ。リリウムを迫害《はくがい》する人間が居ても不思議じゃない。

でも、リリウムやミルフィナが自分たちの素性を偽《いつわ》らず、ありのままの姿で安全に暮らせる場所……そんな夢みたいな楽園を、いつか俺たちで作る。

俺は密《ひそ》かな決意を胸に秘《ひ》め、名も知らぬ村へと足を踏《ふ》み入れた。

四章　日本人

リングダラム王国はレピシアで最大規模を誇《ほこ》る国家である。

人口が多く、経済力も高い。人々の暮らしも豊かで、安定した生活を送っている者が多い。

40年前の魔王軍侵攻《まおうぐんしんこう》を防いだ実績と、その軍事力を背景に栄えていったという歴史がある。しかし……その陰《かげ》には、国や社会から見捨てられた人たちが存在していることも確かだった。繁栄《はんえい》の裏で広がる格差──明と暗、光と影。

国の歴史から、汚点《おてん》として抹消《まっしょう》された存在。

「それが、このザッケン村なんですか？」

村に快く迎《むか》え入れられた俺たちは、村長のお宅で事情を説明し終えた後、ゼブマン村長から、村のことを紹介《しょうかい》されていた。

ザッケン村──俺はこの村の名前に、全く聞き覚えがなかった。

「ああ、そうじゃ。このザッケン村は40年前の魔王軍侵攻の際、アストリオンから逃《に》げてきた者たちが興《おこ》した村なんじゃ。それ以降、あてもなく彷徨《さまよ》った末に辿《たど》り着いた者や、居場所を追われた者たちが住み着き、自然と今の形になっていったんじゃ。だから、国の地図にも載《の》っておらんし、この村を知る者は、ほとんど居らんじゃろうな」

村長のゼブマンさんは自慢《じまん》の長い髭《ひげ》を撫《な》でながら淡々《たんたん》と語る。

リリウムとミルフィナは椅子《いす》に座《すわ》り、黙って話を聴いている。

今のところ、二人の正体はバレていないようだ。

「でも、リングダラム王国の領地ではあるんですよね？」

「そうじゃが……国から正式な村と認められておらん。だから、ここに暮らす者たちも正確にはリングダラム王国の国民ではないんじゃ。国からの恩恵《おんけい》は受けられんし、魔王《まおう》軍が襲ってきたとしても、助けに来んじゃろう。国の領地にありながら、国に捨てられた村なんじゃ……ここは」

「…………」

村長の話を聞いていると、自分の故郷《ふるさと》の村のことを思い出してしまう。

俺の村も暮らしぶりとしては、ここと似たような環境《かんきょう》だった。でも、一応、国から認められていたので多少の支援《しえん》はあった。過酷《かこく》な徴税《ちょうぜい》と引き換《か》えではあったが。

「じゃから、お主たちの要望を聞く前に言っておく。儂《わし》らと関われば、場合によっては国に仇《あだ》なす者として見られるやもしれん。なにせ、儂ら村の住民はリングダラム王国のことを憎《にく》んでおるからのう。国からしたら、反乱分子に見えるじゃろうからな」

村長は冗談混じりに、ふぉっふぉっふぉっと笑いながら忠告してきた。

村の事情を聞き終えた俺たちは、3人で顔を見合わせ無言で頷いた。

「問題ありません。俺たちは夜分に突然押《とつぜんお》し掛《か》けて来た立場です。村の方々にご迷惑を掛けるつもりはありませんし、自分たちのことも自分たちで責任を持ちます。ですので、少しの間だけ旅の補給と休息のために滞在《たいざい》させてください。もちろん、対価はお支払いします」

「分かった。そこまで言うなら、儂からは何も言わん。それで対価についてなんじゃが――」

「そ、そのことなんですが！　実は俺たち、お金《ルピ》をほとんど持ってなくてですね……できれば、労働でお返しさせていただきたいのですが……ダメでしょうか？」

ここの交渉《こうしょう》が俺の見せ場である。価格交渉は得意分野だが、支払い条件の変更《へんこう》もこれまでに何度も経験してきた。仲間のために磨《みが》いてきた交渉術《こうしょうじゅつ》を活《い》かす時だ。

「おぉ！　それはちょうど良かった！」

「へ？」

村長の発言を聞き、俺だけでなくリリウムとミルフィナも首を傾《かし》げる。

「この村はレピス教などという胡散臭《うさんくさ》い宗教は信仰《しんこう》しておらんのじゃ。もちろん、お金《ルビ》などという穢《けが》れたものも村では使用しておらぬ。じゃから、村人たちのために働いてくれるというのなら、そちらのほうがありがたい！」

……な、なんということだ。レピシアでレピス教を信仰していないとなると、他国や別の都市との商取引ができないばかりか、旅の冒険者への依頼《いらい》も満足にできなくなる。なにせ、お金《ルビ》が使えないのだから。

ここザッケン村は自給自足の村であり、世界《レピシア》から孤立《こりつ》した陸の孤島《ことう》ということだ。

「……レピス教」

ミルフィナの消え入りそうな声が耳に届く。

ミルフィナにとっては身近な存在である神レピス。そのレピスを信奉《しんぽう》する人間たちと相《あい》容《い》れないザッケン村の住人たち。小さいながらも、思うところがあるのだろう。

「それで……ウィッシュ殿《どの》と申されたか。お主たちは、どのくらい村に滞在するおつもりなんじゃ？　目的の場所があるのじゃろう？」

「ええ。俺たちはニーベール共和国の首都ルーヴィッチに行こうと思っています。恥《は》ずかしながら道に迷っている最中でして、ここからどの程度の距離《きょり》なのか分かっておりません」

現状、目的地までの日数が分からないので、食料補給の必要量も計算できない。

「ルーヴィッチか……ちと遠いのう。ここからだと……そうじゃなぁ……徒歩で15日といったところかのう」

「じゅ、15日!?」

何かの間違いじゃ!?　アストリオンからルーヴィッチまでは徒歩で約15日だ。俺はアストリオンを出発して10日後の今日、正規ルートから外れた。普通《ふつう》なら5日後には着くところが、迷ったせいで15日後になっただと!?

ありえない……。仮にルーヴィッチと逆方向に進んだとしても、1日歩いただけで10日分の行程になるとは考えにくい。というか、そんなことあるはずがない。

「驚《おどろ》いた顔をしておるのう？　お主らが、どうやってこの村まで来たのかは知らぬが、ここザッケン村と他地域の間には、追憶の樹海《フォルニウム》という人間が立ち入ってはならん神聖不可侵《ふかしん》の森が存在しておる。その樹海を抜《ぬ》けるのは不可能じゃから、迂回《うかい》せにゃならんのじゃ。その樹海がザッケン村を国の中心から引き離《はな》したとも言えるし、守ったとも言えるのじゃがな」

ミルフィナの言う結界の存在か。俺たちにしても、ミルフィナが居なかったら今頃《いまごろ》は森の中で魔物のエサになっていただろう。そう思うと、ゾッとする。しかし……、

「それなら、６日分の食料を補給するまでの間、お世話になりたいと思います」

「はて？　15日分の食料を用意しなくても良いのか？」

「ええ、構いません。長くご厄介《やっかい》になって迷惑を掛けたくありません。それに……」

早くパーティーの仲間の生活基盤《きばん》を安定させたい。そのためには、できるだけ早くルーヴィッチに行って、お金《ルピ》を稼《かせ》ぐ必要がある。そして、俺たちの活動拠点《きょてん》を作るんだ。

ロスした１日を含《ふく》めて計６日。樹海を抜けられる俺たちは、その日数で充分《じゅうぶん》だ。

「なるほど、何か事情があるようじゃな。まぁ、今日はこの辺にして、お主らの泊《と》まる家へ挨拶《あいさつ》に行くとするかのう」

「ありがとうございます。よろしくお願いします」

「お爺《じい》ちゃん、ありがとぉ！」

大人しく俺と村長の話を聞いていたミルフィナが、お礼を言う。

「ふぉっふぉっふぉ。これまた元気な子供じゃのう」

「ワタシはミルフィナ！　よろしくねっ」

ミルフィナの頭を優《やさ》しく撫でて応える村長ゼブマンさん。

その子供、貴方《あなた》が毛嫌《けぎら》いしているレピスの子供ですよ……。

「私はリリィです。短い間ではありますが、何卒《なにとぞ》よろしくお願いいたします」

「おやおや、これはご丁寧《ていねい》に、どうも。お若いのにしっかりしてるのう。これなら、儂も宿泊先《しゅくはくさき》の家主に安心して紹介できそうじゃ。ふぉっふぉっふぉっふぉ」

その女、この間アストリオンを襲ってきた魔王軍の元幹部ですよ……。

それにしても、リリィか……ミルフィナに付けられた呼び名、気に入ったんだな。

俺は、村長さんと親しげに話をするミルフィナとリリウムを温かい気持ちで見守った。

◇◆◇◆◇◆◇◆◇◆◇◆

俺たち3人は村長の案内のもと、お世話になる家主の方の家へと向かう。

ザッケン村は軽く見渡《みわた》した限り、小さな村だ。住居も50、いや40あるかないかくらい。

俺たちを見て、驚いたような視線を送ってくる人もいて、旅人の存在が珍《めずら》しいことが窺《うかが》える。

その道すがら、リリウムが俺の耳元で物騒《ぶっそう》なことを呟《つぶや》いてきた。

「あの森、位置関係から計算すると相当危険だわ」

「位置が関係するのかよ？」

「ええ。村長さんの話を聞いて、この村の大体の位置が分かったわ。そこから計算して、森の位置も分かった。あの森の位置する座標は、魔界《まかい》だと神々の墓場《ヘラシオン》のある場所だわ。神々の墓場ってのは、古代魔族の神を討《う》ち滅《ほろ》ぼした伝説上の魔獣《まじゅう》や神獣《しんじゅう》が棲《す》まうとされる禁忌《きんき》地帯なの」

「魔族にとっての魔界での進入禁止エリアと、人間にとっての人間界での進入禁止エリアが一致《いっち》しているというわけか」

「そういうこと。そして重要なのは、神々の墓場の中には、人間界に通じる門《ゲート》があるってこと。つまり……魔獣や神獣がウジャウジャ棲息《せいそく》しているかもってことよ」

「こ、怖《こわ》すぎる…………で、でもよ、俺《おれ》たちにはミルフィナが付いてんだぜ⁉　今日だって簡単に抜けられたんだし、問題ないだろう……ははっ」

「ウィッシュ兄、楽観的すぎるよぉ？　今日は運良く魔竜《まりゅう》フォルニスと鉢合《はちあ》わせしなかっただけだよ。強い敵に遭遇《そうぐう》したら、いくらウィッシュ兄でも苦戦すると思うよ？」

俺とリリウムの会話にミルフィナも入ってきた。

謎に俺への評価が高いのは気になるが……。相手の弱点が分かるとは言っても、純粋《じゅんすい》な戦闘《せんとう》能力は低いままなんだ。覚醒《かくせい》した能力を過信するのは危険だ。

「強敵なら【ゴルドン】には会ったけど。まぁ倒せたのは運もあったしな……」

「あの熊さん、追憶の樹海の中じゃ弱っちい魔物だよ？」

マ、マジかよ……背筋が凍《こお》るぜ、へへっ……。

「村長さんに滞在期間を延長してもらったほうがいいんじゃなーい？」

リリウムが、したり顔を向けてくる。

「えっと……確認なんだけど、ミルフィナに戦闘する力は無いんだよな？」

「ないよぉ！」

ミルフィナは堂々と言った。控《ひか》えめな胸を突《つ》き出して。

「でもさ、ミル。ミルは森の結界を破ってたわよね？　あれは魔法《まほう》じゃないの？」

「ワタシが結界を破れるのは、アレがお父様が作ったものだからだよ。解除方法を教えてもらったことがあるの」

「神レピスか……なるほど。魔族が神々の墓場から魔竜や神獣をレピシアに放ったのを、レピスが森に閉《と》じ込めたってことなのね」

「うんっ。お父様にも戦う力はないけど、人間に特別な力を付与《ふよ》したり、レピシアに結界を張ったりすることはできるんだよ。それで、その結界は魔法じゃない特別な力なんだ。ワタシたち神々にしか解けない特別製だよぉ♪」

「俺はレピスが存在することにも驚いているんだけど…………なんか遠い世界の話だ」

「まぁ、お父様は、もっと凄《すご》いことができるんだけどね。例えば――」

「ウィッシュ殿、着きましたぞ。ここが家主の家じゃ」

ミルフィナの言葉は村長の声に遮《さえぎ》られて、最後まで聴き取ることができなかった。


村長が案内してくれたのは、村の中では小さい部類に入るだろう石造りの家だった。

通気口から内部の灯りが漏《も》れ出ているので、家主はまだ起きているのだろう。

「ここに住む娘《むすめ》は、3年ほど前にアストリオンからフラっと村にやってきたんじゃが、どうにも心を閉ざしておってのう……儂らも心配しておるんじゃよ」

「そんなに難しい方なのですか？　その……初対面の冒険者である俺たちが押《お》し掛けても拒絶《きょぜつ》されると思うのですが……」

「いいや、むしろ短い付き合いの相手にこそ、普段《ふだん》は言えないような本音を漏らしたりするもんじゃ。儂ら村の住民では力になれなかったが、お主たちなら或《あ》いは……。これも村の頼《たの》み事《ごと》だと思って、引き受けてくれんじゃろうか」

「……分かりました。頑張《がんば》ってみます」

村長は満足気に頷いた後、家の扉《とびら》を軽く叩《たた》いた。

「ノア？　まだ起きているな？　頼みたいことがあるんで、出てきてくれないか？」

ノア、というのが家主の名か。

俺たちが、これからお世話になるノアさんは、

「………」

家の中から扉を開けて、ゆっくりと出てきた。

ノアさんは可愛らしい見た目の女の子だ。俺よりも少しだけ年下かもしれない。15、6歳《さい》くらいだろうか。リリウムよりも少し幼い。……というか、リリウムって何歳《なんさい》なんだ？　何十年も前の話をしていたから、結構な年齢《ねんれい》に……。

「あん？」

リリウムが威嚇《いかく》するように、半目で俺を突き刺《さ》してきた。

怖い！　なんか俺の思考を読み取られている気がする！

魔族《まぞく》相手でも女性に年齢を訊《たず》ねるのは禁忌行為《きんきこうい》だと認識《にんしき》する。

「お、大きい……っ！」

俺の隣《となり》では、ミルフィナがノアさんを見て驚いていた。

ノアさんは身長も体格も、それほど大きくはない………身体の一部分以外は。

「この方々は旅人さんじゃ。ちぃとばかりの間、家で世話をしてやってもらえんかのう」

ノアさんは微動《びどう》だにせず、俺たちを見渡して何かを推《お》し量《はか》っているようだ。

「……わかりました」

一拍《ぱく》置いて、ノアさんは静かに応えた。

肩《かた》付近まで伸《の》びた彼女《かのじょ》の黒髪《くろかみ》が、少しだけ揺《ゆ》れている。

「おぉ、助かるよ、ノア。皆《みな》さんも疲れたじゃろうから、よく休んでくだされ」

「ありがとうございます」

「お爺ちゃん、ありがとぉ！」

「村長様、感謝いたします」

俺たちは三者三様にお礼を述べ、村長を見送った。

そして、ノアさんは一呼吸置いてから、

「……どうぞ」

家の中へ俺たちを招いてくれた。

——彼女の短い言葉。

なぜだろう……生気が宿ってないように感じてしまった。

「あれ？　なによ、ウィッシュ。あんた、なんで靴《くつ》なんか脱《ぬ》いでるのよ？」

「え？　あ、ああ、悪い。なんか昔の癖《くせ》で……」

家にあがる際に靴を脱いだことを、リリウムにツッコまれてしまった。

でも、なんでだろう？　アストリオンに来てからは、家の中でも靴を履《は》いたまま普通に過ごしていたのに……。

自分でも不思議に感じていたのだが、その答えはすぐに見つかった。

家の入り口には靴が並べてあり、家主であるノアさんも靴を脱いで入っていったからだ。

俺も昔の癖で、自然に脱いでしまったのだ。

そんな俺の様子を黙《だま》って見つめるノアさん。彼女の表情が微《かす》かに変化していたような気がする。小さな驚きの表情……でも、彼女はリリウムとは違って、声には出さなかった。

「人間は家の中で裸足《はだし》で生活する習慣でもあるのかしら？」

「……ないよ。少なくとも、俺の実家以外ではな」

なぜか、俺の生まれた家では室内で靴を脱いで生活していた。

俺の家の常識と他の家の常識が違うことに驚いたのは子供の頃《ころ》。

今では、多数派が世界の常識になるということは理解《わか》っている。

実際、靴を脱いで家にあがる人間を家族以外で拝むのは初めてのことだった。

「そういえば、ミルはずっと裸足だけど、汚《よご》れとかは平気なの？」

「平気だよぉ！　実はワタシ、ちょっと浮いてるから！」

「「マジ⁉」」

ここにきて、ミルフィナの神っぽい性質が明らかになった。……まぁ、それは置いといて、

「じゃあ、リリウムも靴を脱げよ」

「はぁ？　なんでよ？」

「郷に入れば郷に従え、っていうだろ」

「いや、そんな言葉知らないし、聞いたこともないんだけど⁉」

「新しい場所に来たら、その場所の習慣とか価値観に従えって意味だ」

「……ああ、奇林樹《きりんじゅ》の麓《ふもと》ではピピィに倣《なら》え、ってことね」

「いや！　そっちの言葉のほうが全然聞いたこともないわ！」

「パンが欲《ほ》しくば靴を脱げ、ってことだよぉ！」

「……そ、そういうことだ」

「ちょっと、ウィッシュ⁉　なんかミルにだけ甘《あま》くない⁉」

その時――

「……あ、あの」

俺たちの会話を聞いていたノアさんの口が少し開いた。

「ああ、ノアさん、ごめんなさい！　おい、リリウム、はやく家にあがるぞ」

「わ、わかったわよっ」

リリウムは渋々《しぶしぶ》靴を脱いで家に入る。

「安心してください。私の家は日本様式です。衛生上の理由から、家の中では靴を脱いで生活しているのです。靴底《くつぞこ》には外で付着した泥《どろ》や雑菌《ざっきん》が、こびりついていますから」

「へ？」

口数の少なかったノアさんが喋《しゃべ》り出したと思ったら、言ってる内容は意味不明だった。

日本様式？　雑菌？

「改めまして。私は織部乃愛《おりべのあ》です」

そして、あどけなさが残る顔とは逆に、落ち着いた声で名前を告げた。

「俺はウィッシュです。旅の商人やってます！　こんな夜更《よふ》けに突然《とつぜん》やってきて家にあがらせてもらって、申し訳ありません。感謝してます。本当に、ありがとうございます」

「ワタシはミルフィナだよぉ！　神様やってるのぉ！　いや……もうやってないかも？」

ちょおおおぉ⁉　何、ホントのこと言っちゃってんの、この子⁉

「……神……様⁉」

ノアさんの瞳《ひとみ》が鋭《するど》く光る。

「私はリリィです。旅の魔族をやっております」

いやぁ⁉　お前も何を言ってんだぁ⁉　人間に擬態《ぎたい》した意味がないじゃん！　なに、堂々と魔族アピしてんの⁉　レピシアで旅してる魔族なんて、お前だけだろうがな……ははっ。

「魔族⁉」

玄関先《げんかんさき》で出迎《でむか》えられた時は無感情の人形のような印象を抱《いだ》いてしまったが、今はポンコツ二人のせいでノアさんの驚きの感情を読み取ることができた。

気のせいか、魔族のリリウムよりもミルフィナのことを訝《いぶか》しんでいるようだが……。

「あぁ違《ちが》うんですよ！　この女は俺の相棒の………旅芸人です！　今は魔族になりきった芸をしている最中なんですよ！　はははははっ」

苦しい……俺のフォロー力では、これが限界だ……。

……へ？

「そうでしたか。私は人間も魔族も区別しないので、どちらにせよ問題ありませんが」

ノアさんは陶器《とうき》の容《い》れ物《もの》に茶色の液体を注ぎ入れながら、平然としている。

「ははは……それは凄いお考えだ。それにしても、ノアさんの名前、かなり珍しいですよね。オリベ……ノアさん？　もしかして、姓《せい》持ちのお方なんでしょうか」

「姓が織部、名が乃愛です」

ん？　なんで姓を先に付けて名乗るんだろ？

そんな風習どこの国にもないはずだし、姓を与《あた》えられるのはレピス神を信仰する国の民や冒険者《ぼうけんしゃ》だけだ。この村の住民が姓を名乗ることに違和感《いわかん》を覚える。

「う～ん？」

ミルフィナはノアさんをジーっと見つめて、何やら唸《うな》っているようだった。

「どうしたの、ミル？」

その様子を不思議に思ったのだろうか、リリウムが訊ねた。

「あのお姉ちゃん……ちょっとウィッシュ兄と似てる感じがするの」

ミルフィナは俺とリリウムに小声で囁《ささや》く。

「俺と似てる？」

どういうことだろう。少なくとも、顔は全然似ていない。でも、ミルフィナの言うことは無視できない。なにせ女神《めがみ》様なのだ。ノアさんには何かある……俺は緊張《きんちょう》感を高めた。

「……私も一つ訊《き》いていいですか？」

疑問を抱いていた俺だったが、逆にノアさんから訊ねられてしまった。

彼女は俺を品定めするかのように見つめている。

「な、なんでしょう……か」

緊張からか、思わず声が詰《つ》まってしまう。

俺が答えた後、ノアさんはすぐに言葉を発さずに、たっぷり時間を置いてから口を開いた。

「ウィッシュさん！　あなた、私と同じ日本人ですよね⁉」

意を決した様子でノアさんの口から出た言葉――

日本人。

……俺には全く聞き覚えの無い単語だった。

「すみません、日本人というのを存じ上げないので、よく分からないのですが……俺は生まれも育ちもリングダラム王国の片隅《かたすみ》の田舎《いなか》村ですよ」

「そんなはずありません！　だって、あなた、日本の言葉を知っていたじゃないですか⁉」

感情を爆発《ばくはつ》させるノアさん。

今まで抑《おさ》えてきたものが、我慢《がまん》できずに溢《あふ》れ出てきたように感じる。

「日本の……言葉ですか？　さっぱり身に覚えがないのですが……」

「そんな……」

見る見る内に、ノアさんの表情に陰《かげ》が落ちていく。

なんだか、彼女の期待を裏切ってしまったようで申し訳ない気持ちになる。

「そうかぁ！　わかった！　ノアお姉ちゃん、異世界からの転生者なんだねっ！」

ノアさんの表情とは対照的に、ミルフィナが花を咲《さ》かせたように明るい表情で言った。

ミルフィナは何を言ってんだ⁉　転生者が、この村に居るわけないだろ……。

「え……？　あ、はい……そうですが……ミルフィナさん、貴女《あなた》は本当に……」

「ミルでいいよぉ！」

ミルフィナは自分一人納得《なっとく》したようで、「そっか、そっか！」と頷いている。

え……ていうか、本当にノアさん、転生者なの⁉

俺の知る限りの知識では、転生者とは、この世界《レピシア》の人間たちが魔王軍に対抗《たいこう》するために異世界から召喚《しょうかん》した生物のことだ。

魔族が魔界という自分たちの領域から下級魔族《レッサーデーモン》や上級魔族《グレーターデーモン》を召喚するのとは訳が違う。なにせ、自分たちが使役《しえき》するために召喚するのではなく、強力な英雄《えいゆう》として神のように讃《たた》え、その御力《おちから》や知識を彼《かれ》らから授《さず》かるのが目的なのだから。

転生者がそれだけ強大な力を保有しているということであり、レピシアにとって最高財産に値する存在なのである。レヴァンのようなレピシアの勇者よりも遥《はる》か高みに存在する生物であり、普通の人間ではお目にかかれない特別な場所で活動していると言われている。

「転生者……むむむむぅ？」

ノアさんを凝視《ぎょうし》する、リリィことリリウム。

無理もない。リリウムの天敵兵器であるボルヴァーンも、何《なに》を隠《かく》そう転生者の知恵《ちえ》と知識によって開発されたモノなのだ。

リリウムは転生者に関しての知識を持っているのだろうか？

魔王軍で内政に携《たずさ》わっていたくらいだから、人間の情報にも聡《さと》いのかもしれない。

「まぁ……ミルフィナが言うからには間違いないんだろう。しかし、転生者とはな……」

「うん！　間違いないよ！　なんか、お父様の匂《にお》いがするしぃ」

どんな匂いだよ⁉　話が神懸《かみが》かり過ぎて付いていけない……。

「……ノアさん、貴女が転生者なら、私の正体はお見通しよね？」

お見通しもなにも、お前、自分で自分の正体バラしちゃってたじゃん！

「リリィさんが魔族《まぞく》ということですか？　私には判別できませんが、人間でも魔族でも、正直、どちらでも問題はないですよ」

「私と戦闘行為《せんとうこうい》をするつもりはない、ということでいいのかしら？」

「はい。私は人間魔族を区別しませんし、どちらの味方でもありませんから……」

「なっ⁉　人間の味方でもないって、どういう……」

転生者が人間の味方をしないなんて、ありえない。

人間に福音《ふくいん》をもたらす存在として召喚されるのだから、人間の味方のはず……。

「どうやら、通常の転生者とは少し違うみたいね」

「みたいだな。ノアさん、俺たちも包《つつ》み隠さず事情を説明します。だから、ノアさんの事情も聞かせてくれませんか」

村長の頼み、という理由からではない。今は、目の前の少女から伝わってくる不思議な悲愴《ひそうかん》感が気になって仕方なかった。

「……分かりました。なにやら、あなた方は不思議な感じがしますから。商人さんと魔族、そして女神様……。私の話は少し長くなるので、こちらをどうぞ」

そう言って、ノアさんは、俺たちに陶器の容れ物に注がれた茶色の飲み物?を差し出してきた。茶色い液体の飲み物など、この世界《レピシア》では毒物以外には存在しない。

異世界の飲み物なのだろうか。俺たちは試《ため》されているのだろうか?

「ありがとう、頂くわ！」

凄い度胸だな……この女。平然と差し出された茶色い液体を飲もうとしている。

「うわぁ～！　これを飲めば、ノアお姉ちゃんみたいに大きくなるかな⁉」

無邪気《むじゃき》に茶色い液体を見つめるミルフィナ。

「さて、どうだろうな……ははっ」

この二人は恐怖《きょうふ》よりも期待のほうが大きいのだろう。リリウムとミルフィナが大胆《だいたん》な分、パーティーでは俺が慎重《しんちょう》にならなければ。

「これは、お茶と言って、健康に良い飲み物です。私の……故郷の伝統的な飲み物です。まぁ、このお茶は私がこの世界《レピシア》の植物を独自にブレンドして、本物に似せた飲み物ですけどね」

「……マジで異世界の飲み物なのか」

容れ物からは湯気が立っており、甘いような苦いような香りが鼻腔《びこう》をくすぐってくる。恐《おそ》る恐る容れ物を覗《のぞ》き込《こ》んでみると、底に黒い枝のようなものが沈殿《ちんでん》しているのが目に飛び込んできた。

な、なんだコレ！　呪《のろ》いの小枝か⁉

「ウィッシュさん……この飲み物、本当にご存じないのですか？」

ノアさんは先程《さきほど》と同様、何かを期待するかのように俺に訊ねてきた。

「ごめんなさい。本当に……知らないです」

ノアさんの表情が曇《くも》ると分かっていても、答えを変えるわけにはいかない。嘘《うそ》は吐《つ》けない。

「そう……ですか。もしかしたら、と思ったのですが……」

室内に、どんよりとした空気が漂《ただよ》い始める。

「ごくり」

お茶という異世界の飲み物ではなく、俺は自分の生唾《なまつば》を飲《の》み込んだ。

「ゴクゴク」

そんな俺をよそに、リリウムは勢いよく喉《のど》を鳴らしながら、お茶を飲み始めた。

「ごくごくっ」

ミルフィナも両手で容れ物を持って、リリウムを真似《まね》するように茶色い液体を飲んでいる。子供のような飲み方で、どこか愛らしい。これで神様というのだから不思議だ。

「ぷはぁーっ！　美味《おい》しいわね、このお茶っていう飲み物。最後の小枝みたいなものは喉を通しづらいけど、なんだか味に深みがあるわ！」

……凄いな。そんな平然と未知の液体を飲み干せるのかよ……。

そういやコイツ、滋養《じよう》薬も躊躇《ちゅうちょ》なく口にしていたな。さすが元魔王軍幹部だぜ。

よぉし、リリウムやミルフィナが大丈夫《だいじょうぶ》なら俺もイケるだろ！

「ごくごく」

うっ、喉が……底の謎《なぞ》の小枝が喉に突っかかるぅ！　一気に流《なが》し込むしかない！

ゴクゴクゴクッ。

……なんとか一杯《いっぱい》を飲み干すことに成功した。

湯気は立っていたが、熱さはそれほど感じなかった。むしろ苦味が強くて、俺にはちょっと深みとやらは感じられなかった。

「茶葉まで全部飲み込んでしまったのですか？」

「茶葉？　もしかして小枝のことかな……ちょっと喉に異物感があります」

「ごめんなさい、説明不足でした。それは底に残しておくものなんですよ。私の故郷では常識だったのですが…………やはり、初めて飲むものだったんですね」

「……はい」

「ノアさん、ありがとう。それじゃあ、まずは私たちの話をさせてもらうわね。私は元魔王軍幹部のリリウムよ。温暖化により能力が使えなくなって魔王軍を追い出された挙げ句、今はアホな人間の商人と女神のミルと一緒《いっしょ》に、迷子の旅をしているところよ」

どこにアホな人間の商人がいる、どこに。

「魔王軍を追い出されたのですか……」

「ええ。私は戦力にならないようだから、捨てられたってこと。まぁ、私としても清々するわ。別に魔王軍に義理もないし、嫌味《いやみ》な連中ばっかりだったからね。人間の味方もしないけど、私は私でのんびり自由に生きていくって決めたの」

「……なる……ほど」

ノアさんは考え込《かんが》むように呟き、お茶が入った容れ物を木のテーブルに置いた。

リリウムに続いて、俺もノアさんに自分のことを説明する。

「俺もリリウムと似たようなもんです。勇者のパーティーを追放されました。一人前の商人として生きていくために、今はルーヴィッチの街を目指して旅をしている最中です」

「ワタシは、お父様に天界から追い出されちゃった。でも！　ウィッシュ兄とリリィと出会えて、今は楽しいよ！　えへっ」

ミルフィナに笑いかけられ、俺とリリウムも思わず照れてしまう。

「次はノアさんの番。私が魔王軍に居た頃、転生者は最大の脅威《きょうい》と教えられてきたわ。事実、勇者以上に強大で、深遠なる知識を持っていると言われている。そんな貴女が、なんで辺境の村で暮らしているの？」

訊ねられたノアさんは、お茶の容れ物を赤子を撫でるように優しく擦《さす》りながら、ゆっくり口を開く。

「私のことはノアでいいですよ。それにしても、リリウムさんたちは優しい方々なのでしょうね」

「私たちが？　いきなり、なにを……」

「転生者が差し出した得体の知れない飲み物を、一気に飲み干してしまうのですから。警《けい》戒心《かいしん》の強い方や私を敵として認識している方ならば、飲むことを躊躇するはずです」

「ふふっ、お茶美味しそうだったもの。実際、美味しかったしね！　私の好きなものリストに載せておくわ！」

リリウムは片目を一瞬《いっしゅん》だけ閉じ、チャーミングな仕草をして愛嬌《あいきょう》を振《ふ》りまいている。

空間が少しだけ華《はな》やぐ。

「ワタシもー！　ノアお姉ちゃん、それ飲まないならワタシが飲んでもいーい？」

ミルフィナは遠慮《えんりょ》というものを心得ていないようで、ノアの飲みかけのお茶まで頂こうと催促《さいそく》する。

「ふふっ、どうぞ。今はもう戻《もど》ることができない……私の故郷の味を褒《ほ》めて頂き、ありがとうございます。私も、あなた方を信じることにします」

「ノアお姉ちゃん、ありがとぉ！」

ミルフィナのお礼の言葉は自分たちを信じてくれたことに対してだろうか、それとも、お茶をくれたことに対してだろうか。……たぶん、後者だろうな。

「私が、この辺境の村に居る理由……それは、私が召喚者たちから見限られた転生者……つまりは失敗作だからです」

「どういうこと⁉」

愛くるしい表情を見せていたミルフィナだったが、失敗作というノアの言葉を聞いた途《と》端《たん》、表情を強張《こわば》らせた。

「私が、この世界《レピシア》に召喚された転生者であることは間違《まち》いないのですが………私には何の能力もなかったのです」

転生者ノアが俺たちに自身の最大の秘密を打ち明けた——

転生者は異世界から召喚される際、レピス神に多大な力を付与されるという話を聞いたことがある。また、彼らの暮らしていた異世界というのは、この世界《レピシア》よりも遥かに文明が発達した場所であり、高度な知識を保有しているらしい。

神レピスから付与される力に加え、元々保有している知識。この二つの力により、召喚された時点で俺たち以上《レピシア人》の存在となることが約束されている。

しかし、ノアは何の力も持っていないという。そんなことがあるのだろうか？

「そんなはずないよ！　お父様が異世界から召喚した人間さんには、必ず凄い能力が秘《ひ》められているんだよ!?　無能力なんてこと、あるはずがない……」

ミルフィナからは、今までの純真無垢《じゅんしんむく》な雰囲気《ふんいき》が消えていた。

完全に神様側の立場になって、転生者のノアに語りかけている。

「ちょっと待てよ？　転生者ってのは、レピス神が異世界から召喚してくるのか？」

「……うん。お父様だけが使える特別な力――異世界で無念の死を遂《と》げた人たちをレピシアに招き入れる能力。そして、選ばれる対象は、何か強い想《おも》いを抱いていたり、大きな希望を持っていた人に限られる……」

そう説明して、ミルフィナはノアを見つめた。

俺も釣《つ》られてノアに視線を移す。

ノアは、ミルフィナの言うような「強い想い」や「大きな希望」を抱いているようには思えない。それどころか、憎《にく》しみ……いや、悲しみの感情が透《す》けて読み取れる。

「何の能力もなかった、か。もしかしてノア、貴女……」

リリウムは言おうとした言葉を飲み込んでしまった。

「村長さんが言ってたな……３年前にアストリオンからフラっとやってきたって。もしかして、召喚された後に何かあったんですか？」

「…………今から３年前。私が14歳の時でした、レピシアに召喚されたのは。最初にレピシアを見た時、私、感動したんです。いつも本で読んでいたファンタジー世界……病弱で、ずっと入院していた私が、唯一《ゆいいつ》希望を抱いていた異世界そのものだって」

「……うん」

ところどころ話の内容は分からない。でも、ノアの気持ちは充分伝わってくる。

ノアの言う異世界とは、ここレピシアのことなのだろう。

ノアにとっては、この世界が異世界なんだ。

「でも、現実は違いました。無能力の転生者だと分かった瞬間《しゅんかん》、レピシアの方々は手のひらを返すように私を嘲《あざけ》り、アストリオンの街へ放り捨てたんです」

「そんな……お父様が呼び寄せた奇跡《きせき》の人間なのに……っ！」

転生者は数多く存在しているわけではない。神レピスの力を以《もっ》てしても、奇跡と呼べる現象なんだろう。

でも、レピシア人は……俺たちは、自分たちの都合で……。

「っく……」

リリウムは眉間《みけん》に皺《しわ》を寄せて、奥歯《おくば》を噛《か》み締《し》めている。

いつの間にか、髪《かみ》の毛《け》も銀色に輝《かがや》いていた。

「何の力も持たないまま異世界に投げられた私に、生きていく術《すべ》はありませんでした。ウィッシュさんはご存じかと思いますが、アストリオンでは貧困《ひんこん》階級に落ちたら最後、下級国民というレッテルを貼《は》られ、まともに生きていくことはできません。私はそんなことも知らず、ただただ、毎日ありもしない希望を持って生きていきました」

俺たちの顔を見て話していたノアだったが、その視線が次第《しだい》に床《ゆか》に落ちていく。

「…………」

世界のことを何も知らない14歳の少女が生きるには、辛《つら》い状況《じょうきょう》だっただろう。

想像しただけで心が痛む。どうしようもない無力感も――

「下級国民として差別的な扱《あつか》いを受けていく内に、アストリオンに私の居場所は無いと悟《さと》りました。いいえ、それどころか、この世界のどこにも私の居場所はない……と」

「…………」

織部乃愛――異世界でノアとなった少女は、静かに語る。

木材の床に滴《したた》り落ちる滴《しずく》の音。寂寥《せきりょう》感が漂う滴は、彼女の瞳から零《こぼ》れ落ちていた。

彼女が心を閉ざした理由、はっきりと分かった。

「世界に貢献《こうけん》できなかった無能な私は……レピシアに居ちゃいけないんです……誰《だれ》にも必要とされないばかりか、人々を失望させることしかできない……」

「…………」

誰も恨《うら》むことなく、自分を責める少女の声。その声はレピシアの誰にも届かない。

「……私には生きる意味が……ありません。ここで二度目の死を待つだけなんです……」

言い終えた彼女の口元は微かに震《ふる》えていた。

床に落ちる彼女の大粒《おおつぶ》の涙《なみだ》。彼女がレピシアで暮らした3年間、その苦労が詰まった床に触《ふ》れ、反響《はんきょう》した。

「そんなこと——」「そんなの——」

「生きる意味や居場所がなければ、作り出せばいい！」

俺には、彼女の声が、気持ちが、痛いくらいに届いてきていた。

それは、俺よりも先に言葉を発しようとしたリリウムとミルフィナも同じだろう。

「え……」

ノアは俯《うつむ》いていた顔を上げる。

「憧《あこが》れてた世界なんだろ⁉　だったら自分の思う通りに、やりたいように生きてみようぜ！」

「でも……」

「俺はキミを捨てた人間たちと同じレピシア人だ。この世界に生きる人間として、本当に申し訳なく思うし、悔《くや》しい気持ちで一杯だ。俺たち人間の力が弱いばかりに、転生者の力を頼《たよ》ってしまったんだ。だから、こんなことを言う資格はないのかもしれない。けど——」

「いいえ、悪いのは私たち魔族よ」

リリウムが突然、冷気を纏《まと》った言葉を発した。

「リリウム……？」

「魔王軍《まおう》に対抗するために、神レピスが異世界からノアを召喚したのよ。魔族がこの世界《レピシア》に侵攻《しんこう》しなければ、そもそも転生者が生まれることもなかったはずだわ」

「それは違うだろ。召喚したのは俺たち人間の弱さが理由だ。責任は人間側にある」

「魔族よ！」

「人間だ！」

「あ、あの……」

「なに？　魔王軍元幹部の私とやり合う気？　アホ商人さん」

「あぁ？　ポンコツ魔族が元勇者パーティーの俺《おれ》とやり合うつもりか？」

ノアの声を無視して言い合う、俺とリリウム。

そして、リリウムの髪が銀色に輝き始めた時、ミルフィナの小さな口が開く。

「違うよ……レピシアの人でも魔族のせいでもない。ワタシたち神々のせいだよ……ごめん、ノアお姉ちゃん……」

思《おも》い詰めたような表情で、ミルフィナは言った。

「ミルさんは悪くないですよ。悪いのは、なんの能力も無かった私なんですから」

「「それは違う!!」」

今度は俺とリリウム、完全に一致《いっち》した。

「ノアは自分を責める必要なんて全然ない！　勝手に変な世界に送《おく》り込まれて、必要ないからって追い出されて……そんな自分勝手な人間のこと、気にする必要ない！」

「それには私も同感！　ノアは、もっと自分を大切にするべきだわ！」

「ウィッシュさん……リリウムさん……」

俺たちの言葉に何を思っているのだろうか。ノアに伝わるかどうかは分からない。でも、俺は自分の気持ちをノアにぶつけたい。

こんな理不尽《りふじん》な世界でも、生きる希望を諦《あきら》めないでほしい！

「ノア……さっき、生きる意味がないって言ってたよな？　そんなことはないぜ。生きる意味なら……ここに、ある！」

俺は両手を広げて、俺の大事な仲間を包み込んだ。

「ウィッシュ兄……っ」「ウィッシュ……」

「俺は勇者パーティー、リリウムは魔王軍、ミルフィナは天界から、それぞれ弾《はじ》き出された存在だ。でも！　諦めたりはしてない！　どんな理不尽な思いをしても、生きる希望を失くしてない！　仲間がいれば、乗り越《こ》えられるから！」

「私には仲間なんか……」

寂《さび》しそうに呟《つぶや》くノア。

「いるだろ？　目の前に！」

「え……」

「みんな似たような境遇《きょうぐう》だよねぇ？　仲良くやっていこっ！」

「自慢《じまん》じゃないけど、私、ノア以上に何も持ってないわよ？　その上、魔族だし！」

ミルフィナとリリウムは、ノアの肩を二人で抱き寄せた。

「……私が……仲間……？」

「ああ！　俺たちがノアの生きる意味になる！」

俺の言葉を聞いた後、ノアは堰《せき》を切ったように声をあげて泣き出した。

胸の裡《うち》に溜《た》められた、３年分の苦い想い。

その気持ちを全て外側へ押《お》し流すかのように——

◇◆◇◆◇◆◇◆◇◆◇◆

ノアと打ち解けあった、その日の夜更け。

定住者のノアが加わったので、今後の活動方針を家の中で話し合うことに。

「みなさんは元居た場所や組織に戻りたくはないのですか？」

「「えっ？」」

俺とリリウムとミルフィナは、ノアの突然の質問に顔を見合わせてしまう。

「ミルさんは天界、リリウムさんは魔王軍、ウィッシュさんは勇者のパーティーに戻りたくはないのですか？」

ノアの意図は掴《つか》みかねるが、その質問には敏捷度《びんしょうど》を倍化させた狩人《ハンター》の矢よりも速く答えることができる。

「戻りたいわけが――」

「絶対に戻るかぁ！　あんなクソ魔王軍！」

リリウムめ、俺より速く答えやがった！　しかも、なぜかまた一瞬で髪が銀色になっている。

「ワタシは勘当《かんどう》された身だから戻れないよ。まぁ今は戻るつもりもないけどねっ。ウィッシュ兄たちと一緒にレピシアを変えていくんだぁ！」

なんか、ミルフィナだけ目標がデカ過ぎるんだよな……。まぁ、俺も目の前の仲間たちの状況は改善させていきたいと思ってるけど。

「私も元の世界に還《かえ》ることはできません。一度死んだ身ですので、この世界で生きていくしかありません。でも、ウィッシュさんに言われて少しだけ生きる希望が湧《わ》いてきました」

「……うん」

泣き晴らしたノアの目元は真っ赤だ。でも、表情は清々《すがすが》しいほど晴れやかになっている。

「みなさんが私の生きる意味です。だから、私はみなさんの活動を支えていきたいです。もし、ルーヴィッチを目指すのであれば、私もどうか旅のお供をさせてください」

真剣《しんけん》な顔をして俺たち3人に頭を下げるノア。

「そのことなんだけど、俺から提案……というか、逆にノアにお願いがある」

「私に、ですか？」

「うん。ルーヴィッチに行く、っていうのは元はといえば俺個人の目的だったんだ。でも、今はリリウム、ミルフィナ……そしてノアという仲間ができた。今の俺の望みは、種族も価値観も育った環境《かんきょう》も何もかも違うこの4人が安全に暮らせる場所を作ることなんだ」

「お！　ウィッシュにしては素晴《すば》らしいアイディアね！」

「それは……私も素敵《すてき》な話だと思います。でも、何の能力もない私にできることはあるのでしょうか……？」

「ある！　というか既《すで》に持ってる！」

「え……私、何も持ってないですよ……？」

ミルフィナはノアの胸を見つめているが、俺が指摘《してき》したのは断じてソレではない。

「この家と、温かい村人たちだよ。このザッケン村、俺たちが生活しやすい場所だとは思わないか？　お金を消費しなくて済むし、リリウムが魔族だとバレても騒《さわ》ぎが起きにくい。それに、よそ者やはみ出し者にも寛容《かんよう》に接してくれる人たちが暮らしている。環境としては最高だ」

「たしかにそうね。ルーヴィッチは人も多いし、騒ぎになったら追放されるわよ。元手となる資金がない商人は苦労しそうだし」

リリウム、魔族なのに人間社会のことに詳《くわ》しいな。

「リリウムの言う通りだ。だから、ノアが許可してくれたらの話だけど、俺たちはザッケン村を拠点《きよてん》にして活動していきたいと思う。それで、その拠点となるのは……この家で……」

「ちょ、ちょっと、ウィッシュ⁉　いきなりパーティーに加入してもらった上、家にまで住《す》み込もうとしてるの⁉　さすがに面の皮が厚すぎない⁉」

まさか魔族に面の皮の厚さを指摘されようとは。しかし、これが最善の選択《せんたく》なんだ。

「私は全然構いませんよ？　でも……その……」

「ん？　なにか気になることでもあるのかな？」

男の俺と一つ屋根の下で生活、ってのに抵抗《ていこう》あるのかな。年頃《としごろ》の女の子だもんな。

まぁ、俺は自分専用の小屋でも建てさせてもらって……。

「ミルさんは良いのですか？」

「へ？　ワタシ？　なにがぁ？」

ノアは俺の予想とは違い、ミルフィナのことを気にしているようだった。

「この村にはレピス教を良く思っていない人たちが暮らしています。自分のお父さんのことを悪く言われたりするかもしれません。なので、大丈夫なのかな、と……」

「あぁ！　それは問題ないよぉ！　ワタシたち神々は、そんな小《ち》っちゃいことは全然気にしないから！」

しかし、直後、ミルフィナは「小っちゃい……小っちゃい……」と自分の胸とノアの胸を見比べて、ぶつぶつと念仏のように呟き始めた。瞳のハイライトが消えているのが怖《こわ》い……。

めっちゃ小さいこと気にしてんじゃん！

絶対、自分の胸の小ささを気にしてんじゃん！

「あ、あの、本当に大丈夫なのでしょうか……」

「ああ、ミルフィナのことは気にしなくて平気だよ。全然違うことで悩《なや》んでるっぽいから……ははっ。それでさ、俺は近くに小屋みたいなものを建てさせてもらいたいんだけど、いいかな？ ってか、住むのも建てるのも、まず村長さんに言わないとダメか」

明日の朝一、村長さんにお願いしに行かないとな。

「なんでウィッシュだけ違う場所に住もうとしてるのよ？」

「え、なんでって、そりゃ……」

女の子3人の生活空間に、男の俺が入り込むわけにはいかないだろう。

「ウィッシュ兄！ ダメだよ！ ウィッシュ兄は加護を授けてるワタシの近くにいないとダメなの！ ウィッシュ兄が違うところで生活するなら、ワタシもそっちに行くからっ」

いきなり俺に抱きついてくるミルフィナ。

まだ子供とはいえ、急に女の子に抱きつかれると鼓動《こどう》が速まってしまう。

「え、えっと……加護って、そんな条件も付いていたの？」

「今、ワタシが決めた！」

そっか、無視しよう。

「土地は空いているので新規に建てるのは問題ないと思いますが……。ですが、時間も労力もかかるので、ウィッシュさんもこの家に住んだほうが良いと思いますよ？」

「え……」

さっきから、「え」ばっかり言ってる。

もしかして……レピシア人だけ男女関係の感覚が違うのかなぁ……。俺が気にしすぎているだけなのかもしれない。仲間なんだから距離《きょり》を置くのは良くない、か。

「どちらにせよ、村への居住申請《しんせい》は村長さんに出さなければならないですね。明日、私と一緒に行きましょう」

「あ、ああ、うん。じゃあ、みんなが気にしないなら、俺は明日に備えて眠《ねむ》るとするかな」

――本当に長い一日だった。

あの時、俺が道に迷わなければ今の状況には至っていない。今も独りぼっちだったはずだ。今頃《いまごろ》、一人で平原の草むらで野営していただろう。

でも、現実の俺は、こうして暖かい木材の上で布を敷《し》いて横になっている。

近くからは仲間の声も聴《き》こえてくる――

「それでは、私は湯浴《ゆあ》みをしてから休みますね」

不思議なものだ。運命なんてものは信じていないが、神様ってのは信じてもいいかもしれない。いや、実際にレピス神は存在しているんだったか。それも衝撃《しょうげき》だった。

「ノアお姉ちゃん、水浴びするのぉ⁉　ワタシも一緒に遊ぶぅ！」

その上、とんでもない能力まで覚醒《かくせい》させてもらった。この『敵の弱点を看破《かんぱ》する』能力
……相手の細かい情報も分かるらしいが、詳しいことは今後確かめていこう。

「お風呂《ふろ》あるんだぁ⁉　やったぁ！　一時はどうなることかと思ったけど、ここは天国だわぁ。これで、きったない汚《よご》れを落とせるぅ♪」

俺の能力を駆使《くし》すれば、魔物《まもの》からは逃《に》げることができるかもしれない。でも、問題は魔王軍だ。知能のある好戦的な相手と出くわした際、果たして俺の力は発揮できるのだろうか。

「わぁ～！　水が温《あ》ったかくて気持ちいいぃ！」

「ミル、それはお湯よ。こうやって身体を洗った後に汚れと一緒に流すの♪」

「狭《せま》い湯船なので、こうして3人で入ると、なんだか温かみが増したような気がしますね」

――今は、なにより仲間の安全が最優先だ。

俺は、あらゆる危機を脳内でシミュレートする。対処法を予《あらかじ》め用意しておけば、突然《とつぜん》の危機にも対応することができる。寝《ね》る前の思考癖《ぐせ》みたいなものだが、もしかしたら、この癖《くせ》が眠っていた能力と関係してるのかもしれない。

そんなことを考えていると……、

「──ウィッシュ兄～！　ウィッシュ兄も一緒に入ろぉ！」

半覚醒状態の俺の耳に、女神《めがみ》の声が届いてきた。

「……んぁ？　な、なんだ……？」

声は仕切り布の奥《おく》の方からするようだ。

「こっちだよぉ！」

「あっ⁉　ちょ、ちょっとミル⁉」「ミルさん、ダメですよぉ！」

呼ばれたので、俺は重い身体を起こして声のする方へと歩いていく。

「ふあぁ～、なんだよ、ミルフィナ。俺はもう寝て……」

すると、その時──

目の前にあった仕切り布が、勢い良く開かれた。

「キャアアアァァッ‼　ミル、なにしてんのよおおぉぉぉおおおおおお⁉」

リリウムの絶叫《ぜっきょう》とともに。

「ウィッシュ兄も服を脱《ぬ》いで、汚れを落とそぉ！　こうやるんだよっ？」

ミルフィナは得意気に自分の身体を洗って見せつけてくる。

裸《はだか》で。

……。

…………。

…………。

「…………ん⁉」

「あ、あ、あのっ、ウィッシュさん……っ！　その……ごめんなさいっ！　今は……こちらの場所から離《はな》れていただけると……助かり…………ます……」

ノアが顔を真っ赤にして、恥《は》じらいながら言う。

「こ、こ、この、アホ商人〜〜〜〜〜〜〜〜〜〜〜!!」

ボーっとする意識の中、俺はリリウムから何かを投げつけられ、転倒《てんとう》してしまった。

最後にチラッと見たノアの様子が脳裏《のうり》に焼き付く。

……なんか、デカかったな。

そんな感想を抱《いだ》いた後、俺は気を失った。

——目を覚ますと、横たわる俺を、リリウム、ミルフィナ、ノアの3人が取り囲んでいた。

「あっ、ウィッシュ兄、目を覚ましたよぉ！　良かったぁぁぁぁ！」

真っ先にミルフィナが声をあげ、俺に抱きついてきた。

「……ん？」

「ウィッシュさん、大丈夫でしたか⁉」

続けて、ノアが心配するように声を投《な》げ掛《か》けてくる。

「ん？　俺は平気だけど……痛っ⁉　な、なんだ？　ちょっと、頭に痛みが……」

おかしいな、さっきまで普通《ふつう》に寝ていたはずなのに。色々考えすぎたのかな。

「……………ごめん！　ウィッシュ、私のせいだぁ……って！　元はといえば、ミルのせいなんだからねっ⁉　ミルが勝手に仕切り布を開けるから！」

「ううぅ、ごめんなさい……ワタシ、よく分かんなくて……」

「へ？　なんのこと？　なんかあったの？」

「「え？」」

「いや、え、じゃなくてだな……まったく、俺は明日に備えて寝てたんだから、デカい声して起こすなよ？　みんなも早く寝なきゃダメだぞ？」

「あ、あれ？　もしかして、ウィッシュのヤツ、覚えてないんじゃ……？」

「そ、そうかもしれません…………っほ」

「なーんだ！　謝《あやま》って損したぁ！」

「ミルは反省しなさい！」

俺を無視してデカい声で言い合うミルフィナとリリウム。その様子を安心した顔で見守るノア。なんだか幸せな光景だ。

……デカい？

その時、俺の頭に何かが浮《う》かび上がってきたが、なぜだか思い出してはいけない気がして、そっと頭の奥の方に仕舞《しま》い込む。

そして、長い一日を終えるため、俺は寝床《ねどこ》についた。


薄暗《うすぐら》い室内――

いつものルーティーンである睡眠《すいみん》前の考え事をしていた俺は、ふと視線を感じ、その方向へと目を向ける。

見ると、視線の主は俺の隣《となり》で横になっているノアだった。

「ノア？　どうした？　眠れないのか？」

他の二人を起こさないよう、小さな声で問いかける。

「はい……昨日までは、ずっと独りで寝ていたので、ちょっと心がソワソワしてるのかもしれません」

「ごめんな、俺たちが急に押しかけたせいで……」

「い、いえ！　そ、それは全然大丈夫ですっ。嫌《いや》なわけじゃありませんから……。胸が高鳴ってるという感じなんです……」

「……そっか。それなら安心したよ」

ノアは表情を和《やわ》らげ、そっと微笑《ほほえ》んだ。

「あ、あの……ウィッシュさんのほうへ行ってもいいですか？」

ん!?　俺のほう？　ど、どういうことだろう……。

「え、あ……ああ、構わないけど……？」

そう応えると、ノアは静かに俺の間近に身を寄せてきた。

お互《たが》いの息が相手の顔に届いてしまうほどの近さ。

自然と俺の胸も高鳴る。

「ごめんなさい……少しだけ……少しの間だけ、このままの状態でいさせてください……私の気持ちが落ち着いたら、離れますので……」

ノアは身体を少しだけ縮こまらせて、上目遣《うわめづか》いで訊《たず》ねてくる。

「……うん」

ノアの感情は伝わってきていた。

14歳《さい》で異世界に来て、独りで生きてきた少女。

勝手に期待され、身勝手に捨てられた転生者。

諦観《ていかん》していたとはいえ、人恋《ひとこい》しくなるのは当然の感情だろう。それは異世界人でもレピシア人でも同じなんだ。

「……ウィッシュさん。ウィッシュさんは本当に日本人じゃないんですよね？」

ノアが小さな声で訊ねてきた。

「ああ、俺はレピシア人だよ。その……日本？　ってところも興味はあるけどな」

お茶を発明した世界だ。きっと、他にも優《すぐ》れたモノが一杯あるに違《ちが》いない。いったい、いくらで売られているんだろう？　そもそも、お金の概念《がいねん》はあるのかな？　何を食べて生きているんだろう？　魔物や魔族《まぞく》はいるのかな？　考え出したら止まらなくなる。

「そうですか……でも、きっと、ウィッシュさんは日本と繋《つな》がりがあるかもしれませんよ」

「どういうこと？」

「郷に入れば郷に従え」

「…………？」

「日本の古い言葉です。意味も同じ……。そして、靴《くつ》を脱いで家にあがるのも日本の文化です。私の知る限り、レピシアではその習慣はありません」

心臓の鼓動が速くなるのを自覚する。

「もしかしたら、ウィッシュさんが今までに出会った人たちの中に、日本と繋がりのある方がいたのかもしれませんね」

「日本……」

「………」

「ごめんなさい。混乱させてしまいましたね……。でも、ウィッシュさんが日本人かレピシア人かなんて関係ありません。私を拾ってくれた……大切な人です」

「ノアこそ、俺たちの大切な仲間だよ」

「ありがとうございます。これから……よろしくお願いしますねっ」

そして、ノアは「おやすみなさい」と言って、俺の目の前でゆっくりと目を閉じた。

俺が出会ってきた人たち……か。

郷に入れば郷に従え——たしか、祖父《じい》ちゃんから教わった言葉のような気がする。

家にあがる時に靴を脱ぐのも、祖父ちゃんが決めたんだっけ。

……でも、祖父ちゃんは間違いなくレピシア人だ。祖父ちゃんの子供時代を知る人にも会ったことあるし。

もしかしたら、祖父ちゃんは商人時代に転生者と会ったことがあるのかもしれない。

俺はそこまで考えて思考を閉じた。それ以上は深く考えないことにした。

異世界に興味はあるけど、考え出したら眠れなくなりそうだったから。それに……。

「俺は、この世界《レビシア》以外の世界には飛ばされたくない。勇者パーティーを追放されようが、俺は自分の世界《レビシア》で俺のままでいたい。ここが俺の居場所なんだ」

勇者パーティーを追放された俺、魔王軍をクビになったリリウム、天界から追い出されたミルフィナ、世界そのものから弾き出されたノア。

この仲間たちと一緒《いっしょ》に、この場所で生きていく——

五章　魔竜《まりゅう》と冷蔵庫

ノアをパーティーに迎《むか》え入れた日の翌朝。

トントントンッ、という小気味好《よ》いリズムの音で俺は目が覚めた。

「あっ、ウィッシュさん、おはようございます。えっと……ちゃんと眠れましたか？」

ノアが身体を起こした俺に向かって、なにやら恥じらうように訊ねてくる。

「おはよう、ノア。ここ数日で一番目覚めの良い朝を迎えられたよ。本当にありがとう」

「そ、そうですか！　それは良かった……です。今、朝食を作ってますので、準備できるまで少々お待ちくださいねっ」

包丁片手に微笑むノア。その表情は昨日よりも一段と明るい。

「俺も手伝うよ。ノアばかりに任せるのは悪いし」

「私なら大丈夫《だいじょうぶ》ですよ。何の能力も無い私ですけど、料理だけはできますからっ」

ずっと自炊《じすい》していたので、とノアは付け加えた。

「そうか……ああ、それと、昨日から気になってたんだけど……」

「俺たち相手に敬語は遣《つか》わなくてもいいよ。俺も馴《な》れ馴れしい言葉遣《ことばづか》いしちゃってるし」

「あ、これは、その……私の癖……みたいなものなんでっ……お気になさらず……！」

「そっか。そっちのが楽なら良いけど。まぁ、こうして一緒に生活するわけだから、遠慮《えんりょ》はしないでな？」

「……は、はいっ」

頷《うなず》いたノアの顔は、少しだけ紅潮していた。

直後、突《つ》き刺《さ》すような視線を感じ、そちらへ目を向ける。

「じぃ〜〜〜〜〜〜〜」

「……ミルフィナ⁉　起きてたのか⁉」

視線の先では、ミルフィナが俺とノアを黙《だま》って見つめていた。

「もぐもぐ……ずっと前から起きてたもん。もぐもぐ……なんか、ウィッシュ兄とノアお姉ちゃん、ワタシのお父様とお母様のような雰囲気がする……もぐもぐ」

子供の朝は早い。それは神様も一緒のようだ。いや、それよりも……、

「お父さんとお母さん⁉　ど、どういうところがだよ⁉」

「朝からワタシを放って二人で仲良く話してるところ……もぐもぐ」

「……仲良く、だなんて……そんな……っぽ」

え、なに、その最後の、っぽ、ってやつ！　ミルフィナの言うことに惑《まど》わされるな⁉

「っていうかさ……ミルフィナこそ、朝から何食べてんだよ？」

「もぐもぐっ……へ？　これは……え〜っと、なんだっけ？」

ミルフィナは手に持った黄金色《こがねいろ》の物体を見て、首を傾《かし》げている。

「焼き芋《いも》ですよ。ミルちゃんが何か食べたそうにしていましたので、朝一番で作ってあげました」

「これ、おいしいよぉ！　もぐもぐっ」

「そうだったのか。悪いな、ノア」

「大丈夫ですよ。仲間に遠慮は不要……ですよね？　ふふっ」

「ああ！　そうだったな！」

いつの間にか、ミルさんではなくミルちゃん呼びに変化しているのも、二人の関係性が深化した証だろう。なんだか、俺まで嬉《うれ》しくなってくる。

「じぃ〜〜〜〜〜〜」

またしても、俺とノアを交互《こうご》に見つめるミルフィナ。

「な、なんだよ、ミルフィナ」

「べっつにぃ～～～、もぐもぐ」

ミルフィナは不貞腐《ふてくさ》れた子供のような反応をしている。

ふと気になったのだが、あの煩《うるさ》い魔族の声が聴こえないのはなぜだろう……？

魔族の生活リズムや活動時間について、俺は全く知識がない。一緒に生活する上で、俺たちとの違いをしっかりと認識《にんしき》して理解しておいたほうが良いだろう。

果たしてリリウムは、今なにを……。

「うひひぃ～、もう食べられなぁ～い、ひひっ、ふぃっ、っぐううぅっぐうぅ～～」

……アホっぽい寝言《ねごと》が聴こえてきた。

見ると、リリウムは部屋の隅《すみ》で縮こまって横になっていた。どうやら、まだ夢の中のようだ。魔族も夢を見るらしい。しかも、大層アホ……幸せそうな夢を。

「ん？　リリウムが抱《かか》えている物体はなんだ？」

リリウムは、なにやら綿の塊《かたまり》……ぬいぐるみのようなものを抱きながら寝ていた。

「あれは私がレピシアに来てから作った、ぬいぐるみですよ」

「？　なぜ、それをリリウムが抱いて寝ているんだ？」

「ウィッシュさんが眠りについた後、リリウムさんが枕《まくら》が替《か》わると眠れないと仰《おつしや》ってきたので、ぬいぐるみを貸して差し上げました。どうやら、効果あったようですね、ふふっ」

リリウムは幸せそうな表情で、涎《よだれ》を垂らしながら眠りについている。

全然起きる気配がないほど、よく寝ている。その姿は完全に人間の子供だ。

人間でいうと俺より年下なのかもしれないな。……などと考えていると、

「んっ……んぅ……」

リリウムが寝返《ねがえ》りを打ち、吐息《といき》を漏《も》らした。

そして、リリウムの下半身を包んでいた上掛《うわが》けから、スラーっと伸《の》びた脚《あし》が露《あら》わになった。

その艶《なま》めかしい姿を見て、思わず生唾《なまつば》を飲《の》み込《こ》んでしまう。

……子供っぽい性格なのに、身体は大人とか……卑怯《ひきょう》だろ……。

それにしても、ノアが作ったぬいぐるみ、か……。ノア、やっぱりレピシアで独りになって寂しかったんだろうな。

でも、これからは俺たちが側に付いているし、寂しい想《おも》いなんかさせない。

その後、俺はノアと一緒に朝ご飯を作り、リリウムを寝かせたまま先に朝食を食べることにした。

食後にノアが用意してくれたお茶は昨夜飲んだものと一味違っていて、より苦味が増し

たような気がする。でも、嫌《きら》いじゃない。最初に飲んだ時は、異世界の飲み物という先入観から異質な味と感じてしまったが、何度も口に含《ふく》むうちに舌が慣れてきたようだ。

「ふぅ、美味《おい》しいな。心が落ち着く」

「今日のお茶は緑茶という種類に分類されるものです。昨夜のものは、ほうじ茶という種類です。まぁ、どちらも私が本物を模倣《もほう》して作製したものですけどね」

本物の味は俺には分からないし、一生味わうことはできない。でも、ノア特製のお茶は、間違《まちが》いなく本物よりも深い味がするはずだ。ノアの郷愁《きょうしゅう》や哀愁《あいしゅう》、様々な感情がブレンドされた特別製だ。レピシアの空気が隠《かく》し味《あじ》で、芳醇《ほうじゅん》な風味を追加させているのかもしれない。

「おかわりぃ！　むにゃむにゃ」

俺はまだお茶を飲んでいる最中だ。だから、おかわりなどするわけがない。

今の声は、リリウムが急に飛び起きて発したものだ。

「なに寝ぼけてんだ。せっかくの心地《ここち》好《よ》い朝の一杯《いっぱい》だったのに、お前の騒音《そうおん》によって現実に引き戻《もど》されてしまったぞ」

「へ？　あへ？　ブルベア肉は？　私のブルベア肉は？」

「あ？　そんなもんないぞ。あるとしたら、お前の幸せな頭の中だ」

「そんなぁ！　私のブルベア肉がぁ！」

ワンワン泣き続けるリリウムを放置して、俺たち新パーティーの一日が始まった。

◇◆◇◆◇◆◇◆◇◆◇◆

ザッケン村を拠点にして活動することになったので、午前中にゼブマン村長のもとへ行き、事情を説明した。村長は俺たちを新たな村民として快く迎え入れてくれ、諸々《もろもろ》の手続きを速《すみ》やかに行ってくれた。

村長宅から家へ戻る道中――

「ねぇねぇ！　クズヤローって、どういう意味～？」

ミルフィナが興味津々《きょうみしんしん》とばかりに、瞳《ひとみ》を輝《かがや》かせて訊ねてきた。

いきなり何て言葉を言い出すんだ、この子供は……。まぁ子供だから仕方ないけど。

「んー、えっとー、そうだな………なんて説明すれば良いかな……」

「どうしようもない男の人を指す言葉よ。自分は何もしないのに人に命令ばっかして偉《えら》ぶっていたり、人の欠点やミスをネチネチと突っ付いてきたりする男のこと！」

返答に困っていると、リリウムが代わりに答えてくれた。

めちゃくちゃ私怨《しえん》が入っていそうな口ぶりだったけど……。

「ほええ、そっかー。じゃあ、ウィッシュ兄はクズヤローじゃないね……もぐもぐ」

ミルフィナは村長さんに頂いた饅頭《まんじゆう》を口に含みながら、一人で納得《なつとく》している。

「ええ、もちろん違いますよ。ウィッシュさんは真逆のタイプの男性です。でも、ミルちゃん？　そんな言葉、どこで覚えたんですか？」

「さっき、村の男の人が言ってた！　お前のせいで食料がダメになった、このクズヤローめ、って。なんか、男の人が二人で言い合ってたみたい……もぐもぐっ」

「なるほど……」

ノアが暗いトーンで相槌《あいづち》を打つ。

「その男の人たち、何か揉《も》めてたのかしら？」

「ザッケン村では、よくあることです。倉庫で管理していた食料が傷《いた》んで食べられなくなってしまったのでしょう。日持ちしない食材は、数日でダメになってしまいますから」

「それで、管理していた人たちで言い争っていたってわけか。食料の保管事情は旅先でも村の中でも大きくは変わらないな」

「そんな大変な状況《じようきよう》なのに、ワタシがお饅頭食べても良いのかな……。生きるために必要な人が食べたほうが………もぐもぐっ、ごくっ」

ミルフィナは悲しそうに言う。しっかり饅頭を飲み込みながら。

「ミルちゃん、大丈夫ですよ。食材の収穫量《しゅうかくりょう》に問題はありませんから。ただ、有事になった際の食料保管には課題がありますが……」

「それは、どこの地域も同じだな……ってか、ミルフィナ⁉　お前、ちょっと光ってないか⁉」

　饅頭を頬張《ほおば》るミルフィナの身体からは、ボンヤリと淡《あわ》い光が漏れていた。

　しかし、リリウムとノアはキョトンとした顔をしている。

「はぁ？　別に光ってないわよ？」

「私の目にも光っているようには見えませんが……」

　ええ⁉　もしかして、また俺《おれ》にしか見えない光なのか？

「……もぐっ、ごくり……へ？」

　ミルフィナも自分で分かっていない様子だ。

「ミルフィナ、お前の身に何か起きているのか……？」

「わかんないけど、なんか身体の奥底《おくそこ》が温かく感じるかも？　なんだろ？」

「ウィッシュにしか見えない光か……もしかしたら、食べることでミルの女神としての能力も徐々《じょじょ》にパワーアップしてるんじゃない？」

「ミルちゃんの……能力？」

「その可能性はあるかもな。ノアにはまだ話してなかったけど、実は俺とミルは――」

俺がノアに説明しようとした時。

村の入り口のほうから大きな声が聴こえてきた。

「はぁ……また、やって来ましたか……」

状況が分からない俺たちとは異なり、ノアは事態を把握《はあく》しているようだ。

ノアの苦々しい顔。その表情からは鬱屈《うっくつ》した感情が漏れ出ている。

物々しい雰囲気《ふんいき》を感じ取り、俺たちは村の入り口へ向かうことに――

狭い村なので、すぐに騒ぎの発生源に到着《とうちゃく》することができた。

「また、あいつかよ……」

「おいっ、静かにしろよ。あいつに聴こえるぞ」

村人たちの警戒《けいかい》の声。現場には緊迫《きんぱく》した空気が漂《ただよ》っている。

村人たちが見つめる先――そこでは、豪奢《ごうしゃ》な衣装《いしょう》に身を包んだ男が、人一倍大きな声を張り上げていた。

「おい、お前ら！　さっさと出せぇぇ！」

ザッケン村では場違《ばちが》いな豪華《ごうか》な服を着た男。そして、その男に付き従うような形で並ぶ数人の人間たち。どう見ても、村の人間ではない。

「ノア、あの人たちは？」

「あの者はローガンというリングダラム王国の役人です。この周辺地域を治める領主に仕えているらしいのですが…………はぁ……ここに来るのは何度目でしょうか」

忌々《いまいま》しそうに役人を見つめるノアの瞳は暗く淀《よど》んでいた。

「なんで王国の役人がザッケン村に来るんだ？　この村と王国は無関係のはずだろ？」

「そうなのですが……なにかと理由を付けて、村から食料や素材を取り上げていくのです」

「貢納《こうのう》……じゃないよな。なんか強制的に集めてるみたいだし」

男たちは、村人に対して脅《おど》すように詰《つ》め寄っている。

「おいっ、他にはないのか？」「隠しても良いことはないぞ？」

ローガンの部下たちは村内から集めたと思われる物品を袋《ふくろ》に入れ、荷馬車に載《の》せていた。

「ローガン様、どうやら今集めたモノで最後のようです」

「なんだとぉ？　もっと珍《めずら》しいモンはないのかぁ!?　相変わらず、シケた村だなぁ！　こんなんじゃ、魔王《まおう》軍が来た時に守ってやらんぞぉ？」

ローガンは大きく出た腹を揺《ゆ》らし、馬鹿デカい声で捲《まく》し立てている。

ローガン一行には武装した兵士も帯同しているが、とても魔王軍を相手に戦える力があるようには見えない。どこかのポンコツ魔族ならともかく、正規の魔王軍に攻《せ》められたら間違いなく全滅《ぜんめつ》するだろう。

しかし、普通の人間に対しての威嚇《いかく》には充分《じゅうぶん》だった。

「なんなの、あいつ！　偉そうにしちゃって！　これ、正式な徴税《ちょうぜい》じゃないのよね⁉」

「え、ええ、そうですが……あっ、リリウムさん、待ってください！」

ノアが言い終わる前に、リリウムはローガンのもとへと飛び出していった。

「あーあ、リリィ……行っちゃった」

「ったく、仕方ない。俺たちも付いていくぞ！　リリウムだけじゃ、事が大きくなりそうだ」

俺たちはリリウムに続き、ローガンの前へと進み出た。

「ちょっと、あんた！　それ、村人の物でしょ⁉　返しなさいよ！」

さっそく文句をぶつけているリリウム。その髪《かみ》は美しい銀色に輝いている。

「あぁ？　なんだぁ、お前？　見ない顔だな？」

一方、怪訝《けげん》な顔でリリウムを見つめるローガン。その瞳には、汚《きたな》い物でも見るような侮《ぶ》蔑《べっ》の感情が潜《ひそ》んでいるようだった。

「私のことはいいの！　それよりも、あんたが集めた村の物、早く返しなさい！」

「おい、村長！　なんだ、この無礼な女は！」

ローガンに呼ばれ、やれやれといった様子でゼブマン村長が人垣《ひとがき》から顔を出す。

「この娘《むすめ》っ子は、今日ザッケン村の一員になった大切な村人じゃよ」

「村人なんだな？　だったら、貴様が責任を取れぇ！　オレへの意見は死罪だぞ！」

「ウィッシュ兄、死罪って、なーに？」

場に似つかわしくない、ふわふわした口調でミルフィナが訊ねてきた。

「死で償《つぐな》う罪……とっても悪いことをした人への罰《ばつ》、かな」

「なんでリリィや村長さんが罰を受けるの？」

「それは……」

俺が言い淀んでいると、ローガンがミルフィナに近づいて睨《にら》んできた。

「おいおい！　このクソガキィ、オレを馬鹿にしてるのかぁ⁉」

ローガンの顔は燃えるように赤い。

「ミルちゃん……ッ‼」

ノアが心配そうにミルフィナに寄り添《そ》い、ぎゅっと手を握《にぎ》る。

「このガキも死罪だ！　おい、お前ら！　まとめて殺してしまえ！」

「ローガン様、さすがに一般《いっぱん》の村人を殺すのは……」

部下の一人が忠言したのだが、

「こんな辺境の村の人間、一人二人殺したところで問題ない！　さっさと殺《や》れ！　それとも、お前から先に罰を受けたいのか？」

ローガンには逆効果で、火に油を注ぐ形になってしまった。

そんな貴族たちの会話を聞いていたミルフィナが、ポカンと口を開き――

「あぁ、わかったー！　このオジサンのことを、クズヤローっていうんだねっ！」

ローガンを指差して言った。

場が静まり返る。

村人もローガンの部下たちでさえも顔を青ざめさせていた。

「ミ、ミルちゃん!?　あ、あの！　すみません、この娘《こ》はまだ子供なので見逃《みのが》してくださ い！」

ミルフィナを抱き、必死に弁護するノア。

「ふ、ふ、ふざけるなよぉぉ……ッ!?　このクソガキ、今なんて言いやがった……ッ!?」

しかし、相手の耳には全く聴こえていないようだった。

「へ？　クズヤローだよ？　オジサンのこと！　……違うの？」

一瞬《いっしゅん》にして、場は騒然《そうぜん》となる。

周囲では「早く、謝れ！」とか「逃げろ！」という声が飛び交《か》い、ゼブマン村長は頭を抱えていた。

ローガンの部下たちは携《たずさ》えていた武器を取り出し、ミルフィナへと歩み寄ってくる。

緊迫した空気が漂っていたが、ミルフィナの問いに対する俺の答えは決まっていた。

「ミルフィナの言う通りだ！　こいつはクズヤローで間違いない！」

言った瞬間《しゅんかん》、ローガンの部下が武器の矛先《ほこさき》をミルフィナから俺に変えた。

「ふふっ、気が合うじゃん、ウィッシュ。私も同じこと言おうとしてた！」

リリウムが俺の隣にきて、胸の前で握り拳《こぶし》を作る。

「ウィッシュさん⁉　リリウムさん⁉　どうするんですか⁉　私たち、このままだと本当に死罪になっちゃいますよ⁉」

「大丈夫だよ、ノアお姉ちゃん。ワタシたち、な～んにも悪いことやってないもん。ね？　ウィッシュ兄♪」

「あ、ああ、そうだな」

頷き返した俺だったが、脳内では、どうしようかと打開策を巡《めぐ》らせていた。

目の前には、「殺す、殺す……!!」と睨み付けてくるローガンと、命令に従い死刑《しけい》を執《しっ》行《こう》しようとする部下たちの姿。とても逃《に》げられる状況ではない。

「ノアとミルは逃げて。ここは私とウィッシュで食い止めるから！」

「そんな……無理ですよ！　私の足の早さでは逃げることはできません！　それに……お二人を置いて逃げるなんて、絶対にできません！」

「ワタシも！　なんか、ワタシのせいで大変なことになっちゃったみたいだしねー」

「気にすんな。どうせ、誰《だれ》かが言おうとしてたことだ。それをミルフィナが先に言ってくれたんだ。むしろ、スッキリしたぜ！」

「そお？　なら良かったー！　……もぐもぐ」

この状況でも残りの饅頭を食べ始めるミルフィナの胆力《たんりょく》……もとい食欲の旺盛《おうせい》さが凄《すご》い。

しかし、このままでは全員殺される可能性が高い。余裕《よゆう》ぶって構えている時間はない。

なにか……なにか、この状況の突破口《とっぱこう》はないか⁉

俺が頭の中で必死に作戦を考えていた、その時――

「ローガン様！　大変です！　ここから、すぐに逃げてください！」

ローガンの部下と思《おぼ》しき随兵《ずいひょう》が、切迫《せっぱく》した面持《おもも》ちで場に飛び込んできた。

「うるさい！　今は、こいつらの処分が最優先だ!!」

「魔竜《まりゆう》です！　魔竜がこの村の近くを彷徨《うろつ》いているんです！」

「……ま、魔竜だと⁉　それは……まさか……⁉」

「伝説の魔竜……フォルニスです！」

ローガンは兵士の言葉を聞くと、顔を青ざめさせ足をガクガク震《ふる》わせ始めた。

同時に、村人たちにも恐怖《きようふ》が伝播《でんぱ》していき……周囲は、一瞬にして先日の魔王軍侵攻《まおうぐんしんこう》の時のアストリオンのような混乱状態に陥《おちい》った。

「す、すぐに、領地に帰るぞ！　馬車を全速力で飛ばせぇ‼」

ローガンは村から集めた物品が詰まった袋をその場に残し、一目散に馬車に乗り込む。

「お主らも早く避難《ひなん》場所へ逃げるのじゃ！」

村長が鬼気迫《ききせま》る様子で俺たちへ駆《か》け寄ってきた。

「避難場所？」

急展開した事態の変化に、未《いま》だ頭が付いていけていない。

「魔王軍や魔物《まもの》に襲撃《しゆうげき》された時用に村人が隠れる場所があるんです！　村から少し離れているので、私が案内します！　急いで！」

目の前の窮地《きゆうち》を脱《だつ》したと思ったら、それ以上の災難が襲《おそ》いかかってきたということか。

「ウィッシュ、ここはノアの指示を聞いて逃げたほうが良さそうよ⁉」

「あ、ああ……そうだな。しかし、魔竜フォルニスか……追憶の樹海《フォルニウム》の中に閉《と》じ込められているんじゃなかったのか⁉」

「そのはずだけどぉ？」

「じゃあ、なんであそこに居るんだよ⁉」

村の入り口から遠ざかるようにして離《はな》れたローガンの馬車。その進路の先に、巨大《きよだい》な竜《りゆう》が立ちはだかっていた。

背中に生えた雄大《ゆうだい》な黒い羽、そして、鋼のような鱗《うろこ》を持つ漆黒《しつこく》のドラゴン――魔竜フォルニスから放たれる圧は、まるで堅牢《けんろう》な要塞《ようさい》を目《ま》の当たりにしているかのようだ。

「こんな近くに⁉　ゼブマンさん！　すぐに逃げてください！　私たちもすぐに行きますから！」

「ノア……もうザッケン村は終わりじゃ……まさか追憶の樹海の守護者が、ここまで来ようとは……ああ、それにしても、本当に言い伝え通りの姿じゃのう……」

半ば感動するかのように魔竜フォルニスを眺《なが》めるゼブマン村長。その瞳には悠久《ゆうきゆう》の刻《とき》に対する畏怖《いふ》の念が宿っているように思えた。

「そんな……」

「いいや、ザッケン村だけではない。この世界の終わりじゃ。あの魔竜は人間世界を滅《ほろ》ぼす存在。神レピスの呪《のろ》いなんじゃ……」

「違うよ！　お父様は封印《ふういん》してただけだもん！」

「……？」

「すみません、説明している時間はないようです。ミルフィナ！　俺の気持ち……希望は、お前にも伝わっているか？」

「うん！　なんか、さっきから熱い想いが流れてくるよ！　もぐもぐっ」

まだ食べてる⁉

「ウィッシュさん？　ミルちゃん⁉　いったい、何を言って……」

「まさかウィッシュ、あの魔竜を倒そうってんじゃないわよね⁉」

「その、まさかだ。得体の知れない俺たちを迎え入れてくれた村長さんとザッケン村、そしてノアにお礼を返すんだ。こんな早くに機会が巡って来るなんてラッキーじゃないか！」

魔竜から圧力と恐怖を受けるが、俺が逃げるわけにはいかない。

――俺には守るべき大切な仲間たちがいるから。

それに、今の俺には戦える力がある。だったら、みんなを守るために戦うだけだ！

「さすがに無謀《むぼう》すぎるわよ！　ミルもウィッシュに言ってあげてよ！」

「んー、正直、ワタシも無謀だなーって思う！　フォルニスは昨日の熊さんと比べても、遥《はる》かに強力な怪物《かいぶつ》だからねー。魔王軍で言ったら、それこそ魔王級だよ？　にひひっ」

ミルフィナは、リリウムを見て悪戯《いたずら》っ子のように笑いかける。

「…………ッ‼」

リリウムは視線を逸《そ》らし、奥歯《おくば》を噛《か》み締《し》めた。自分の無力さを嘆《なげ》いているのだろうか。

「とにかく、俺とミルフィナでフォルニスを食い止める！　みんなは避難場所へ逃げろ！　いいな⁉」

そう告げて、俺は魔竜のもとへと駆ける――

その俺の背後からは、

「わ、私も微力《びりょく》ながら、手伝います……ッ‼」

「見てなさいよ、ミル！　私の力を見せてあげるんだから！」

ノアとリリウムが全速力で追いかけてきていた。

「お前ら……なんで……」

「仲間ですから！」「仲間だからよ！」

二人は同時に力強い言葉で俺に応えた。

仲間――言葉にするのは簡単だけど、その言葉の重みに見合うだけの関係を築けているパーティーは、果たしてどのくらい存在しているのだろう。

……俺は本当に良い仲間と巡り合えた。

俺たちパーティーは、結成してからの日数は浅い。

しかし、仲間としての心の繋がりや信頼感《しんらい》は、熟練パーティーにも負けない自信がある！

「うわぁー、心強い！　みんなで、伝説の魔竜をやっつけよー！　そしたら、お昼ご飯♪」

陽気に両手を広げて走るミルフィナ。その言葉には、不思議な安心感があった。

そんな安らぎの声とは対照的に、前方からは死の恐怖に支配された人間たちの悲鳴が聴《き》こえてくる。

「ひゃあああ⁉」

「も、もう終わりだぁ……！」

その中でも飛びきりデカい叫《さけ》び声《ごえ》が轟《とどろ》く。

「だ、誰か助けてくれえええええええ‼　金なら、いくらでも出すぞ‼」

先程《さきほど》まで俺たちの前でふんぞり返っていたローガンだ。馬車から飛び降りて逃げようとしたらしいが、どうやら腰《こし》を抜《ぬ》かして立ち上がれないようだった。

「ほんと、ウィッシュもお人好《ひとよ》しよね。自分を殺そうとしていた相手を助けに来るなんて」

「俺が助けるのはザッケン村の人たちだ。このオッサンはついでだ」

俺とリリウムの声を聞いたローガンが、必死な形相で頼《たの》み込んでくる。

「お、お前たち、さっきの⁉　おい！　もし、オレを逃がせたら、さっきの罪は帳消しにしてやる！　だから、早く助けろ！」

この期《ご》に及《およ》んでも、偉そうな態度は変わらないようである。

「ギュオオオオオオオオオオオオオオオオオオオオオオオオオオオオオオン‼」

その時、魔竜フォルニスが前方で大きな口を開いて雄叫《おたけ》びをあげた。

「ヒ、ヒイイイイィィィ」

「確かにこいつは、とんでもない相手だな……ははっ」

「まさか、ここにきてビビってるわけじゃないでしょうね？」

「いや？　全然平気だ！」

しかし、フォルニスと対峙《たいじ》すると、その圧力が肌《はだ》に……いや、精神に伝わってくる。

【ゴルドン】の２倍以上の大きさを誇《ほこ》り、漆黒の羽を雄大にはためかせる姿は、とても人間の手に負えるような相手じゃない。冒険者《ぼうけんしゃ》ギルドが指定する特定危険生物ランクなんかじゃ、計ることすらできないだろう。絶望的な相手だ。まさに、伝説上の生物。

吐息ひとつで山々を吹《ふ》き飛ばすような化物。普通《ふつう》だったら絶対に勝てないだろう。

「ウィッシュ兄なら、できるよ！　ワタシたちが付いてるもん！」

ミルフィナが言うと、リリウム、ノアが力強く頷いた。

「ああ！　そうだな！　じゃあ、みんなで力を合わせて……って言いたいところだけど、リリウムとノアは、ここで腰抜《こしぬ》かしている人たちを安全な場所まで運んでやってくれ！」

「でも、それだとウィッシュさんが……」

「ノア、今はウィッシュの指示に従って！」

「リ、リリウムさん……わ、わかりました」

リリウムとノアは、俺の指示通りに貴族たちの介抱《かいほう》に取りかかってくれた。

「ありがとう、二人とも」

「ウィッシュ……信じてるから……【ゴルドン】の時のように、奇跡《きせき》を起こして……」

「任せろ」

俺は短く応え、馬車から離れた。

落ちていた石をフォルニスに投げつけ、敵愾心《てきがいしん》を自分に向ける。

「ギュギュオオオオオオオオン!!」

フォルニスは雄叫びをあげ、魔竜の真紅《しんく》の瞳が俺を射貫《いぬ》いてきた。

狙《ねら》い通り、完全に標的を俺へと絞《しぼ》ってくれたようだ。いいぞ、もっと怒《おこ》れ！

心の中でフォルニスを挑発《ちょうはつ》しながら全力で走る。そして、俺に釣《つ》られるように、フォルニスはその巨大な羽をビュンビュンはためかせて追ってきていた。

羽の振動《しんどう》で周囲に強風が発生し、砂ぼこりが巻き上がる。

生物の域を超《こ》えた、自然の災害と向き合っている感覚がしてくる。

「………ウィッシュ兄、ホントはビビってるでしょ？」

「あ、バレてた？」

隣《となり》に付いてきていたミルフィナにツッコまれてしまった。

「まーね！　あんなの普通の人間じゃ絶対に倒《たお》せないからね。教会の加護を受けた勇者でも無理。でも……ワタシの加護を受けたウィッシュ兄なら戦えるよ！　なにより、仲間のことを大切に想っているウィッシュ兄なら大丈夫！　自分の力を信じて！」


俺はノアの生きる意味になると決めた。

リリウムとミルフィナが笑って暮らせる居場所を作ると決めた。

そして、仲間に信じてもらった。

俺も仲間に任せろと告げた。

なら、やるしかない――

絶対に逃げない。俺は、みんなの希望を生み出すんだ！

「ありがとう、ミルフィナ。俺はもうビビらねぇ！　みんなを守ってみせる！」

能力が覚醒《かくせい》してから挑《いど》む初めての戦闘《せんとう》。

前にリリウムに使用した時と同じようにやれば、フォルニス相手でも光は出るはず……。

俺は集中力を最大限に高め、眼前の巨大生物を見つめた。

──その瞬間。

今にも襲いかかってきそうなフォルニスの動きが、突如《とつじょ》スローになった。

心は落ち着いている。頭もクリアに働く。目の前の魔竜の動きだけが止まって見えた。

そして…………フォルニスの左後ろの足、その踵《かかと》付近が小さく光った。

本当に小さな小さな光。目を凝《こ》らさなければ見逃してしまうほどの小さな光だ。

「あの光の名は、希望の光《ウィッシング・ユー》。ウィッシュ兄が希望を失わない限り輝きを放ち続ける、奇跡の光だよ！」

希望の光──俺を絶望から希望へと導いてくれる光か？

いいや違《ちが》う、俺が絶望から希望を生み出すための光だ！

「あの光を突ければ、【ゴルドン】みたいに一撃《いちげき》で倒せるのか？」

「相手はフォルニスだから一撃かどうかは分からないけど、致命傷《ちめいしょう》にはなるはずだよ！」

「よし！　なら、あそこを──」

「待って⁉　ウィッシュ兄、他に何か……頭に流《なが》れ込んでくるような感覚ない⁉」

「ん……？　頭に？」

停止した世界で、ゆっくりと、冷静に、感覚を研《と》ぎ澄《す》ませる。

すると、ミルフィナの言う通り、何かが頭に流れてくる感覚を覚えた。

光……？　いや、これは感覚そのものだ。情報という名の感覚──

「凄い！　これ、敵の情報だよ！」

「ああ……『感覚』で分かる。フォルニスは、尾《お》を右に振《ふ》ったら左足で攻撃《こうげき》、左に振ったら右足で攻撃してくる。そして、尾で弧《こ》を描《えが》いた時、口から高熱量の吐《は》息を吐く……あいつの攻撃方法が手に取るように分かるぜ。それに……暑いのが苦手みたいだな」

弱点だけじゃない。攻撃方法……攻略《こうりやく》手段まで分かってしまった。これが女神《めがみ》の加護の力か。いや、俺が元々持っていた能力だっけ？　そもそも、なんで俺にこんな能力が？

ミルフィナが食事を摂《と》ることで成長した結果、俺の能力も進化したのかもしれない。

どちらにせよ、今は目の前の脅威《きようい》を打ち払《はら》うことに集中だ！

デカい図体《ずうたい》や迫力《はくりよく》のある雄叫びに怯《ひる》む必要はない。フォルニスを攻略するには、とにかく尻尾《しつぽ》の動きを視《み》るんだ。

俺はフォルニスの尾の動きに全神経を集中させた。

一方、フォルニスは停止してしまったかのように、その場に鎮座《ちんざ》している。

「フォルニス、なんか動きが鈍《にぶ》いね……？」

ミルフィナも敵への警戒感を強めている。

「鈍いというより、完全に動きが止まってないか？」

俺の覚醒した能力のおかげで時間の流れがスローになったのかと思っていたが、それは違ったのかもしれない。どうやらフォルニス自身の問題で、動きが停止しているようだ。

フォルニスは硬直《こうちょく》から動き出す気配がない。このまま地面に根を生やし、巨大な大木として観光スポットにでもなりそうな状態である。

「ウィッシュ兄、これチャンスじゃない⁉」

「そうなんだが……万が一、情報にない攻撃手段の前触《まえぶ》れだったりしたら、対処できないぞ。俺たちに失敗は許されないんだ。できれば慎重《しんちょう》にいきたい」

「ウィッシュ兄の言うことも分かるんだけど……もしかしたらフォルニス、お父様の封印を抜け出してから、時間が経《た》ってないんじゃないかな？」

「……ふむ。そういや、なんでフォルニスは封印を解除できたんだ？　永い間、ずっとレピス神によって樹海ごと封印されていたはずなのに……まさか、レピス神に何かあったとか⁉」

嫌《いや》な予感が脳裏《のうり》をよぎる。

「お父様は平気だよ、ワタシには分かる」

しかし、ミルフィナが即《そく》、否定してくれた。

「じゃあ、なんで……」

「あの……えっとね？　そのぉ……たぶん、ワタシのせいかも……えへへっ」

「は？」

「昨日、追憶の樹海から脱出《だっしゅつ》する時、一時的に封印を解除したでしょ？　たぶん、あの時にフォルニスも森のどこからか抜け出しちゃったんだと思う！」

衝撃《しょうげき》の事実である。でも、だとしたら……。

「ミルフィナじゃなくて俺のせいだ。俺が勝手に樹海に入り込んじまったからだ……そのせいで伝説の魔竜の封印が解かれた。レピシアに……こいつを放ったのは俺だ」

その結果、ザッケン村の人たちにも恐怖を与《あた》えてしまった。

「そうだったとしても、今、フォルニスを倒せば、恐怖の根源を断《た》ち切ることができるよ！　永い間、封印されていたせいで力が戻りきってないようだし！　今が絶好の機会だよ！」

ミルフィナが俺の気持ちを奮い立たせてくる。

ミルフィナの掛《か》け声を合図に、俺はウエストバッグから愛用の伐採《ばっさい》用ナイフを取り出す。

そして、フォルニスの足元で光る、小さな勝ち筋に向けて走った。

「絶対にッ！　俺がここで食い止めるッッッ!!」

魔竜の左後ろ足の踝《くるぶし》。俺の狙いは一点に絞られている。

尾の動きも真紅の眼光も気にしない。ただ、小さな光を目指して疾走《しっそう》する。

拍子抜《ひょうしぬ》けするほど容易に、俺はフォルニスの後方へ回り込むことに成功した。

目の前には小さな点のようにも見える光が在る。どんな強大な敵だろうが、そこを突《つ》けば致命傷に至る光──俺みたいな弱者にとっては、まさに希望となる光だ。

俺は【ゴルドン】の時と同じく、ナイフをその光へ刺《さ》し込もうとしたのだが……。

「──ウィッシュ兄⁉　どうしたの⁉　はやく光を狙わないと、フォルニスが動き出しちゃうよ！」

ナイフを強く握った俺の手は、フォルニスと同じように固まってしまっている。

「…………ッ」

フォルニスの未知の攻撃を受けたわけではない。

俺自身の気持ちのせいで、手を動かせないでいるだけだ。

「どうしちゃったの⁉」

死んでしまったかのように動かないフォルニス。その憐《あわ》れな姿を目の当たりにした俺には、ある想《おも》いが湧《わ》き上がり始めていた。

魔界《まかい》から人間世界《レピシア》に送《おく》り込《こ》まれ、永きに亘《わた》り森の中で封印されていた魔竜。

こいつは、一体どんな気持ちで刻を重ねていたのだろうか。

「――ダメだ」

「え……？」

「こいつのことを考えたら、攻撃できなくなっちまった……」

「なに言ってるのさ⁉ ここで倒さないと、ザッケン村が……ううん、村長さんが言ってた通り、レピシア中が甚大《じんだい》な被害《ひがい》を受けちゃう！ 弱体化が解除されたら、もう誰にも止められない。そうなったら、ウィッシュ兄やリリィ、ノアお姉ちゃんだって……！」

「分かってる！」

「なら……」

「でも、よく考えたら、こいつだって俺たちと同じじゃないか！ 魔界で魔族《まぞく》に隔離《かくり》された挙げ句、レピシアに転送されて……そしたら、今度はレピス神にレピシアの樹海に封印されて、って……みんなから厄介者扱《やっかいものあつか》いだ。そんで、やっと解放されたと思ったら、身動きできないまま冴《さ》えない商人に処分される。そんなの、可哀想《かわいそう》だ……」

まるで道具のように扱《あつか》われ、誰からも存在を祝福されない呪われた生物。

世界に居場所がないのは、こいつも同じ……。

臭《くさ》いものに蓋《ふた》をしたのは、魔族も人間も一緒《いっしょ》なんだ。

「ウィッシュ兄は優《やさ》しすぎるよ……戦うべき時は戦わない……と…………？」

ミルフィナは俺を諭《さと》すつもりで言ったのだろう。しかし、言葉の最中に、自問自答するかのような口ぶりへと変わっていった。

「ミルフィナはレピシアを平和にしたいんだったよな？」

「……うん」

「人間と魔族が争わず、両者が手を取り合って築き上げる世界。俺も理想の世界だと思う。……でも、その理想の世界って、こいつを排除《はいじょ》した上で成り立つもんなのか？　俺さ……誰かを……何かを追い出したり捨てたりした後の世界じゃ、笑って生きられそうにないや」

俺はミルフィナに「ごめんな」と短く謝《あやま》って、ナイフをバッグに収めた。

「………………んーん、ウィッシュ兄の言う通りだぁ……。ワタシ、大事なこと忘れてた。これじゃあ、お父様と一緒だ……」

ミルフィナは自分を責めるように言う。

自分たちだけに都合の良い世界――自分にとって不要な存在や煩《わずら》わしい者たちを排除し

てできた社会なんて、俺の目指すものとは真逆の世界だ。

フォルニスを放置しておくのは確かに危険を伴《ともな》うかもしれない。けれど、まずは対話できるかどうかを確認《かくにん》するところから始めなければならない。

現状では、フォルニスの意志は全く分かっていないのだ。

「ミルフィナの想いは、加護の力を通じて俺にも流れてきている。だから気にすんな。そもそも、フォルニスが俺たちの意図を理解できるのかどうかも不明で――」

その時。

俺とミルフィナの結論を待っていたかのように、突然《とつぜん》、フォルニスが動き出した。

「えっ、な、なに？　もう封印の後遺症《こういしょう》が消えちゃったの⁉」

「やっべぇ！　自分で選択《せんたく》した道だけど、やっぱり、怖《こえ》ぇもんは怖ぇな！」

フォルニスの後方でビビり散らす俺とミルフィナ。そんな俺たちを嘲笑《あざわら》うかのように、フォルニスは俊敏《しゅんびん》な動きで身体を捻《ひね》り、正面を向いて対峙してきた。

そして――

「フフフ、フハハハハハハッッッッ‼　まさか、こんな人間が存在しようとはな！」

めちゃくちゃデカい高笑いを発し、俺たちに語りかけてきた。

「あれ⁉　フォルニス、話せるのおぉぉ⁉」

ミルフィナも驚《おどろ》いている。

「あぁ、話せるぜ！　オメーみてぇな、小っちぇえ神ヤローと話すのは初めてだけどな！」

「ヤロー……？　あぁ！　それって、男の人を指す言葉でしょ！　ワタシ、女の子！」

「あぁん？　オメー、女だったのか。まぁどっちでもいいわ！　オレ様が話してぇのは、そっちの人間だからな！　オメーも女か？」

フォルニスは大きな顔を近づけて、俺を覗《のぞ》き込んできた。

「俺《おれ》は男だけど……」

「そっか、男か！　まぁどっちでもいいわ！　んで、オメーよぉ。さっき言ってたことは本当か？」

図体に似合わない高い声で訊《たず》ねてくるフォルニス。

「さっき？」

「ああ。オレ様を排除せずに、世界から誰も追い出したくないって言葉だ」

フォルニスが神妙《しんみょう》な顔つきになっているのは、相手が魔竜といえど伝わってくる。

「本当だ。俺の本心に間違《まちが》いない。お前がどんなヤツで、何を考えているのか分からないのに排除するなんて、理不尽《りふじん》だからな。俺も同じような経験してるし……」

自然と目の前の魔竜とコミュニケーションを取ってることに、なんだか不思議な感覚を覚える。さっきまで、あんなに恐怖心《きょうふしん》を抱《いだ》いていたはずなのに。

「フハハハハハハッッッ!! 気に入ったぞ！ 男！」

「俺の名前はウィッシュだ。商人、ウィッシュ！」

「ウィッシュか、そうかそうか！ オメーは強い！ なんたって、オレ様の古傷を一目で見抜《みぬ》きやがったからな！ オレ様の完敗だ。だから、オレ様の考えを教えてやろう」

気のせいか、ニヤリと人間のような笑《え》みを浮《う》かべたような……。

「……ごくり」

思わず、生唾《なまつば》を飲《の》み込んでしまう。

「オレ様がウィッシュの仲間になってやる！」

「…………はぁあああああああ!?」「なにそれえええええ！」

俺とミルフィナ、同時に奇声《きせい》をあげた。

「フハハハハハッッッ!! 良い考えだろう！ オメー、レピスのヤローみたいな臭い匂《にお》いがするけど、それは我慢《がまん》してやる。そこの女の力のせいだろうからな！」

「いやいや、待て待て!? お前が仲間になってくれるのは嬉《うれ》しいけど、さすがにザッケン

村には入れられないぞ？　人間と争うとかの問題じゃなくて、身体のデカさ的な意味で」

「安心しろ。オレ様は、あの森の中に居てやる」

「へ？」

「あの森、この場所と違って涼《すず》しいからな！　昨日の夜、レピスの結界が消えたノリで、そのまま外に出ちまったけど、やっぱりオレ様はあの森が良い！　結界を解いたのも、どうせそこの女ヤローなんだろ？　また結界を解いて、オレ様を森の中に戻《もど》せ」

たしか、暑いの苦手なんだっけ……。

「それはいいけど……ワタシはミルフィナ！　仲間になるなら名前を覚えてよね！」

そうして、急遽《きゅうきょ》、俺たちは追憶の樹海《フォルニウム》へ向かうことに――

暫《しば》しの間、俺とミルフィナはフォルニスの背に乗って、大空から大地を見下ろした。

人の力を超《こ》えた体験に心が踊《おど》る。

フォルニスと直接触《ふ》れ合ったことで、その心模様も気になってしまった。

「追憶の樹海《フォルニウム》で過ごすの、寂《さび》しくはないのか？　ただでさえ永い間、閉じ込められていたんだ。もし、俺たちに気を遣《つか》っているのなら、無理《むり》強《じ》いはしないぞ」

「追憶の樹海《フォルニウム》？　……ああ、あの森の名前か！　別に寂しくはないぞ。オレ様、魔界から森にやってきて、そんなに経ってないしな！」

「えっ、そうなのか⁉　だって、古《いにしえ》の魔竜とか、伝説とか謂《い》われてたから、すっげぇ昔のことだと思ってたわ。なんだ……最近の話だったのか」

「500年前くらいじゃない？　ワタシが生まれる、ちょっと前って聞いてたから」

「おう、そんなもんだったかもしれん！」

……俺の周りの時間感覚もスケールアップしていくようだ、ははっ。

「ふーん、そっか……それと、踵の古傷は大丈夫《だいじょうぶ》なのか？」

「おう、心配してくれんのか！　この傷に関しちゃ問題ねぇ。ウィッシュみてぇに見抜けるヤツぁそうそういねぇだろうし、今のオレ様は動けるからな！」

「それなら良かった。でも、そんな弱点になるような傷、いったい誰に？」

魔竜フォルニス相手に傷を負わせるなんて、相手は化け物か？

「これは、この間、樹海に入ってきた人間の男にやられた傷だ。あいつぁ強かったなー。オレ様が自分の庭で負けるとは思わなかったぜ！　フハハハハッ！」

この間⁉　レピシアに、そんな怪物みたいな人間がいるのかよ……勇者レヴァンか⁉

……いや、待てよ……この間っていうのは……さては、この間じゃないな⁉

きっと、何十年も前のことだろう。昔の勇者かもしれない。

「へ、へぇ……森では気を付けろよな……」

そんな会話をしていると、あっという間に樹海に到着《とうちゃく》した。

昨日は恐怖に感じた場所が、今では不思議と親しみを覚える。

「フォルニスぅ？　言っておくけど、さっきみたいに変な雄叫びをあげて、周りの生き物を怖がらせないでよねっ。森の治安が悪くなって、熊さんとかが狂暴化《きょうぼうか》しちゃうから！」

「あれは不用意に近づかないようにっていう、オレ様なりの配慮《はいりょ》だぜぇ？」

そうだったのか……あの雄叫び、マジで怖かったんだが。

「森でも大人しくしてろよ？　それと、もし外に出たくなったら言ってくれ、協力するから」

「おう！　ウィッシュ、ありがとうよ！　まぁ、オメーらも、森の中に用がある時はオレ様を呼べ。案内してやるぜ！」

フォルニスはそう言うと、機嫌《きげん》良さそうに尻尾を振って森の中へと消えていった。

こうして、俺たちのパーティーに伝説の魔竜フォルニスが新たに加わった。

生活空間も種族も身体の大きさも俺たちとは全然違うが、大事な仲間だ。近い内に、ノアとリリウムにも紹介《しょうかい》しようと心に決め、俺たちは追憶の樹海をあとにした。

◇◆◇◆◇◆◇◆◇◆◇◆

ザッケン村の前に戻る頃《ころ》には、辺りは夕陽《ゆうひ》のオレンジ色に染まっていた。

村の入り口には、村長さんだけでなく避難していた住民たちも戻ってきており、俺とミルフィナは歓声《かんせい》とともに出迎《でむか》えられた。

「おぉ！　ウィッシュさんが帰ってきたぞ！」

「あんたは俺たちの命の恩人だ！」

村人たちは口を揃《そろ》えて、俺に喝采《かっさい》を浴びせてくる。

「ウィッシュ兄すごーい！　なんだか、勇者さんみたいだね！」

俺が状況《じょうきょう》を飲み込めず、首を傾《かし》げていると、

「ノアたちから事の一部始終を聞いたんじゃよ。お主らがフォルニスを手懐《てなず》け、空高く舞《ま》い上がっていった、と。まさか、あの魔竜を従えてしまうとはのう……恐《おそ》れ入ったわい」

ゼブマン村長が説明してくれた。

「従えたというか……偶然《ぐうぜん》、フォルニスと意見が合ったというだけで……ほんと、奇跡的《きせきてき》な出来事でした」

「いやいや、ウィッシュ殿《どの》が勇気を持ってフォルニスに挑んでくれたおかげじゃ。その結

果、儂《わし》ら村民は、こうして無事に生きておるのじゃ。本当に感謝しておる」

村長さんは深々と頭を下げて言った。

「村と村人の方々に被害が無かったのは良かったです。役人に押収《おうしゅう》された物品も取られずに済んだようですし。そういえば、あのローガンという男は、どこへ……？」

辺りを見回して確認する。

しかし、一度聞いたら忘れられないデカい声と不遜《ふそん》な態度の男は、どこにも見当たらなかった。その代わりに、俺に向かって手を振る、ノアとリリウムの姿が目に飛び込んできた。

どうやら、村人たちに説明を終えて戻ってきたらしい。

「ローガンなら、腰を抜かしたまま馬車に乗って逃げていきましたよ」

「私たちに、お礼の一言も言わないでね！　ああいうクズヤローは、どこの種族にもいるもんなのねっ。まったく……ぶつぶつ」

恨《うら》み節《ぶし》を滔々《とうとう》と垂れ流すリリウム。

その感情の矛先《ほこさき》は、ローガンではなく他の誰かのように思える……が、深くは聞かないでおこう。

「今後、フォルニスが村を襲ってくることは無いと保証できるけど、役人のほうは分からないからなぁ……強欲《ごうよく》な人間のが厄介《やっかい》だ」

「ウィッシュさん、それについては安心してください。たぶん、ローガンがザッケン村に来ることは、今後ないと思います」

「どうして？」

「リリウ……リリィさんが釘《くぎ》を刺してくれましたから」

リリウムが？　……なんか嫌な予感がする。

「もし今度ザッケン村に来たら、フォルニスを従えたウィッシュが、お前たちの領地を滅ぼしに行くわよ！　って言ってやったわ！」

リリウムが親指を立て、満面の笑みで答えた。

「って！　それじゃあ、完全に俺が悪の魔王《まおう》みたいじゃんかぁああああ！」

そりゃ、あいつらも、お礼なんか言わないで逃《に》げるわ……。

「ふぉっふぉっふぉ、ウィッシュ殿だけじゃなく、リリィさんも頼《たよ》りになる女子《おなご》じゃ。まあ、あいつらが持っていくのは、ガラクタと傷《いた》んだ食材くらいじゃったが」

「そうだったんですか？」

「偉《えら》い役人とは言っても、モノの目利《めき》きなど出来ぬし、食材の善《よ》し悪《あ》しの判別もできん。完成された食品しか目にしないじゃろうからな。品質も生産者の苦労も分からんのじゃ」

村長さんの言葉は俺の心にも刺さった。自給自足のザッケン村で生活をしていくには、食材など、モノの情報を知らなければならない。俺も勉強する必要があるのだ。

一人前の商人になるためにも必要な能力だろう。

「でも、ウィッシュさんのおかげで、あの方々の顔を見なくて済むようになり安心しました。ウィッシュさん、本当にありがとうございました」

「ノアの言う通りじゃ。村人として迎《むか》え入れたその日に、こうやって村を救ってくれたことに改めて感謝する。見るがよい。村人たちも、お主らを新たな村人として歓迎《かんげい》しておるぞい」

いつの間にか、俺は多くの住民たちに取り囲まれていた。

辺り一面、ザッケン村の住民たちが全員集まって来ているような、お祭り騒《さわ》ぎである。

「ウィッシュさん！　これから宜《よろ》しくな！」

「あんたがいてくれりゃ、魔王軍も怖くないぜ！　本当に助かった！」

住民たちは俺を称賛《しょうさん》の眼差《まなざ》しで見つめ、次々に感謝の言葉を投《な》げ掛けてくる。

――俺たちがザッケン村の一員になった瞬間《しゅんかん》だった。

そう強く実感することができた。

フォルニスの威《い》を借りて守るだけじゃない。俺たちは温かく迎え入れてくれた村人たちのためにも、明日から働いて村に貢献《こうけん》していくんだ。

住民たちと言葉を交《か》わし、気づけば陽が暮れる時刻に。

家に戻る道中――

「一時はどうなることかと心配しましたが、ウィッシュさんが無事に戻ってきてくれて本当に安心しました」

ノアが心底ホッとしたような表情で語りかけてくる。

「心配かけて悪かった……でも、こうして無傷でピンピンしてるからさ！」

「あら？　私は別に心配してなかったわよ？　だって、ウィッシュなら、やってくれるって信じてたから！」

リリウムの信頼の言葉――仲間として俺の力を信じてくれている証《あかし》だ。

村に戻った際、平然と出迎えてくれたリリウムの態度……俺は凄《すご》く嬉しかった。

俺を信じてくれているからこそ、自然体で迎えてくれたんだ。

「うんうん！　ウィッシュ兄、凄いんだから！　えっへんっ」

「家に帰ったら、フォルニスとの一件について詳《くわ》しく説明してもらうからね？」

リリウムは俺とミルフィナを指差して言った。

そうして、夕陽に照らされ、俺たち４人は自分たちの家へと帰宅した。

◇◆◇◆◇◆◇◆◇◆◇◆

「――と、いうことで、フォルニスが俺たちの仲間になった」

家に戻り一段落した後、俺はノアとリリウムに事情を説明した。

「フォルニスが仲間に、ねぇ……」

「凄いことになりましたね……」

最初、信じられないという面持《おもも》ちで話を聞いていた二人。

しかし、ノアとリリウムは俺の気持ちも汲《く》み取ってくれ、最終的にはフォルニスの加入を喜んでくれた。

「でも、ウィッシュさんとミルちゃん、そんな繋《つな》がりがあったんですね…………むぅ」

話の最中、俺とミルフィナの関係と能力のことをノアに説明したのだが……。

ノアが少し落ち込んでいるのは気のせいだろうか……。

「そうだよぉ！　ワタシとウィッシュ兄は運命の絆《きずな》で結ばれてるの！　ねっ！」

ミルフィナが俺にウインクしてくる。

その様子を見たノアは、なぜか小さな溜息《ためいき》を漏《も》らしていた。

……謎《なぞ》だ。

翌朝。

俺とリリウムとミルフィナの３人は、ザッケン村での一日の流れをノアに教えてもらっていた。昨日は完全に非日常的な一日だったので、今日が村人としての本当の第一歩だ。

「まず朝一にやることは、家畜《かちく》へのエサやりと家畜小屋の清掃《せいそう》です。村の人たちで担当する家畜が決められているので、あとでお教えしますね。そして次に、田畑の様子を見に行きます。収穫《しゅうかく》時期の異なる作物を育てているので、それぞれの成長具合を確認して収穫していきます。午後は、菜園の土寄せや水やりを行い――」

「ちょ、ちょっと待ってくれ、ノア……えっとさ……やること多くない？」

田舎《いなか》村出身の俺でも驚くぐらいの重労働である。

「そうですか？　昨日、作業できなかった分もありますので、今日は倍の量がありますよ？」

「……へ、へぇ、そうなんだ……」

「なによウィッシュ、怖じ気《おけ》づいたの？　だらしないわねぇ！」

リリウムが両手を腰に当てながら言ってくる。やる気満々といった顔つきだ。めちゃくちゃ頼りになりそうな女である。魔王軍でも雑用などの業務をやってきたらしいし、たしか農作業も得意だって言っていたな。

今日はリリウムにも色々と教えてもらいながら、俺も頑張《がんば》ろう！

「ウィッシュ兄～、リリィに負けず、いっぱい働こぉ～！　もぐもぐ」

「ああ、そうだな！　って、ミルフィナ、また何か食ってる⁉」

「へ⁉　こ、これは……そのぉ……」

ノアが用意してあげたのかと思い、顔をチラリと見やる。

ノアは顔を横に振っている。どうやら、今回は他のところから頂戴《ちょうだい》してきたらしい。

「ミルフィナ、誰《だれ》に頂いてきたんだ？　お礼を言いに行かないとだから、隠《かく》さずに教えてくれ。怒らないから」

「……うぅ、ホントに怒らない？」

ミルフィナは指をモジモジさせながら上目遣《うわめづか》いで訊ねてくる。

「ああ、正直に言えば怒らないさ」

「そこの袋《ふくろ》に入ってた食べ物、こっそり抜《ぬ》いてきちゃったっ。えへへっ！」

悪びれもせず、ニッコリと笑うミルフィナ。

「なんだとぉ⁉」

「あああぁ～！　ウィッシュ兄、怒ったぁああああ！」

「そりゃ怒るわ！　勝手に人様のモン、食べるとか……」

親は、いったいどんな教育を……と思ったが、天から雷《かみなり》が落ちてきそうなので口を閉じた。

「だって村長さんが言ってたんだもんっ。あれは傷んでるから村の人は食べないって」

ミルフィナが指差す袋――それは、昨日の貴族が残していった袋だった。

「まぁ、あれなら問題はない……のかな？」

「ええ、大丈夫ですよ。一晩放置されていたみたいですし、誰も文句は言わないでしょう。でも……ミルちゃん、お腹《なか》の具合は平気なのでしょうか……そちらのほうが心配です」

「……だな。ミルフィナ、なんともないのか？」

「え？　ワタシ？　大丈夫だよおおお！　たぶん、ワタシのお腹は人間さんたちと違って丈夫《じょうぶ》に出来て……」

「ん？　どうした？」

突然、ミルフィナがお腹を押さえて視線を泳がせ始めた。

「もしかして……食あたりになったんじゃ……」

ノアが心配の声を掛けると同時に……ミルフィナのお腹が、ぎゅるぎゅると鳴り出す。

「うぅ〜〜〜！　お腹痛いよぉおおおお！」

「大丈夫かよ!?　完全に人間と同じじゃんか！」

ミルフィナはノアに連れられ、村で唯一《ゆいいつ》の診療所《しんりょうじょ》に運ばれていった。

俺も急いで診療所へ向かおうとしたのだが、ふと、口数の少ないリリウムのことが気になったので様子を窺《うかが》ってみると——

「うわぁぁぁぁあああん！　お、お腹痛いよおおおおおお！」

ミルフィナと同じく腹を唸《うな》らせ、叫《さけ》んでいた。

「お前も食べてたのかよ!?」

その後、ミルフィナとリリウムに軽い食あたりという診断《しんだん》が下され、一日安静が言い渡された。どうやら、今日も村人としての第一歩は踏《ふ》み出せないようだった。

◇◆◇◆◇◆◇◆◇◆◇◆

リリウムとミルフィナの食あたり事件から数日が経過。

俺たちはノアの指導のもと、順調に村仕事をこなしていた。

とは言っても、まだ作業に慣れない俺たちは分業制で仕事に臨《のぞ》んでいる。俺はノアと一緒に家畜の世話。ミルフィナは菜園で野菜の管理。そして、リリウムは農作業を担当している。

「はぁ〜〜〜、今日も一日頑張ったわね！　みんな、お疲《つか》れさま！」

ねじり鉢巻《はちま》きを頭に巻いたリリウムが労《ねぎら》ってくる。

この元魔王軍幹部様、完全に農民としての意識が芽生えているようだった。

「リリィちゃん、今日もお疲れ。また明日、手伝いにくるからね」

「これ、ウチの畑で育てた野菜。リリィちゃん、良かったら食べてちょうだいな。暑いと腐《くさ》るのも早いから、今日の内に食べるんだよ」

「リリィ、今日の夜は蒸《む》し暑《あつ》くなりそうだから、ちゃんと換気《かんき》しとけよー」

リリウムと一緒に畑から帰ってきた村人たちが次々に挨拶《あいさつ》してくる。

「ミランダさん、今日もありがとぉ！　キシリアさん、いつも頂いてばかりで申し訳ないです。私も今度、畑のお手伝いに行きますね！　ガオマさんも体調崩《くず》さないように気をつけてくださいね！　みなさん、今日もありがとうございました！」

リリウムが返すと、にこやかな表情を浮かべて村人たちは自分の家に帰っていった。

「相変わらず凄い慕《した》われようだな……リリウム」

「リリィ、昔から村にいたような存在感だよねっ！」

「人付き合いが嫌《きら》いで有名な、あのガオマさんも心を開いているなんて……凄いです」

リリウムは、いつの間にかザッケン村の住人たちと交流をし、みんなに好かれる存在となっていた。

「えへへ。良い人たちばかりよねっ。私、この村が本当に好き！　魔王軍にいた時は嫌なことばかりあったけど、今は毎日が充実《じゅうじつ》してて楽しいわ！」

リリウムは、花がパァっと咲《さ》いたように明るく笑う。

「………リリウムさんが羨《うらや》ましいです」

「へ？　私が？　なんで？」

「私は村に来てからも、そんなに幸せに感じることができませんでしたから……村の人たちとも、リリウムさんみたいに交流できませんでした……」

リリウムとは対照的に、ノアの表情は花が萎《しぼ》んでいくように儚《はかな》げだった。

「そんなことないぞ、ノア。この間、村長さんが言ってた。最近のノア、見違《みちが》えるように明るくなったって。なにかキッカケがあれば変われるし、自然と変わるもんだ」

「村長さんが、そんなことを……」

「ああ。それに、幸せなら今から見つけても全然遅《おそ》くはない！　なにより、俺たちも付いてるんだからさ。一緒に見つけようぜ！」

「ウィッシュさん……」

「そうよ、ノア！　一人で悩《なや》むのは、もう終わり。これからは仲間として、なんでも相談してちょうだい？　自分たちの幸せなんて、自分たちで掴《つか》み取るもんなんだから！」

「自分たちで……掴み取る……」

リリウムの言葉が心に響《ひび》いたのだろうか。ノアは口に出して反芻《はんすう》していた。

「ノアお姉ちゃんは優しくて頼りになるしね！　一緒に幸せの場所、作っていこ！」

「みなさん……ありがとうございます。私も、みなさんと同じように前を向いて生きていこうと思います！」

俺とリリウムとミルフィナの３人はノアの言葉を聞き、小さく微笑《ほほえ》んだ。

俺の幸せは既《すで》にココにある。目の前の幸せな光景を守るために俺は活動していくんだ。

そう心に誓《ちか》っていた俺の瞳《ひとみ》に、ノアの照れたような赤い顔が映った。

俺のことを見ていたようだが……なにか、言いたいことでもあるのだろうか？

仲間として相談してくれる時が来たら、その時に力になろう。

俺は心の誓いを追加させた。

夕食後。

「あぁ！　キシリアさんから頂いた野菜、まだ残ってるじゃん！　今日の内に食べないと、腐っちゃうわよ!?」

リリウムが慌《あわ》てるように言う。

「うぅ～～～、傷んだ食べ物……怖いよう……」

食あたりの怖さを痛感したリリウムとミルフィナは、人間の俺以上に食の管理に気を遣うようになっていた。

「……あのさ、食材って何で腐るんだ？」

「はぁぁあああ!?　なに、いきなりアホな質問してきてんのよ!?　暑いからでしょ！」

暑さのせいか、いつも以上にイライラしているリリウム。

「いや、それは分かってるんだけど、なんで暑くなると腐るんだよ。そもそもの原因を知らないのって、自給自足する上で問題じゃないか？」

「……ま、まぁ、確かにその通りね。ノアは分かるの？　原因」

「うーん、そうですね……私の元居た世界とレピシアの構造の違《ちが》いが分からないので正確には答えられないのですが……おそらく微生物《びせいぶつ》の影響《えいきょう》はあると思います」

「「ビセイブツ？」」

女神《めがみ》のミルフィナでさえ知らない単語のようだ。

「はい。非常に小さな生き物です。視認《しにん》することは不可能で、靴《くつ》の下なんかにも付着しています。ですので、私は家の中で靴を脱《ぬ》いで生活しているのですよ」

「でも、小さくても生物なんでしょ？　ウィッシュの能力でやっつけられるじゃないの？」

「リリィの言う通りだよ！　ウィッシュ兄の希望の光《ウィッシング・ユー》なら、敵の弱点も攻略《こうりゃく》方法も全部わかっちゃうんだからっ」

「そ、それは凄いですねっ」

3人の大きな期待の眼差しが一斉《いっせい》に俺に向けられる。

「でも、この家には腐った食べ物がないからな……明日にでも、食材庫を見て試《ため》してみるか」

「えっと……ビセイブツが住んでいそうな食材なら、ワタシ持ってるよ……」

「へ？　なんでミルフィナが？」

俺が問いかけると、ミルフィナはバツが悪そうな顔をして、部屋の片隅《かたすみ》に置いてあった謎の小袋《こぶくろ》から黒ずんだ物体を取り出してきた。

「こ、これは……茄子《なす》、でしょうか？　ところどころカビが生えていそうですが……」

「……ミル？　これをどこで？」

ミルフィナはリリウムに問われると、視線を外し、無言で俯《うつむ》いてしまった。

「ミルフィナ、怒《おこ》らないから教えてくれ」

「この前の貴族さんの袋の中身、村長さんが処分するって言うから……ちょっとだけ貰《もら》ってきたの。だ、だって！　勿体《もったい》なかったんだもん！　この子は、なんにも悪くないもん！」

「ミルフィナ……」

「なによ、ウィッシュ。ミルを叱《しか》りたいの？　だったら、私、ミルの側に付くわよ？」

ふふふーん♪　と鼻を鳴らしてミルフィナの頭を撫《な》でるリリウム。

俺も気持ちは同じだった。

「いや、ミルフィナは悪くない。茄子も悪くない。悪いのはビセイブツ……いや、この暑さかもしれないからな。だから、ちょっと茄子を貸してもらうぞ？」

「うん！　この子も、美味《おい》しい食べ物のためなら喜んで協力してくれるよ！」

俺は差し出された茄子を受け取った。

そして、黒ずんだ茄子を相手に、希望の光《ウィッシング・ユー》を発動させる。

「……お？　おぉ～、情報が出てきたぞ！　ビセイブツ……微生物か、確かにウジャウジャ繁殖《はんしょく》してるっぽいな。それで、弱点は……塩と……冷気……か」

「冷気を使用するのは今のレピシアの環境《かんきょう》では難しいでしょうね……」

「塩ってのも無理だな。塩なんていう超高級《ちょうこうきゅう》品を使うなんて、それこそ本末転倒《ほんまつてんとう》だ。冷気を生み出す水の魔素《まそ》だって、同じくらい貴重なものだし。打つ手なし……か」

……いいや！　まだ、なにか手があるはずだ！　最後まで考えて結論を出そう！

「水の魔素かぁー、魔界には一杯《いっぱい》あったのになぁ～」

水の魔素……魔界？

「あああああああああ！」

「うるさっ！　いきなり、なんて大声出してんのよ⁉」

「樹海だよ！　樹海！　追憶の樹海！」

「は？　なんで、いきなりビセイブツの話が樹海になるのよ？」

リリウムだけじゃなく、ノアもミルフィナもポカンとした表情を浮かべている。

「追憶の樹海は魔界《まかい》と繋がってるんだろ？　そして、その魔界には水の魔素がある。ってことは」

「なるほどぉ！　魔界から森の中に水の魔素が流《なが》れ込《こ》んできているってことだね！　さっすが、ウィッシュ兄だぁ！　ワタシが選んだだけのことはあるっ！」

ミルフィナに結論を先に言われてしまった……が、まぁいい。

「そういうことだ。水の魔素さえあれば、冷気を生み出せる。そして、冷気を加工して持ち出せれば、村の中でも微生物を退治することができるんじゃないか？　なにせ、俺たちには水の魔素のプロが仲間に居るんだぜ？」

深淵なる銀氷《アビス・アイス》の二つ名を持ち、至高の氷雪系魔法《まほう》の使い手と謳《うた》われている最強魔族——

「くふふふふっ……なるほど……どうやら、我が魂《わたましい》の奥底《おくそこ》に眠《ねむ》りし真の力を解放する刻が来たようね！」

「おぉ！　なんかリリィが魔族っぽーい！」

ミルフィナと連動するように、ノアも「おぉ～」と感嘆《かんたん》の声をあげ、拍手《はくしゅ》をしていた。

「……いやいや！　魔族《まぞく》っぽいって、なによ！　っぽい、とかないから！　私、魔族だからね!?　忘れてるかもしれないけどっ！」

明日はリリウムの力が必要になる。ポンコツではないリリウム本来の力が。

こうして微生物攻略《びせいぶつこうりゃく》の算段が立ったところで、俺たちは明日に備え床《とこ》についた。

◇◆◇◆◇◆◇◆◇◆◇◆

翌日。

俺たちは朝一番で追憶の樹海にやって来ていた。

「ウィッシュよぉ、本当にこんな弱っちいヤローたちが仲間だっていうのかよ」

「あぁーん⁉　誰がヤローよ、誰が！」

突《つ》っ込むところ、そこぉ⁉　弱いって言われることに慣れちゃってるのかな……。

フォルニスに樹海のことを訊《き》こうと思ったのだが、さっそくリリウムと衝突《しょうとつ》してしまっていた。協力してもらわなきゃならないんだが、大丈夫かな……こいつら相性《あいしょう》悪そう……。

「フォルニス、この二人は俺の大事な仲間だ。信頼《しんらい》できる存在だから安心してくれ。あと、二人とも女性だ」

「女ぁ？　本当かよ⁉」

お前も驚くところ、そこかよ⁉

「…………」

なんか、ノアが落ち込んじゃってるし！

「まぁ、そこの煩《うるさ》い魔族からは、確かに謎の圧力を感じる。でも、人間の女のほうは何の力もねぇだろ。ウィッシュに言われなきゃ、そこに存在することすら認識《にんしき》できねぇレベルだ！」

フォルニスにノアを馬鹿にされた直後。俺とリリウムとミルフィナの３人が、否定しようと同時に口を開ける。

しかし、俺たちが声を発するよりも前に――

「わ、私にだって、できることは……あります……ッ！」

真っ先に、ノア自身が自分の意見をフォルニスにぶつけた。

思いがけないノアの反応に、俺は面食らってしまう。

自分には何もない、自分には何もできないと話していた少女が、伝説の魔竜《まりゅう》相手に言い放ったのだ。驚《おどろ》きの後、俺は自然と笑みが零《こぼ》れてしまう。

「……フフッ、フハハハハハハッッッ!! なんだ、この女！ 矮小《わいしょう》な存在のくせに、このオレ様に反抗《はんこう》してきやがった！ フハハハハハッッッ!!」

フォルニスも笑っていた。大層機嫌良さそうに。

「わかっただろ？ これが俺の自慢《じまん》の仲間だ！ もちろん、お前もだぞ、フォルニス！」

「ああ、わかった。さっきのオレ様の発言は撤回《てっかい》する。仲間として認めるぜ！ んでよ、今日ここに来た目的は何だ？ まさか、この二人を紹介しに来たってわけじゃあるまい」

「フォルニスが森の中で悪さしてないか、確認《かくにん》しに来たんだよぉ～！」

「んだとぉ！ そんなことしてねぇわ！」

「まぁまぁ、冗談《じょうだん》だから落ち着いてくれ。実はフォルニスにお願いしたいことがあるんだ」

「ああ？　なんだ？」

「案内を頼《たの》みたいんだ。この樹海の中で一番寒いと感じる場所に連れていってほしい」

「なんだ、そんなことかよ！　それなら、こっちだ。乗せてってやるから、早く乗れ」

そう言って、フォルニスは俺たちが乗りやすいように身を屈《かが》めた。

そして、俺たちはフォルニスに乗り、空高く舞い上がった。

「ノア、やっぱり変わったよな」

大空を飛行中、興奮して騒ぐリリウムとミルフィナをよそに俺《おれ》はノアに語りかけてみた。

「えっ。私が、ですか？」

「うん。この間も言ったけど、前向きになったよ。自分のことを信じられるようになったというか……なんか、ノアから強い意志を感じるようになった」

「……そ、それは……ウィッシュさん、リリウムさん、ミルちゃんのおかげですよ。人生を諦《あきら》めていた私を、ウィッシュさんたちが救い出してくれたんです」

「……うん」

「私を見つけて頂き……本当に、ありがとうございます……ッ」

空を翔《かけ》るフォルニスの背で、ノアは俺の手に自分の掌《てのひら》を重ねてきた。

「俺もノアと出会えて本当に良かった。ノアは、かけがえのない大切な仲間だ」

仲間――

これまで、ずっと俺の中で意識してきた言葉だ。でも、ノアのことを想《おも》って、ノアに向かって言葉に発した時、心が締《し》め付けられる妙《みょう》な感覚を覚えた。同時に感じる心臓の高鳴りは、ノアに対して仲間以上の気持ちを抱《いだ》いている証だろうか。

「ウィッシュさん……私もウィッシュさんのこと――」

ノアの言葉は風の音に掻《か》き消されてしまい、最後まで聴《き》き届けることができなかった。

ただ、その表情からは強い信頼の気持ちが伝わってくる。

そして、ノアは重ねていた掌を俺の手に合わせ、優《やさ》しく握《にぎ》りしめてきた。

ノアの温《ぬく》もりが掌を伝い、俺に流れてくるのを感じる。

俺は、この小さな掌を、この勇気ある少女の笑顔《えがお》を、永遠に守っていきたいと強く思った。

暫《しばら》くして――フォルニスが目的の場所へと降り立った。

俺たち4人は、ゆっくりフォルニスの背中から降り、周辺の様子を確認する。

「さ、さむぅ！」

到着後の第一声は、俺の情けない声だった。

「こ、これは、確かに寒いですね……レピシアで感じたことのない寒気です」

シンッと静まり返った樹海の中。肌《はだ》を突《つ》き刺《さ》すような凍《い》てつく冷気が襲《おそ》ってくる。

「……ガクガクガクガクガクガクガクッ」

ミルフィナは全身を震《ふる》わせて、声にならない声をあげている。

どうやら、女神様は寒いのが苦手なようだ。

「おいおい、なんだぁ？　寒い場所に連れていけっていうから来たのによぉー。オメーら、随分軟弱《ずいぶんなんじゃく》な身体してんじゃねぇか！」

さすがは伝説の魔竜《まりゅう》。寒さを物ともしていない様子だ。

「……」

冷静な表情で周囲を見渡《みわた》すリリウム。こちらも、さすがの落ち着きぶりである。やはり至高の氷雪系魔術師《まじゅつし》の力は本物だ。

今日は間違《まちが》いなくやってくれる、俺は確信した。

「リリウム、この場所で冷気を加工できそうか？」

「……」

リリウムは俺の問いに答えず、険しい表情を浮《う》かべている。

「……ダメ、なのか？」

再び俺が問いかけると、

「っくしゅん！　うぅぅ〜〜〜!!　ざむいぃぃ〜〜、なにごれえええええっぇえっ!!」

リリウムは全身を小刻みに震わせて叫び出した。

「お、おいっ、リリウム!?　お前、氷雪系魔法が得意なんだよな!?　なんで寒がってるの!?」

むしろ、俺以上に死にそうな顔をしており、鼻からは鼻水が垂れている。

「寒いからに決まってるでしょ！　私はね、寒いのが大の苦手なのよ！」

リリウムは鼻水をすすりながら文句を言ってくる。

「マ、マジかよおおおおお!?　氷雪系魔法の使い手なのに寒いの苦手なのかよ!?」

な、なんて奴《やつ》だ……！

「リリウムさん、ミルちゃんと一緒《いっしょ》に身体を寄せ合って暖めましょう！　風邪《かぜ》を引いたら大変ですっ」

「ありがとう、ノア。でも、大丈夫《だいじょうぶ》！　わ、私がやらないとだから！　っくしゅん！」

「おいおい、何をするつもりか知らねぇけど、ひ弱な身体で無理するんじゃねぇぞ。オメーらが倒《たお》れても、オレ様じゃ治療《ちりょう》できねぇからな⁉」

「大丈夫だ……たぶん。さっきも言ったろ？　俺の仲間は信頼できる……と思う、って」

いや、本当に大丈夫か⁉　肉嫌いの肉屋が作った肉料理なんか、全然信頼できんぞ⁉

「こんのぉアホ商人！　今、このリリウム様の力を疑ってるわねぇ⁉　見てなさいよッ！ハアアアァァァ――」

リリウムは両手を前に突き出し、唸り声《ごえ》をあげ始める。

俺とノアは二人でミルフィナを包《つつ》み込みながら息を呑《の》む。

「……す、凄い圧力を感じます……私にも魔力《まりょく》の強さが伝わってきますよ……ッ！」


――それは一瞬《いっしゅん》の出来事だった。

周囲の水の魔素が輪郭《りんかく》を顕《あらわ》にしたと思ったら、その直後には一点に集束。

瞬《まばた》きの間のことで、俺には何が起きたのか分からなかった。

ただ、一つだけ確かなことがある。

それは、今のリリウムが俺の知っているリリウムではない、ということだ。

瞬間的《しゅんかんてき》な恐怖《きょうふ》のためか、俺は無意識の内にリリウムに対し、希望の光《ウイッシング・ユー》を発動させていた。

その結果――

弱点なし。

髪色《かみいろ》が白銀になった瞬間、攻撃《こうげき》対象に死が訪《おとず》れる。攻撃威力《こうげきいりょく》は極大、防御《ぼうぎょ》能力は鉄壁《てっぺき》、現在の俺では逃亡《とうぼう》することも不可能、という情報が頭に流れてきた。

希望の光なし……まさに絶望的な相手。それが今のリリウムだった。

「ヨオォォォッシ！　リリウム様特製の氷が完成したわよぉぉ！」

そんな俺の感情など露《つゆ》知らずといった様子で、リリウムが右手を空に掲《かか》げる。

その手には、小さな球のような物体が握られていた。

「……で、できたのか」

「ええ！　久しぶりに水の魔素に触《ふ》れられて、興奮しちゃったわぁ！　……って、ウィッシュ、なに震えてんのよ？　もう寒くないでしょ」

「えっ、ああ……そう、だな」

リリウムが水の魔素を根こそぎ集めたことで、周辺の冷気は完全に消失していた。

「なんてこったぁ！　オレ様のお気に入りの寝床《ねどこ》が消えちまったぞぉぉ！」

フォルニスの悲痛な叫び声が樹海に響き渡《わた》る。

俺が震えていた理由……それは話さないでおこう。きっと、リリウムを傷つける。

「うわあぁ！　やっと、動けるよぅ……！」

ミルフィナも無事に復活。

その後、俺たちは再びフォルニスの背に乗り、樹海の出口まで送ってもらった。

フォルニスと一時の別れの挨拶を交わした後――

「ありゃあ、正真正銘《しょうしんしょうめい》の化け物だな」

フォルニスが俺に向けて呟《つぶや》くように言った。

「……魔王軍の元幹部だからな。言ったろ、信頼できる仲間だって」

「魔王軍の元幹部だぁ？　そんなわけねぇだろ」

「まぁ、普段《ふだん》のリリウムを見てると信じられないだろうけどな」

「いや、そうじゃねぇよ。あの力は幹部どころか…………いやぁ、なんでもねぇ。それよりも、ウィッシュ、オメーの言葉のほうが信用できねぇぞ？」

「どういうことだ？」

「本当に、あの魔族女のこと信頼してんのか？　さっき、あの女に対して恐怖感を抱いてたろ。もし敵になったら自分に止められるだろうか、とか考えてたんじゃねぇのか？」

――図星だった。

「………あいつは味方だ。争うようなことは絶対にない」

「ふーん？　ならいいけどよ」

リリウムは俺たちの大切な仲間だ。敵対する状況《じょうきょう》になるはずがない。

人間と魔族――種族なんて関係ない。

俺は、リリウムがリリウムだから信頼しているんだ。

「フォルニス、今日はありがとうな。また、遊びに来るから」

「おう！　オメーらなら、いつでも歓迎《かんげい》してやるぜ。樹海の中には、まだまだ楽しめるところがあるからな！　湖だってあるんだぜ？　ウィッシュが気になってる、あの女と一緒に泳ぎに来いよ！」

「ん!?　あの女!?」

フォルニスは「フハハハハッ!!」という高笑いをあげて、森の中へ帰っていった。

あの女って、どの女だよおおおお!?

村に戻《もど》る道中、俺はフォルニスの謎の発言が頭から離《はな》れなかった。

◇◆◇◆◇◆◇◆◇◆◇◆

「ダメダメ！　そんなの絶対に却下《きやつか》だ！」

「はぁ⁉　なによ、ウィッシュ。私に喧嘩《けんか》売ろうっての？」

「あぁ！　いくらでも売ってやるから、高く買えよな！」

帰宅後、俺とリリウムは早速《さつそく》争っていた。

俺たちはリリウム特製氷を間に挟《はさ》み、部屋の中で睨《にら》み合う。完全に敵対状態である。

「まぁまぁ……二人とも落ち着いてください。そんなに熱くなると、折角《せつかく》の氷が溶《と》けちゃいますよ？」

室内には冷気が満ち溢《あふ》れており、肌寒《はださむ》さを感じる一方、俺の心は熱を帯びていた。

「ワタシは別に何でもいーよっ。食べ物を美味しく頂けるなら、何でもいい♪」

「いーえ！　これは大事なことなの！　これから、このゲリポンヌちゃんを村の人たちに使ってもらうためには、親しみやすい可愛《かわい》い名前ってのが重要になるのよ！」

「だ・か・ら！　それ、全然親しみやすくもないし、可愛くもないんだって！」

俺とリリウムは、微生物攻略の救世主として期待される特製氷の名前で揉《も》めていた。

なんだよ、ゲリポンヌって……なんか飯がマズくなりそうな名前だわ……。

「可愛いですぅ！　めちゃくちゃ可愛いですぅ！」

どうやら、魔族と人間でネーミングに対する感想が全然異なるみたいだな。

「あぁ、もう分かった。間を取って、ノアが決めてくれ！」

「えっ⁉　わ、私ですか⁉　うぅーん、氷、自然……ですから、そうですねぇ…………自然冷媒《れいばい》循環《じゆんかん》型《がた》冷却《れいきやく》装置、というのはどうでしょう？」

「「分かりにくっ‼」」

ここにきて俺とリリウムの意見が合った。

その後、３人で話し合った結果……。結局、名前なし、ということになった。

無骨な氷の見た目を綺麗《きれい》な花の形にはできないでしょうか？　というノアの提案を聞いたリリウムが、ノアの指示通りに氷の形状を変化させたからである。

「……これ、見たことない花だな。なんて花なんだ？」

「百合《ゆり》、という名前の花です。私が好きだった花なんですよ」

今ではもう見ることのできない、異世界の花。

ノアは、その花に郷愁《きようしゆう》を感じているようだった。

「私、この花好きだなぁ！」

白く輝《かがや》く氷の花。

俺たちの世界に新たに芽吹《めぶ》いた命。

その花びらは綺麗に咲き誇《ほこ》っていた。

◇◆◇◆◇◆◇◆◇◆◇◆

俺たちが氷を作ってから数日が経過――

俺は村の食材庫に置かれた一輪の氷の花を見つめていた。

そのまま放置すれば一日で溶けてしまう氷の花。

しかし、一日経過する前に、リリウムが氷の中の水の魔素を活性化させれば、氷の状態を保持できるらしい。まさに溶けない氷である。

普通《ふつう》の魔術師では到底《とうてい》不可能だ。特化型魔術師だからこそ起こせる奇跡《きせき》の術――

食材庫に置いてある氷の花は、今でも枯《か》れずに咲いている。

リリウムが、魔素の活性化という水やりを欠かさずに行ってくれているからだ。

「ウィッシュさん、本当にありがとう！　一昨日、収穫《しゅうかく》した野菜が、新鮮《しんせん》なままの状態で保管されていたよ。今までだったら考えられないことさ！」

食材庫に入れていた野菜を取り出しに来た村人に声をかけられる。

こうして、お礼を言われるのは何度目だろう。

「おぉ、これはこれはウィッシュ殿《どの》。今日もレイゾウコは大活躍《だいかつやく》じゃのぉ！　ふぉっふぉっふぉ。まさに、奇跡の花じゃよ。あの氷の花は」

村人と一緒に入って来た村長さんにも感謝される。

レイゾウコというのは、ノアが付けた食材庫の新たな呼び名だ。

「俺だけの力で作ったわけじゃありませんから。というか、作ったのも管理しているのもリリィですからね。あいつを褒《ほ》めてやってください」

「ふぉっふぉっふぉ、そうじゃったか。まぁ、とにかくウィッシュ殿がザッケン村に来てから、儂《わし》らは世話になりっぱなしじゃ。フォルニスやローガンから村を守ってくれたり、こうして生活の利便性まで向上させてくれた。本当に感謝しておる」

深々と頭を下げるゼブマン村長。

——みんながいたから、今がある。こうして前に進めているんだ。

ノアの知識を参考に俺が計画を練り、フォルニスの協力のもとリリウムが実行する。

そして、ミルフィナが美味しい食べ物を幸せそうに頬張《ほおば》る。

この仲間たちとの日常を守るために、俺は明日も活動していくんだ。

六章　希望の光

俺たちがレイゾウコを作ってから1か月が経《た》った、ある日のこと。

「俺が、この村の新しいリーダー!?」

村長が俺たちに話があるということで、朝一番で村長宅にやって来たのだが……。

「そうじゃ。村のみんなと話し合った結果、お主が新たな村長……リーダーに相応《ふさわ》しいという結論に至ったのじゃ。まぁ、当然じゃろうな。ふぉっふぉっふぉっふぉ」

上機嫌《じょうきげん》に笑うゼブマン村長は、とても嬉《うれ》しそうだ。

「村長さん、ちょっと待ってください。なぜ、ウィッシュがリーダーに!?　というよりも、なんでゼブマンさんが村長を降りるのですか？」

俺に代わってリリウムが質問してくれた。

「儂も歳《とし》じゃからのう。実は、お主たちが村に来る以前から、次の村長を誰《だれ》にするか話し合っていたんじゃよ。そこへ、ウィッシュ殿という素晴《すば》らしい人物が現れたのじゃ。若くて逞《たくま》しい、みなを導いてくれる青年がな」

村長が言うと、その場にいた村人たちから一斉に拍手があがる。

村長の言う通り、村の人たちの総意ということなのだろう。肝心《かんじん》の俺は頭が追い付いていないのだが……。

「お気持ちは分かりましたが、急すぎて……すぐにはお答えできそうにありません。それに、まだ村に来てから日が経っていない身ですので、リーダーに相応しいかどうかも……」

「なーに、そんなこと気にせんでええ！　元々、はぐれ者の集まりなんじゃ。古いしきたりや繋《つな》がり、伝統なんかありゃせんから自由にやってもらえばええんじゃ。実際、儂なんか、なーんも、考えずに好き勝手やっとったわい」

「は、はぁ……まぁ一応、検討して――」

「うん！　わかったよ、お爺《じい》ちゃん！　ウィッシュ兄がリーダーやる！」

俺が言葉を濁《にご》して結論を先送りにしようとした矢先。

ミルフィナが了承《りょうしょう》してしまった。

「おぉ！　そうかそうか！　引き受けてくれるかっ！　これで安心して隠居《いんきょ》できるわいっ」

村人たちからも歓喜《かんき》の声があがる。

「お、おいいいい!?　なんでミルフィナが答えてんだよぉおお!?」

「へ？　なんで？　ウィッシュ兄、リーダーやるでしょ？　似合ってるもん！」

「似合うとか似合わないとかじゃないの！　器《うつわ》とか経験とか人望とかが必要なの！」

次に、またしても予期しない人物から意見があがる。

「私もミルちゃんと同じく、ウィッシュさんのリーダーに賛成です。経験や知識も必要かもしれませんが、なによりも人望……人となりが大事だと思いますので。ウィッシュさんは、誰よりも村のみなさんから信頼されています。も、もちろん、私も……」

「……ノア……そんな風に思っていてくれてたのか」

村人たち以上に、俺への信頼が厚そうなノアの言葉だった。

「よぉし、そういうことなら任せてください！　これから、この村を引っ張っていきますから！　雑用、工事、農作業、なんでもやりますよおぉぉ！」

もちろん俺の言葉ではない。

最近、ちょっと有能さが出てきたと思ったら、やっぱりポンコツのままの女魔族リリウムが、自分がリーダーになったと言わんばかりに張り切っていた。

そうして結局、仲間の後押《あとお》しもあり、俺が村のリーダーに就任することとなった。

「あぁ、そうじゃった。さっき、しきたりや伝統はないと言ったんじゃが、一つだけあったわい。この村では、リーダーになった人物が村の名前を新たに決めるんじゃ。今のザッケン村というのも儂が付けたもんなんじゃよ。ということで、良い名前を期待しておるぞ？」

帰《かえ》り際《ぎわ》に、村長……いや、前村長から重い難題を託《たく》されてしまった。

……また、名前か。

リリウムにだけは相談しないでおこう。俺は、そう心に決めた。

◇◆◇◆◇◆◇◆◇◆◇◆

家に帰る途中《とちゅう》、俺はレイゾウコに寄ってリリウムの水やりを見物していた。

同時に、レイゾウコ内の食材が冷温管理されているかの確認も行う。

これはリーダーとしての役目というよりも、作った一員としての責任だ。

「…………んー」

食材が積まれた倉庫内を見渡していると、ある願望が湧《わ》き出してくる。

「ウィッシュさん、どうしました？　体調が優《すぐ》れないのでしょうか？」

「きっと、村の新しい名前を考えてるんだよ！　っと、ここ寒いから、ワタシは外で待ってるねぇー、もぐもぐっ」

「え？　なになに？　名前がどうしたの？　私が村の名前を決めちゃっていいの⁉」

俺が考《かん》え込《が》んでいると、３人から同時に声が掛《か》かった。

心配そうに訊《たず》ねてくるノアは、やっぱり優しい。

ミルフィナは……まーた、なんか食ってやがるな。まぁ、ミルフィナはミルフィナで成長してるみたいだけど。

その一方、リリウムの発言には心臓が止まりかけてしまう。絶対に、リリウムにだけは名前を任せてはいけない。

「違う違う、名前じゃない。それについては、ゆっくり考えていこうと思ってる。今、悩《なや》んでいたのは、このレイゾウコのことだよ」

「ん？　なにか問題でもあった？　私、ちゃんと毎日来て、水の魔素ちゃんたちを活性化させてるわよ？」

「ああ、ここは全然問題ないよ。ただ……レピシアに暮らす多くの人たちは、今も食材の保管に悩まされているんだよな、って考えてた。大都市のアストリオンの人々でさえも」

「そうですね……廃棄《はいき》される食料がある一方で、飢《う》えに苦しむ人々も大勢いますし……。アストリオンでは侮蔑《ぶべつ》や嘲笑《ちょうしょう》を向けられましたが、手を差し伸《の》べてくれる方は誰もいませんでしたから……。いえ、悲しむばかりで、何もしていないのは今の私も同じですね……」

レピシアに召喚《しょうかん》された頃《ころ》を思い出していたのだろうか。ノアの表情が少し翳《かげ》っていた。

「でもさー、そんな大きな問題、私たちじゃ何もできないでしょ。ノアだけじゃなくて、誰にだって解決できないわよ」

「少なくとも、この村では解決できたわけだろ？　このレイゾウコの仕組みを世に広げることができたら、世界中の人々を助けられそうじゃないか？」

そうなれば、飢えや貧困《ひんこん》に苦しむ人々を少しは救えるんじゃないだろうか。

「仕組みって言っても、ただ室内を冷やしてるだけよ？　しかも、この仕組みだと、私が毎日魔素の確認に行かなきゃならないのよ？　世界中の都市を回るなんて不可能でーっす」

「そこが問題なんだよなー。このシステムの欠点である、魔素の活性化作業を省略できるようになれば、世界《レビシア》に普及《ふきゅう》できそうなんだが……。そもそも、魔素が自然消滅《しょうめっ》してしまうのは何故《なぜ》なんだ？」

「周囲の熱……つまり暑さに、やられちゃうのよ。氷の中に水の魔素が凝縮《ぎょうしゅく》されてるって言っても、その量は外の火の魔素に比べると少ないの。食材庫の外壁《がいへき》に吸収された熱が部屋の内側に放出されてくるんだけど、そっちは無限湧きみたいなもんだからね」

日々、火の魔素の攻撃を受け続ける水の魔素だが、リリウムが毎日応援《おうえん》することによって力が回復しているということか。すっごい重労働させられてるんだな、水の魔素。

「ってことは、外壁から室内に熱が来ないよう、遮断《しゃだん》しちゃえばいいんじゃね？」

「簡単に言うな、アホ商人。そんな技術があったら、とっくに世界に浸透《しんとう》してるわよっ」

それもそうか。

「スチロール樹脂《じゅし》でもあればいいんですけどね」

「……ん？　なにそれ」

レイゾウコに続き、聞きなれない言葉がノアの口から出た。

「あっ、ごめんなさい。私の元居た世界では、断熱材というウィッシュさんの仰《おっしゃ》るような技術……というか素材があったんです」

「おぉ！　それは凄《すご》いな！　お茶みたいに、こっちで再現することはできないのか？」

「化学の力が必要になるので、レピシアでの再現は難しいと思います」

よく分からないけど、ノアが言うなら無理なんだろうな。

「そっか……現状、特に解決策は見つけられそうにないってことか」

レイゾウコ普及計画は、ひとまず断念せざるを得ないようだ。

「にしても、なんで人助けに拘《こだわ》るのよ。ミルの加護が原因？」

「加護は関係ないって。ほら、情けは人の為《ため》ならず、っていうだろ？」

「は？　全然聞いたことないわよ!?」

「人に情けを掛けておけば、巡《めぐ》り巡って自分に良い報《むく》いが返ってくるって意味さ」

「ああ、平民重宝すれば大幹部、ってやつね。昔から魔王《まおう》軍で言われてたわー」

「いや！　そっちのが全然聞いたことないからな⁉　って、前にもこんなことが……」

なんとなく、ノアの反応を確かめてしまう。

「…………なんだか懐《なつ》かしい言葉です、ふふっ。でも、ウィッシュさんは素直《すなお》じゃありませんね。本当は困ってる人を助けたいという想いが一番なのでしょう？」

「うっ、いやぁ、その……」

「いーえ、このアホ商人は腐《くさ》っても商人よっ。きっと、一儲《ひともう》けを企《たくら》んでるのよ！　そして、私たちにブルベア肉を振《ふ》る舞《ま》ってくれようとしてるんだわぁ！」

儲けは考えるが、ブルベア肉の件は考えてない。全然、これっぽっちも。

そんな話をしながら、俺はミルフィナの待つ外へ出ようとしたのだが、

「……リリウムさん、ちょっと相談したいことがあるのですが」

「えっ、なになに⁉　ノアが？　めっずらしいぃ！　私が力になれることなら、なんでも言って！　ノアには毎日美味《おい》しい料理を作ってもらってるからねっ。恩返しするよ！」

「あっ、リリウムさんっ、声が大きいです……ッ」

「んー？　ノア、なんか悩んでるのか？　俺も話を聞くぞ？」

「い、いいえっ！　だ、だいじょうぶです！　ぜ、ぜんぜんっ、まったく、悩んでません！」

ノアは不自然に両手を振り回し始めた。

なにやら、顔を赤らめているのが気になる。

「へ？　相談事があるんじゃなかったの？　はてぇ？」

リリウムは顎《あご》に人指し指を乗せて首を傾《かし》げている。

「リ、リリウムさん⁉　同じ女性なら、察してくださいよぉおおお」

男の俺は全く意味が分からず、結局、何も聞かずに外へ出た。

室内に残された二人が何を話していたのかは、帰宅してからも教えてくれなかった。

ただ、「パーティーの今後に関わる重大なことよ！」というリリウムの発言と、「プライバシーに触れることですので……お話……できませんっ！」というノアの言葉があっただけだった。仲間にもプライバシーはあるということである。

俺は学びを得た………いや、っていうか、重大なことなら話してくれよぉ！

その日の夜――

就寝中《しゅうしん》、リリウムの大きな寝言《ねごと》で目を覚ました俺は、ある異変に気がついた。

「……ノア？」

いつも俺の隣《となり》で静かに寝《ね》ているノアの姿が見当たらない。

日中のノアの態度に不自然さを感じたこともあり、俺はノアを捜《さが》すために家の外へ出る。

村人たちは全員寝ている時刻であり、外は物音一つ聴こえない静寂《せいじゃく》が漂《ただよ》っていた。

そんな中、広場の噴水《ふんすい》の縁《ふち》に腰掛《こしか》けるノアの姿が目に飛び込《こ》んできた。

「………あ、ウィッシュさん。どうしたんですか？　こんな夜更《よふ》けに」

「目が覚めたらノアがいなかったからさ。心配になって捜しに来たんだよ」

「そうだったんですか………すみません、ちょっと夜風に当たりたくなって……」

ノアは申し訳なさそうに謝《あやま》る。

「なにか悩み事《ごと》か？」

昼間は教えてくれなかった胸の裡《うち》。今だったら話してくれるかもしれない。

俺はノアの隣に座《すわ》って、訊ねてみた。

「いえ……その……ウィッシュさんたちがザッケン村に来てから、色々と変わったなぁと思いまして」

「そうか？」

「ええ。最近、旅の冒険者《ぼうけんしゃ》の方が村に立ち寄ることも多くなりましたし。そのおかげで、村の設備も増えましたし、作物の収穫量《しゅうかくりょう》も上がりました」

ノアは嬉しそうに言った。

俺たちが来るまでは、積極的に他の村や町と交流してこなかったザッケン村の住民たち。

しかし、アストリオンから来た俺たちが村に貢献《こうけん》したことで、外の世界の人間への不信感や敵対心が薄《うす》れてきているようだった。

「村人たちの気持ちが変わったのが大きいな」

他の町の人と接する村人が出始めたことで、ザッケン村の存在が徐々《じょじょ》に認知《にんち》されていったのだ。

その結果、冒険者が村に立ち寄るようになり、滞在《たいざい》のお礼に様々なことをしてくれた。

「ウィッシュさんのおかげですよ。だから、みんなウィッシュさんを村のリーダーに薦《すす》めたんです。ウィッシュさんが村の人たちの心を変えてくれたんです。私の……心も……」

ノアは自分の胸に手を当て、気持ちを伝えてくる。

「ありがとう、ノア。でも、本当に俺が村のリーダーでいいのかな、って不安な気持ちはあるよ。実際、俺ひとりじゃ何もできない。リリウムやミルフィナ……そして、ノア。みんながいてくれるから、俺たちパーティーは活動していけるんだ」

「私たちこそ、ウィッシュさんがいないとダメなんです。リリウムさんやミルちゃんが毎日楽しそうに笑って暮らせているのも、ウィッシュさんが居場所を作ってくれたからです」

——ただ生きる、ということなら俺はノアたちに出会わなくても生きていけただろう。

アストリオンを旅立った後、道に迷わずルーヴィッチに辿《たど》り着いていたら、今頃《いまごろ》は普通の商人として活動していたはずだ。

……でも、信頼《しんらい》できる仲間と巡り合えた今の幸福度、心の充実度《じゅうじつど》は絶対に違《ちが》う。

こうして仲間に存在を認めてもらえる幸せ。

仲間がいるから自分がいる――仲間同士、お互《たが》いにそう思えることは、なによりも幸せなことだと感じる。お金《ルピ》では替《か》えられない。

「俺は恵《めぐ》まれているよ。勇者に追放された後、こんな最高の仲間と出会えたんだから」

生きる場所や生き方なんか関係ない。それよりも、誰と一緒に生きるかが重要なんだ。

今の俺にとっては、仲間がいる場所こそ自分の居場所だ。

「……私もです。村が少しずつ発展していって、村の人たちも幸せに過ごす……こういう何気ない日常がずっと続いていってほしいです」

「ああ……そうだな」

そのためにも、俺はリーダーとして頑張《がんば》らなければならない。

今の俺は、一パーティーのリーダーではないのだ。

村、という一つのコミュニティのリーダーになったのだから――

「ふふっ」

ノアの優しい笑い声が夜風に乗って耳に届く。

「……悩み事、解決できそうか？　リリウムに相談してダメそうだったら、俺にも言ってくれよな？　仲間の悩みはパーティーみんなの悩みだから」

村のリーダーになったとはいえ、パーティーメンバーの悩みは放置できない。

「え⁉　いや、あのっ、そ、それは……本当に大丈夫ですっ！」

突然《とつぜん》、慌《あわ》てふためくノアの態度は、今日の昼とまったく同じだ。

「そ、そうか……」

あ、あれ？　頼《たよ》られて感謝されているという話だったのだが……流れ変わった……？

動揺《どうよう》を隠《かく》しきれない俺は、ノアと同じように視線を宙に泳がせてしまった。

「ご、ごめんなさいっ。ウィッシュさんは気にしなくても全然問題ないことなので！　というか、気にしないでもらえると……助かります……」

……まぁ、仲間だからって、全部をオープンにする必要はないからな。ここは流れが変わったと理解して、話題を切り替《か》えるべきだ。気持ちを入れ替える必要がある。

「わかった。ノアがそう言うなら、これ以上は聞かないよ。ただ、たまには気分転換《てんかん》することも大事だからな。最近、仕事ばっかりで息抜《いきぬ》きしてないだろ？」

「そうですねー。毎日楽しいですけど、疲《つか》れを取ることも必要かもしれません。ミルちゃんを、どこか遊びに連れて行ってあげたいです」

しかし、ザッケン村の近くには遊ぶ場所や観光するような場所がないのだ。

……いや、待てよ？　そういえば、一つだけあったな。

「それならさ、明日、久しぶりに追憶の樹海《フォルニウム》に行ってみないか？」

「あっ、いいですね！　氷を作りに行ってからフォルニスさんにも会ってませんし、みんなで遊びに行きましょう！　フォルニスさん、寂《さび》しがっているかもしれません」

フォルニスは時間の感覚が違うから、昨日のことのように思っているだろうけど。

「ああ……フォルニスに会うのもだけど、目的は樹海の中にあるっていう湖なんだ」

「湖、ですか？　あの森に湖なんてあったんですね」

「うん。前にフォルニスから教えてもらったんだ。良い気分転換になるだろ。ミルフィナも喜びそうだ」

「そ、そうですねっ！」

ノアは元気よく返事をした後、「湖……泳ぐ……」と静かに呟いていた。

なにやら顔を赤らめているのが気になったが——

「ワタシがなんだってええぇ!?」

ミルフィナが大きな声とともに俺《おれ》とノアの前に、ぴょこんと顔を出した。

「ミルちゃん⁉」

「な、なんでミルフィナが⁉　さっき、家で寝てただろ⁉」

「起きたらウィッシュ兄とノアお姉ちゃんがいなかったから、外に出てみたの。そしたら、噴水で仲良く話してる二人を見つけちゃったからさっ！」

そう言って、じぃ〜〜〜〜〜っと俺とノアに不満そうな視線をぶつけてくるミルフィナ。

「な、なんだよ？」

「べっつにぃ〜〜〜〜？」

きっと、また仲間外れにされたと思って拗《す》ねているのだろう。ミルフィナの機嫌《きげん》直しのためにも、明日は湖で思いっきり遊ばせよう。

その後、家に戻った俺とノアはミルフィナを寝かしつけ、横になった。

何事もなく幸せそうな寝言を言っているリリウムを見て、俺は自然と笑ってしまう。

全然性格の違うパーティーメンバー。価値観も生まれも違う。だけど、こうして毎日楽しく過ごしている。

この日常が改めて大切なモノだと実感する。

「…………私の悩み、いつか私自身の力で解決してみせますからね？　ウィッシュさん」

瞼《まぶた》を閉じた後、ノアの囁《ささや》く声が耳に届いてきた。

その声には優《やさ》しい温《ぬく》もりが込められていた。

◇◆◇◆◇◆◇◆◇◆◇◆

翌日。

俺たち一行は、追憶の樹海の中の湖に来ていた。

「すごーい！　水が一杯《いっぱい》あるよおぉ！　これ、飲んでいーの？」

「ミルちゃん、この水は直接飲んじゃダメですよ？　不純物を取り除いてからじゃないと、お腹《なか》を痛めちゃうかもしれません」

「お腹痛くなるの、ヤダー！」

到着《とうちゃく》するやいなや、さっそくミルフィナが元気一杯に、はしゃいでいた。

「でもさ、この湖すっごい綺麗じゃない？　こんな綺麗な自然の水、魔界《ヘラ》でも見たことないわよ」

「オレ様の樹海が育んだ、最強の湖だからな！　まぁ、オレ様には水深が浅すぎて泳げないってのが、残念ではあるがな……」

案内してくれたフォルニスが湖を眺《なが》めながら言う。

透明《とうめい》な水面《みなも》に顔を覗《のぞ》かせると、底の深さを確認《かくにん》することができた。

人間の俺たちからしたら丁度良い深さである。澄《す》み切った水は、手で掬《すく》うとヒンヤリして気持ちが良い。

「ねぇねぇ！　この湖って、中に入って泳いでいーの？」

「いいけど、オメーらの汚《きたな》い服は脱《ぬ》いで入れよ？　自然が汚《よご》れちまうからな！」

「失礼ね！　私たちの服は毎日欠かさず手洗いして綺麗にしてますぅ！」

洗濯係《せんたくがかり》のリリウムが吠《ほ》える。

ふと思ったのだが、俺の服もリリウムが洗ってくれてるんだよな……下着とかも。

ヤバい。今さらだけど、ちょっと恥《は》ずかしくなってきたぞ……。

「あれー？　ウィッシュ兄、なんだか顔が赤くなってきてるよぉ？」

「いやっ、これは、そのぉ……」

こういう時だけ目ざとく突《つ》っ込んでくるミルフィナ。

ミルフィナの無邪気《むじゃき》さが、ちょっとだけ憎《にく》たらしく思えてくる。

「ウィッシュさん、どこか具合が悪いのですか？」

「いや、大丈夫《だいじょうぶ》。綺麗な湖に興奮してただけだよ……あはははっ」

「まったく、ミルと同じじゃないの。子供っぽいんだから」

「ワタシは子供じゃないも～ん。だから、最初に湖に入っちゃうもんね～、いっちば～ん！」

そう言うと、ミルフィナは一瞬《いっしゅん》で服を脱ぎ捨てて、湖に飛び込んだ。

完全に子供である。

……男の俺の前で躊躇《ちゅうちょ》なく服を脱ぐなよ……そういうところが子供なんだよなぁ。

「ウィッシュさん、本当に大丈夫ですか？　どんどん顔色が赤くなっていますが……」

くそぅ、子供のミルフィナめぇ。お前のせいで、変な誤解が生まれかねないぞ……。

「へ、へーきへーき。あんなの、まだ子供だから。うんうん」

「何わけの分からないこと言ってるのよ……まぁいいわ、それじゃあ私たちも入ろうかしらね」

いや、お前のほうが何言ってんだ⁉　ミルフィナはともかく、お前は脱ぐなよ⁉

「え……リ、リリウムさん、私たちも入るんですか……？　ウィッシュさんも居ますが……」

「何言ってるのっ。ウィッシュが居るから一緒《いっしょ》に入るのよ？　昨日、言ってたじゃない。ウィッシュと距離《きょり》を近づ――」

「入りますッッッ‼　私、湖に入りますッッッ‼」

ノア？

え、ノア……？　嘘《うそ》だよな……？

やっぱり、異世界人とレピシア人では、男女の関係に対する考え方が違うのかな……。

「ほらっ、ウィッシュもグズグズ突っ立ってないで服を脱ぎなさいよ」

いつの間にか、生まれたままの状態になっているリリウム。

「……お、落ち着け俺～、落ち着け俺～。魔族《まぞく》の裸《はだか》なんか下級魔族《レッサーデーモン》のを散々見ただろっ。あれと大して変わらんさっ……ははは」

リリウムは身体の凹凸《おうとつ》は少ないが、全体的に引き締《し》まったスレンダーな体型をしている。

また、服の上からでは分からない、妙《みよう》な艶《つや》っぽさがあり………下級魔族の身体とは全然違っていた……ごくり。

「こらー、ウィッシュ兄！　そんなとこでボーッとしてないで、一緒に泳ごうよ！」

大人の男の懊悩《おうのう》を知らない無邪気な子供の声が聴《き》こえる。

ミルフィナの時に始動した俺の胸の高鳴りは、次のリリウムで早鐘《はやがね》を打ち始め――

「あっ、え、えっとぉ……そ、そんなにジロジロ見られると、はっ、恥ずかしいと言いますか……ちょっと、照れちゃいますね……えへへへっ」

最後のノアで、破裂《はれつ》しそうなほどの勢いになっていた。

心音が外にまで響《ひび》かないか心配になる。

まるで、心臓の鼓動《こどう》が死までのカウントダウンのように思えてくる。

「まぁ、一度見られたら二度見られるのも同じよっ。さぁ！　泳ぐわよぉ！」

リリウムは意味不明なことを言い残し、水面に頭から突っ込んでいった。

「……で、では、私も入りますね。ウィッシュさんも……その……一緒に……」

続けて、ノアが恥じらいながら湖に入っていく。

音を立てず、水面が揺《ゆ》れることもなかった。ただ、身体の『ある一部分』が揺れていたのと、顔が紅潮していたのは間違《まちが》いなかった。

「おうおう、羨《うらや》ましい限りだぜ。オレ様も小さくなれたら良かったのによー！」

横からフォルニスのデカい声が飛んでくる。

そういや、こいつが居たの忘れてた……。

「なぁ、フォルニス。この湖って、誰も泳ぎに来たりしないよな？」

「今までは誰も来なかったぜ。魔物《まもの》もオレ様の縄張りには近寄って来ないからな！　まぁ、これからは人間たちが来るかもしれねぇがな」

「え⁉　なんで人間が⁉　結界の力が働いてるんじゃないのか⁉」

「ん？　聞いてなかったか？　あの神オンナ、結界を常時解放したんだぜ？　張ったり解いたりするのが面倒《めんどう》なんだとよ。まぁ……オレ様のことも信用したみたいだが……」

ミルフィナとフォルニスに信頼関係が生まれたのはいいけど……、

「ってことは、こうしてる間にも、誰かが樹海に入ってくるかもってことじゃん！」

「別に問題ないだろ。結界がないんだから、今なら歩いて抜《ぬ》けられるぜ？」

「ちげえええええよ！　ここに迷《まよ》い込んできたら、あいつらの、その……裸が……」

「はぁ？　ウィッシュ、いったい何が気がかりなんだよ？」

ダメだ……竜種《りゅうしゅ》のフォルニスに説明しても意味が通じないだろう。常に裸だし……。

「……っくぅ、そのよぉ、俺の切実な頼《たの》みだと思って聞いてくれ！　今、この湖には誰も近寄らせたくないんだ。特に人間は！　特に男の！　だから、樹海の入り口を見張っててくれないか？　あいつらが満足して湖から上がるまでの間でいい！」

パーティーの危機を未然に防ぐのが俺の役目だ！

「？　よく分からんが構わねぇぞ。ここに居ても、オレ様は泳げねぇしな」

俺はフォルニスにアストリオン方面の入り口を任せた。

入ってくるとしたら、この樹海の危険性を知らない冒険者たちだ。近隣《きんりん》住民の方々は、間違っても森に足に踏《ふ》み入れることはないだろう。

「あぁ～、冷たい水が肌《はだ》に沁《し》みて気持ち良いわぁ……って、うわっ、ちょ、ちょっと、ミル⁉　なにすんのよぉっ⁉」

「にひひっ！　水攻撃《こうげき》だぁ！　えいっ、えいっ！」

「このぉー！　やってくれたわねぇ。私も反撃《はんげき》してやるぅ、くらえ！　ノア！」

「ひゃぁっ⁉　リリウムさん⁉　なんで私に掛けてくるんですかぁ、もうっ。こうなったら、私も掛けちゃいますからねっ」

「あははっ！　水、気持ち良いぃ！　ウィッシュ兄も、そんな難しい顔してないで早く入りなよぉ！」

俺は冷《ひ》や汗《あせ》を流しながら、静かに時が過ぎるのを待った。

◇◆◇◆◇◆◇◆◇◆◇◆

ウィッシュが時を刻んでいる頃――

勇者レヴァン一行はバルデ領を探索《たんさく》していた。

「おいおい！　こんな辺境の田舎《いなか》に、本当にそんな強い魔物が生息してるのかよ⁉」

聖騎士ガリウスの大きな声が辺り一面に響く。

「冒険者ギルドの情報によると、この地域の樹海に入ったと思われる冒険者が次々と消息

を絶っているとのことです。強力な魔物に襲《おそ》われた可能性あり、との報告もあります」

賢者《けんじゃ》ノエルは、波一つない水面のような静けさを纏《まと》いながら情報を伝えた。

「……行ってみれば分かること。依頼《いらい》の報酬《ほうしゅう》も高額だし、アタシたちには絶好の機会」

魔法使《まほうつか》いパルは、自慢《じまん》の杖《つえ》を手で擦《さす》りながら報酬に思いを馳《は》せている。

「パルの言う通りだ。僕《ぼく》たちに倒《たお》せない魔物なんかいない。サクッと倒してサクッと報酬と褒賞《ほうしょう》を頂こう」

勇者レヴァンの鼓舞《こぶ》する声があがると、斥候《せっこう》である暗殺者《アサシン》、ニーザがパーティーのもとに戻《もど》ってきた。

「情報ヲ得タ。コノ先ニ在ル樹海ニ、【ゴルドン】ガ生息シテイル」

「【ゴルドン】だとぉ⁉　Aランクの魔物じゃねぇかよ⁉」

「慌てるな、ガリウス。僕たちは前にもAランクの魔物を討伐《とうばつ》したことがあるだろう？

【ゴルドン】如き、恐《おそ》れる必要はない」

「あ……ああ、そうだな！　今日の晩飯も、ブルベア肉とマイン酒の豪華《ごうか》な料理を堪能《たんのう》しなきゃな！　がっはっは！」

「しかし、最近、活動資金の減少具合が速いのが少し気がかりです」

「気にすることはないだろう。資金が減ったら、こうして依頼をこなして増やしていけばいい。僕は勇者なんだ、その格に見合う生活と振る舞いをしなくてはならない。細かい金勘定《かんじょう》はする必要ないし、考えるだけ時間の無駄《むだ》だ」

勇者一行は結束を深め、対【ゴルドン】戦に備えて気持ちを一つにした。


その後、パーティーはニーザの情報を頼りに歩き、ついに追憶の樹海の前に辿り着く。

周囲には生物の気配がなく、鬱蒼《うっそう》とした空気だけが樹海の中から漏《も》れ出ていた。

パーティーに緊張《きんちょう》が走る。

そんな張り詰《つ》めた雰囲気《ふんいき》を破ったのは、勇者レヴァンだった。

「ふんっ、なんだ、普通《ふつう》の森じゃないか。こんな森、すぐに攻略《こうりゃく》してやるさ」

余裕《よゆう》を見せるレヴァンとは対照的に、魔法使いパルの顔が、どんどん青くなっていく。

「……こ、ここは、ダメ……ぜ、ぜったいに、ダメ。足を踏み入れてはいけない」

声を震《ふる》わせて、今にも森から退却《たいきゃく》しそうな構えを取るパル。

「何をそんなに怯《おび》えている。【ゴルドン】といっても所詮《しょせん》はAクラスの魔物。依頼を放棄《ほうき》するほどの難敵ではないだろう。それとも、他に強力な魔力《まりょく》反応を感知したのか？」

「……うん。アタシが感知できた中で特に強力なのは、あの入り口付近にいる生物と……森の中心部にいる生物の計２つ……」

「なるほど。どちらかが【ゴルドン】ということでしょうね。パル、どちらの魔力がより強大なのですか？」

「…………中心部にいるほう。入り口付近にいる生物は魔素《まそ》の揺らぎ具合からみて、身体が大きいだけの可能性がある。危険なのは中心部にいる生物……」

「【ゴルドン】は人間の約2倍の大きさを誇《ほこ》る魔物だ。おそらく、入り口のヤツが【ゴルドン】だろう。そいつを処理したら、中心部のヤツもついでに討伐してしまおう。珍《めずら》しい魔物だったら、特別報酬が貰《もら》えるかもしれないからな」

勇者レヴァンは不敵に笑い、森の入り口へと歩みを進める。

「……ダメ！　入り口のヤツはともかく、中心部の生物には絶対に手を出してはいけない！　あれは、人間がどうこうできる相手じゃない！　レヴァン、勇者の貴方《あなた》でも無理！」

「ほう？　言ってくれるじゃないか、パル。珍しく興奮してるようだが、僕の力を忘れてしまったのか？　それなら、すぐに思い出させてやろう」

レヴァンは左腰《こし》に携《たずさ》えた鞘《さや》から剣《けん》を抜き出し、切っ先を森の入り口へと向けた。

剣の刃《やいば》に陽《ひ》の光が鈍《にぶ》く反射する。その瞬間《しゅんかん》――

追憶の樹海の中から、漆黒《しっこく》のドラゴンが姿を現した。

「あ、あ、あれは、なんだ!?　お、おい！　あれが【ゴルドン】なのか!?」

混乱のあまり、敵を前にしても剣を抜かず右往左往する聖騎士ガリウス。

「違いますッ!!　【ゴルドン】は熊のような魔物……あれは……あの魔物は……魔竜《まりゅう》――」

「フォルニス」

勇者レヴァンが告げた。

「……で、伝説の魔竜……フォルニス!?　な、なんで、こんなところに……終わりだ……アタシたちは終わりだ……」

「勇者、撤退《テッタイ》ヲ。討伐ハ不可能也《ナリ》――」

影《かげ》のように無言を貫《つらぬ》いてきたニーザが無感情のまま進言する。

「ふんっ、何をバカなことを。パルが言っていたではないか。入り口のヤツは図体《ずうたい》がデカいだけで大したことはないんだろう？　フォルニスなど、名前だけが一人歩きしてるだけの雑魚《ざこ》に過ぎんということだ」

剣の錆《さび》にしてやる、と吐《は》き捨てたレヴァンだったが――

「お、おい、ちょっと待てよ、レヴァン！　なんか、レヴァンの剣、既《すで》に錆《さ》びてないか!?」

ガリウスに指摘《してき》され、レヴァンは薄目《うすめ》で剣の刃を見やる。

「なっ!?　これは、いったいどういうことだ!?　錆びている……なんで僕の剣が……」

「手入れ担当、誰《だれ》だよ!?　って、オレも自分の武器の手入れなんか、したことないけど

「……」

魔竜フォルニスを目の前にして、勇者パーティー一行は全員で顔を見合わせてしまう。

「……ウィッシュがやってたのかも」

パルが呟《つぶや》くと、場が静まり返る。

「ギュオオオオオオオオオオオオオオオオオオオオオオオオオオン‼」

静寂を切り裂《さ》いたのは、魔竜フォルニスの雄叫《おたけ》びだった。

「ッチ、武器が錆びていようが、やるしかない。ガリウス、敵の注意を引き付けろ！　パルは様子を見つつ後方から攻撃！　ノエルは支援《しえん》に回れ！　ニーザは…………ん？　おい！　ニーザは、どこに行った⁉」

パーティー全員で周囲を見渡《みわた》しても、暗殺者ニーザの姿はどこにも無かった。

「あのヤロー、まさか逃《に》げたんじゃ……⁉」

「クソッ！　あんな役立たず、もう要《い》らん！　僕たちだけで倒すぞ！」

レヴァンたちが気を引き締め直している間も、フォルニスは雄叫びを上げ続けていた。

しかし、レヴァンたちはフォルニスの圧に気圧《けお》されることなく、陣形《じんけい》を構える。

その様子をジッと眺めていたフォルニス。

「――立ち去れ」

そのフォルニスから出た言葉。

雄叫びではなく、正真正銘《しょうしんしょうめい》の言葉だった。

「な、なんだって⁉　おい！　あいつ、喋《しゃべ》ったぞ⁉」

「話せるのですか⁉　な、ならば、攻略方法も変わってきますよ！」

「……待って！　今の言葉がフォルニスの意思なら、すぐに逃げるべき！　アタシたちには、どうやっても討伐は無理！　死んだら、お肉だって食べられなくなる！」

「黙《だま》れ、パル。僕たちは侮辱《ぶじょく》されたんだぞ。この勇者の僕に向かって、逃げろ……だと？　ふざけるなッ！」

レヴァンは陣形を放棄して、フォルニス目掛《めが》けて一直線に斬《き》りかかる。

その直後、魔竜フォルニスの尾《お》が動いた。

尾は、ゆっくりと弧《こ》を描《えが》き、ちょうど2周したところで止まった。

そして、フォルニスの口が大きく開いた、その瞬間――

勇者レヴァンが直前まで立っていた場所に、光を纏った風が超高速《ちょうこうそく》で通り過ぎた。

風などという生易しいものではない。爆炎に等しい音と破壊力《はかいりょく》を伴《ともな》っていた。

フォルニスからすれば、ただの吐息《といき》。

しかし、人間にしてみれば最新兵器に相当する驚異《きょうい》の攻撃力《こうげきりょく》であり、現場は周辺の地形が変わってしまうほどの惨状《さんじょう》になっていた。

「…………っ」

微《かす》かに漏れ出る勇者レヴァンの虫のような息。

自分のすぐ横を掠《かす》めていった魔竜のブレス攻撃……レヴァンは、フォルニスが威嚇《いかく》のために放った『警告』だと悟《さと》り、恐怖《きょうふ》で顔を青ざめさせていた。

聖騎士ガリウス、賢者ノエル、魔法使いパルの３人も、みな一様に顔を引きつらせる。

「――去れ」

フォルニスが短く告げる。

そして、止《とど》めを刺《さ》すことなく、森の中へと消えていった。

「……こ、こ、この森は危険!!　急いでアストリオンに退却!!」

「な、な、なんということでしょうか……せ、世界の終焉《しゅうえん》です……ッ!!」

恐慌《きょうこう》状態に陥《おちい》った一行は、アストリオンへ向けて一目散に逃げていった。

◇◆◇◆◇◆◇◆◇◆◇◆

「ぶふぅっ!!　く、くそっ……どうやら世界の終わりのようだ……」

無心で時を刻み続けていた俺だったが、どうやらこれまでのようだ。

血が流れてきやがった……。

「あぁ！　ウィッシュ兄の鼻から血が出てきてるぅ！」

「た、大変です！　すぐに手当てしないと！」

「もうっ！　やっぱり体調悪かったんじゃない……強がらないで正直に言いなさいよねっ。……仲間なんだから」

湖で水遊びをしていた女性陣《じょせいじん》から声を掛《か》けられた。

仲間——良い響きだが、時として大きな誤解を生み、強烈《きょうれつ》な精神攻撃を放ってくる存在だ。

体調は悪くない。悪いのは俺の視界に映る仲間の無防備な姿である。

「へ、へーきだ……き、気にするな」

「本当ですか？　逆上《のぼ》せてしまったのでしょうか……」

「でも、ここ、暑くないわよね？　寒くもないけど」

「うんうん！　ワタシにとっては快適な場所だよおぉ！」

ミルフィナは湖の水をパシャパシャと撒《ま》き散らして遊んでいる。

「あ、ああ、快適快適。ほらっ、俺の鼻血も止まったぞ。これで何も心配しなくていい」

「っほ、それなら良かったです。しかし……先程《さきほど》の大きな音は気になりますね」

ノアは樹海の入り口――アストリオン方面に視線を移し、不安そうな表情を浮《う》かべた。

「そんなに心配しないでいいわよ？　万が一の場合は、私が守ってあげるし！　この場所、水の魔素で溢《あふ》れてるから本来の力が出せるしねぇ。魔力が漲《みなぎ》ってくるわぁ♪」

実際、今のリリウムを目《ま》の当たりしたら、人間の冒険者は一目散に逃げ出すだろう。

――何度、希望の光《ウィッシング・ユー》を発動させても、リリウム相手に光は出現しなかったのだ。

深淵《アビス・アイス》なる銀氷リリウム……深淵の中に希望の光は発生しないのか。

なんてことを考えていると、

「なんだぁ、ウィッシュ？　そんなに魔族オンナの身体を見つめて。なんか気になるのか？」

デカい声でフォルニスが訊《たず》ねてきた。

いつの間に戻ってきたのだろう。最悪のタイミングである……。

「へぇっ⁉　ウィッシュが私の身体をジロジロ眺めていただってぇ⁉」

すっげぇ曲解されて伝わってんじゃん！　…………いや、見てたけどさ……。

「違う違う！　リリウムの魔力の凄《すご》さを確かめておこうと思ってさ！　ほ、ほらっ、村の新たなリーダーになったことだし、戦力は把握《はあく》しておかないとだろ？」

「ふーん？」

ジト目を突き刺してくるリリウムよりも、

「わあぁ～！　ウィッシュ兄、さっすがリーダーだね！　勉強熱心だぁ！」

純真無垢《じゅんしんむく》な子供、ミルフィナの尊敬の眼差《まなざ》しよりも、

「…………そうですか。ウィッシュさんがリリウムさんのことを。なるほど、そうですか」

淡々《たんたん》と状況《じょうきょう》整理をしている、ノアの謎《なぞ》の圧力が怖《こわ》い！

「あっ、ち、違うのよ、ノア？　ウィッシュは特別な感情とか変な気持ちとか持ってなくて、単純にパーティーの分析《ぶんせき》をしていただけだから！　ね⁉　そうよね⁉　ウィッシュ⁉」

なぜか俺以上に慌てているリリウムが念を押《お》すように訊ねてくる。

「あっ……ああ、もちろんそうだ！　い、いやぁ～、リリウムみたいな心強い味方がいてくれると、俺たちも安心だよなぁ～、ははは っ」

「ご、ごめんなさいっ。困らせてしまいましたね……すみません、ウィッシュさんのことになると、ちょっと感情のコントロールが上手《うま》くできなくて……」

「……へ？」

ノアが何を言ってるのか、ちょっとよく分からないのだが？

「ふふっ、それに気づけただけでも成長してるってことよ！　少しずつ縮めていけばいい

わ。なにせ相手はアホなんだから、簡単に攻略できるわよ！」

「むむぅ、リリウムさん？　いくらリリウムさんでも、アホ呼ばわりはダメですよぉ？」

ノアは頬《ほお》をぷくぅっと膨《ふく》らませて、リリウムに水を掛けた。

「ははは、怖い怖い、逃げろーっと！」

リリウムは笑いながら湖の端《はし》のほうへと泳いでいった。

リリウムに付いていくように、ノアも泳いでいく。

よく分からないが、とても楽しそうである。

「……アホ？　攻略？　あの二人、何かと戦うつもりなのか……？」

その後、遊《あそ》び疲れた女性陣が着替《きが》えるのを待って、俺は湖を離《はな》れた。

◇◆◇◆◇◆◇◆◇◆◇◆

俺たちが森に来たのは遊ぶためだけではない。人間の手が入っていない追憶の樹海の中を探索し、珍しい素材があったら収穫《しゅうかく》していこうと思ったのだ。

商人として、役立つ素材を世界に流通させることも忘れてはいない。

入手できたら、アストリオンに売りに行って、生活用品を買おう……という打算的な考えも、ちょっとだけ持っていたが——

「おう！　どんどん持っていけ！　オレ様も森に暮らす他のヤツらも、そんな石っころ興味ねぇし、使わねぇからな！　っていうか、それゴミだろ！」

半日かけて集めた素材をフォルニスに見せたところ、拾得《しゅうとく》の許可が下りた。

ありがたいことだが、商人としての知見から言わせてもらうと、これらは決してゴミなどではない。それどころか、人間社会にとっては大変貴重な素材である。

ゴミと思えるモノでも、他の人にとっては宝になることがあるのだ。

組織に不要と言われ捨てられた人間でも、別の場所で輝《かがや》くことだってある。

本当に要らないモノなんか、どこにもないんだ。

「売れば良い値段が付くぞ？　それこそ、ブルベア肉だって買える」

「ホントにぃ⁉　私たち、とうとう貧乏《びんぼう》生活から脱出《だっしゅつ》できるのね……うるうる」

「でも、ザッケン村じゃ、お金使わないよね？　ウィッシュ兄、どこかに売りに行くの？」

「ああ。一度、アストリオンに戻って売ってこようと思う」

「なーんかウィッシュ、悪徳商人の顔付きになってない？」

リリウムが俺の顔を不信そうに覗き込《こ》んでくる。

「なってないって！　まぁ、他に用事もあるし、ついでに売ってくるだけだ」

「ふーん、そう」

どうやら、商人としての実力は未《いま》だに信じられていないようである。

「……よし。それじゃあ今日はこの辺にして、家に帰ろうか」

俺が素材をウエストバッグに入れ、森を出ようとした時――

「ん？　なんだぁ⁉　その不愉快《ふゆかい》な音……なんだか前にも聞いたことあるぞ……⁉」

フォルニスが俺のほうを見つめ、なにやら唸《うな》っていた。

「この音ッ……まさか……」

ノアはフォルニス以上に驚《おどろ》いた顔をしている。

「ああ、その不快な音ならウィッシュのバッグのせいよ。なんか、物を入れたり出したりする際に、変な音がするのよねー」

「なんだ、この音のことか。聞き慣れないと耳障《みみざわ》りかもしれないけど、慣れると不思議と気にならないもんだぜ？　なんか、バッグの内素材に薄《うす》い板みたいなのが使われていて――」

「ウィッシュさん！　そのバッグ、私に見せてくれませんか⁉」

突然、ノアが俺との距離を詰めて迫《せま》ってきたので、思わずドキッっとしてしまう。

「……っあ……ああ、いいぞ」

　最近のノアは好奇心旺盛《こうきしんおうせい》というか積極性が増したというか……仲間との距離感も近くなってるし、パーティーとして良い傾向《けいこう》だと思う。……が、妙にノアのことを意識してしまい、俺の心臓の寿命《じゅみょう》はゴリゴリ削《けず》られている気がする。

「こ、これは、まさか発泡《はっぽう》スチロール……!?」

「へ？　な、なんだって？　ハ、ハッポウ？」

　バッグの破れた部分から露出《ろしゅつ》している内素材。ノアは、その素材を凝視《ぎょうし》している。

「ハッポウスチロール……？　なにそれぇ？　食べられるの？」

「いや、素材だから、たぶん食べられないでしょ。って言っても、私も聞いたことない素材だから知らないけどねー」

　軽い口調で言うリリウムとミルフィナとは対照的に、ノアの表情は硬《かた》い。

「……ち、違《ちが》う……発泡スチロールじゃない？　でも、見た目も質感も……音も……間違いなく発泡スチロール。なのに、なんでこんなに柔軟性《じゅうなんせい》があるの……!?」

　ノアは表情を崩《くず》さず、バッグの素材を叩《たた》いたり擦ったり曲げたりしている。

　その後も、ノアは俺たちの存在を忘れて、バッグの素材確認に没頭《ぼっとう》した。

「……あ、あのぉ、ノア？　そろそろ、いい……かな？」

　こんなに熱中しているノアを見るのは初めてだ。今日はノアの色々な反応を見ることができて仲間として新鮮《しんせん》だし、なんだか嬉《うれ》しくもある。

「…………これ、異世界の素材です」

微笑《ほほえ》ましい気持ちで見守っていた俺に、ノアはとんでもない事実を告げた。

「え、えええぇぇぇ!?　な、なんで、俺のバッグに異世界の素材が……いや、ちょっと待て、意味が分からないぞ……!?」

マジで最近意味不明なことが多すぎる……。ノアとリリウムの謎の交流に続いて、今度は俺のバッグに入っていた謎の素材だ。

「異世界って、ノアの居た世界のことよね？　なんで、ウィッシュが持ってるのよ？」

「いやぁー、俺に聞かれても……マジで全く身に覚えがない……。ハッポウなんたらってのも聞いたことない名前だし……」

「ウィッシュさん、このウエストバッグはどこで手に入れたものなんですか？」

「貰いもんだよ。俺の祖父《じい》ちゃんから貰ったんだ」

俺が商人を目指して実家を旅立った時に、田舎の祖父ちゃんから貰った大切なバッグ。

まさか、そのバッグに異世界のモノが入っていたなんて……。まぁ、異世界のモノかどうかなんて、それを知ってる人間じゃなきゃ気づきもしないだろうけど。

「お祖父さん、どこで異世界の素材なんか入手したのかしら？　たまたま手に入れて、たまたまバッグの内素材として使っていた……ってのは無理があるわよね」

「それは考えづらいです。中のモノを衝撃《しょうげき》から防ぎ、食料を高温多湿《たしつ》から守る……これは、発泡スチロールの性質や用途《ようと》を理解している人間の使い方です」

「使っていた人物はレピシア人ではなさそうね。もちろん、魔族でもないわ。私、全然知らないし、聞いたことないもん」

「……しかも、これ、私の知る発泡スチロールよりも柔軟性があって、使いやすく改良されているんですよ。この技術と知識、転生者でもない限り……」

ノアが言うと、全員の視線が俺へと向いた。

その視線には、何かを疑うような感情が潜《ひそ》んでいるようだ。

「ち、違うって！　俺の祖父ちゃん、生まれも育ちもレピシアだから！　それは間違いないんだ。だから転生者なんてこと………いや、待てよ？　そもそも、そのバッグの元の持ち主は祖父ちゃんじゃないぞ……!?」

「いったい誰なのよ!?」

その場に居た全員が生唾《なまつば》を呑《の》み、俺の回答を静かに待つ。

ノアとリリウムの表情には、これまでに見たことないような真剣《しんけん》さが滲《にじ》み出ていた。

「……ひい祖父ちゃんだ」

「って！　大して変わらんわぁ！　どっち道、お祖父さんじゃないのよおおおおおお!?」

「まぁまぁリリウムさん、落ち着いて。ひいお祖父さんは、レピシアの方なんですよね？」

ノアに訊ねられ、俺《おれ》は言葉に詰まってしまう。なぜなら……。

「いや、知らない……レピシア人だと思ってたけど……直接会ったことないし、俺が生まれる前に死んだって聞かされてたから」

高名な商人だった、と祖父ちゃんからは伝えられていた。

なにせ昔の人間の話だ。正直、俺には現実感のない話だった。しかし、遠い時代の人間という意識は持っていたが、遠い世界の人間とまでは思っていなかった……。

急に、ご先祖様を遠くに感じてしまう。

「んー、でも、転生者がレピシアで家族を持つなんてこと、無いと思うけどなー」

「だろ!?　そうだろ、ミルフィナ!?　……っていうか、そうなのぉ!?」

俺には転生者に対する知識が圧倒的《あっとうてき》に不足していた。

「うん。異世界から召喚《しょうかん》された人たちは、自由に世界を歩き回ったりはしないんだよ。レピス教会の庇護《ひご》のもとで、レピシア人の目に触《ふ》れない場所で活動してるからねー」

「なるほど……ってことは、祖父ちゃんも、ひい祖父ちゃんも転生者じゃないってことだな？」

「ワタシの知る限りでは、そうだけどねー。んー、でもなぁー、う～ん？」

奥歯《おくば》に何かが挟《はさ》まったような物言いだな。また何かツマミ食いでもしたのだろうか。

「ノアはどうなのよ？　ノアは自由に歩き回ってるわよ？」

「ノアお姉ちゃんは特別だよ。他の転生者さんたちは、対魔王《まおう》軍用の兵器とか武器を作るための研究をしてるからね」

「……ボルヴァーンとか、か」

俺の言葉にリリウムの顔が引きつる。ボルヴァーンの名前を聞くのも嫌《いや》らしい。

「うん。あのボルヴァーンだって、当時の魔王に対抗《たいこう》するために転生者さんたちが作った兵器だしねー。40年くらい前だっけー？」

ミルフィナはリリウムに訊ねたみたいだが、当のリリウムは「さぁ？　覚えてなーい」と言って、不満そうな表情を浮かべていた。

「ふむ……ところで、フォルニスさん。フォルニスさんも、この素材に心当たりがあるのですか？　先程、この独特の掠れる音に反応していたみたいですが」

「いんや、オレ様は異世界のことは全然知らねぇよ。ただ、それに似たバッグを持っていた男に最近会ったことがあるってだけだ。キュキュッていう奇妙《きみょう》な音……よく覚えてるぜ」

「最近なら、ウィッシュさんのひいお祖父さんではないでしょうね。もしかしたら、レピシアのどこかで生産されているモノなのかもしれません」

違う――

フォルニスの言う最近は、それこそ4、50年くらい前だ。俺のひい祖父ちゃんという可能性もある。

「フォルニス、その男って……この間、言ってた人間か？　フォルニスの踵《かかと》に傷を負わせたっていう……」

「おう！　その通りだ！　めちゃくちゃ強かったぜぇ？」

「じゃあ、やっぱり違うな。俺のひい祖父ちゃん、商人だったから。そんなに強いわけない」

「それなら、やはりこの素材はレピシアで産み出されたモノなんですね……だとすると、希望が見えてきますよ！」

ノアは俺のウエストバッグを両手で掲《かか》げ、興奮気味に言った。

「こんな何の変哲《へんてつ》もない白い素材に……希望？」

思わず、疑問の声を漏らしてしまう。

「ええ！　こう見えて、この素材は優秀《ゆうしゅう》なんです。昨日の断熱材の話は覚えていますか？」

「うん、覚えてる。外の熱を内側に通さないようにする奇跡《きせき》の素材だろ？」

「その奇跡の素材が、まさにコレなんです！　しかも、長期使用できるように改良されてるみたいです。もしかしたら、クーラーボックスなんかも作れたりして……そうなったら、旅の食料事情も改善……いいえ、食料流通に革命が起きますよ！」

「ノアお姉ちゃん、それ凄いよ！　世界中の美味《おい》しいモノを食べられるようになるってことだよね⁉　すぐに作ろうよ！」

大はしゃぎするミルフィナだったが、断熱材作製については後日に持ち越《こ》しとなった。

なぜなら、発泡スチロールという断熱材の存在は明らかになったものの、その入手経路や作製方法は未だ不明だからである。

しかし、ノアの言う通り、希望が見えてきただけでも一歩前進だ。

人々に感謝される商人になるという俺の夢。

昔から抱《いだ》いてきた理想像に、少しだけ近づけるかもしれない。

――いずれ、俺たちで作ってみせる。

俺は新たな希望を胸に抱き、バッグを軽く叩いた。

今日の全ての目的を終え、俺たちが樹海から帰ろうとした時――

気のせいか、フォルニスの顔が少しだけ寂《さび》しそうに見えた。

人間や魔族《まぞく》、そして神様と同じように、伝説の魔竜にだって感情はあるんだ。

俺にはリーダーとして、やるべきことがある。

「今度、フォルニスも村に遊びに来いよ」

「……ん？　いいのかよ、オレ様が行ったら人間たちはビビって逃げちまうぜ？」

「大丈夫《だいじょうぶ》。フォルニスのことは説明してあるし、俺の仲間だってことも村人たちは知ってるから。みんなで歓迎《かんげい》するぜ！」

フォルニスは俺の言葉を聞くと、大層嬉しそうに笑った。

幕間《まくあい》　～魔王軍の誤算～

魔王軍は混迷《こんめい》を極《きわ》めていた。

リリウム失《な》き後、たった一月《ひとつき》で内務機能が停止。レピシアを侵攻《しんこう》するどころか、内部統制もままならない状態に陥っていた。

「ええい！　幹部たちは何をしているのです！　ルーヴィッチ侵攻の計画書、全然あがってこないではありませんか！」

魔王城の執務室《しつむしつ》で、総指揮官のドワイネルが苛立《いらだ》ちの声を発する。

「その……ドワイネル様、城の作業兵から申請書《しんせいしょ》がきておりますが……」

ドワイネル直属の部下が、気まずそうな表情を浮かべて紙を差し出した。

「平民の作業兵如きが私に申請書ですか……まったく。それで内容は……………城の老朽化《ろうきゅうか》に伴う改修工事に兵が必要になるので、作業兵増員を希望……って、なんですか、これは⁉」

「これまでリリウム様が行っていた工事が、現在、手付かずのまま放置されているようなのです。このままですと、最悪の場合、城の崩壊《ほうかい》に繋《つな》がりかねないとのことです」

「そんな作業、魔界《まかい》から平民を呼び出して働かせれば良いでしょう。我々の大事な戦闘兵《せんとう》をあてがう必要はありません。大事なのは城よりもレピシア侵攻です」

「ですが……その平民の兵たちが、逆に魔界に帰ってしまったようなのです」

「なんですって⁉　なぜ、この大事な時期に魔界に里帰りなんかしているのですか！　これだから、平民は……ッ‼」

「なんでも、リリウム様のリーストラ城派遣《はけん》に対するストライキ運動だとか……」

「キィィィ！　どこまでも私を苛立たせるおつもりですか！　あの平民は！」

ドワイネルは、魔王軍には既に居ない女魔族に向けて、怒《いか》りを露《あら》わにしていた。

ドワイネルの苛立ちが頂点に達しようとした時――

執務室の扉《とびら》が勢いよく開き、兵が入室してきた。

「報告します！　バルデ領の樹海付近で、非常に強い魔力を検知したとのことです！　その高魔力、我《わ》が魔王軍の存立を脅《おびや》かすものであり、大至急、幹部の方々の派遣要請《はけんようせい》をしたいとのことであります！　以上！」

「な、なんですと……⁉　ドワイネル様、これは一大事ですよ！」

「言われなくても分かっております！　それにしても、バルデ領の樹海とは………まさか、とうとうフォルニスが目覚めたのでしょうかね……」

「おぉ、世界に混沌《こんとん》をもたらすという漆黒の魔竜フォルニスですか！　たしか、昔、ドワイネル様が神々の墓場《ヘラシオン》からレピシアに放った伝説のドラゴンですよね？」

「ええ。忌《い》まわしきレピスによって封印《ふういん》されてしまいましたが、もし、ヤツが目覚めたのだとしたら、これ以上のチャンスはありません！　すぐに確認《かくにん》を取りましょう」

「バルデ領ですと、ちょうどリリウム様が派遣されている地方ですね。至急、リリウム様に連絡《れんらく》しましょうか？」

「何をバカなことを仰《おっしゃ》っているのです！　あんな無能力の女、役に立つはずがないでしょう！　何もできず、フォルニスのエサになるだけですよ」

「では、誰を派遣しましょうか……？」

「フォルニスの弱点は熱です。最強の火属性使いに飼い馴《な》らしてもらいましょう」

「なるほど、あの新人幹部ですか！　さすがドワイネル様です、抜《ぬ》かりはありませんね！」

「フォッフォッフォッフォ！　見ていなさい、人間ども。レピシアは、フォルニスを従えた我が魔王軍が占領《せんりょう》しますからね！」

執務室で高笑いするドワイネルの声は、魔王城の隅々《すみずみ》にまで響《ひび》き渡《わた》った。

七章　方舟《はこぶね》

湖で遊んだ日の翌朝。

「ううぅぅぅ、あぁぁぁぁ、イライラするぅぅ」

朝の支度《したく》を終え、いつも通り家畜《かちく》の世話をしに小屋へ向かおうとしていた俺の耳に、リリウムの唸り声《ごえ》が聴《き》こえてきた。なにやら、不快な声を漏らしているようだ。

「どうしたんだ？　さすがに農作業に疲《つか》れたか？　それなら、当番を代えて――」

「ちっがうわよぉ！　農作業は楽しいし、むしろ私の生き甲斐《がい》よ！」

へ、へぇ……そうだったんだ……。

「じゃあ何でそんなにイライラしてんだよ。ミルフィナが真似《まね》するから止《や》めろよな」

「ううぅぅ、だってぇ！　魔力が、どんどん抜け落ちていっちゃうんだもぉん！」

「魔力？　リリウムに魔力なんか無いだろ？　……ん？　いや、あったのか？」

昨日は魔力が漲っていたようだが、今はどうなんだろ？

「昨日の湖で水の魔素を体内に蓄《たくわ》えてきたんだけど……一日経《た》ったら、ほとんど身体から消えていっちゃったのよぅ……ぐすん」

リリウムは半べそ状態で地面にペタりと座《すわ》り込む。

「そ、そうだったのか。それは……なんというか、ドンマイ」

「あぁ！　ウィッシュめぇ！　全然同情してないわねぇ!?　んもうっ、こうなったら、いいもん！　残りの魔力、全部解き放ってくるからぁ！　うわぁーん！」

「お、おいっ、ちょっと待てぇ!?　解き放つなら、村の外でやってくれよぉ!?」

腐《くさ》っても魔王軍の元幹部。マジになったら、残り魔力といっても村が滅《ほろ》びかねない！

——と、いうことで、俺はリリウムを連れて村の外へ。

まぁ、仲間のストレス発散も必要なことだ。伸《の》び伸びと農作業に励《はげ》んでもらうためにも、広い平原に向けて魔力を解放させてやろう。

「ぬぬぬぬぬぬぅぅ」

「あっ、俺に向けて解放しないでね？　あっちの平原に向けてな？　な？」

「分かったわよっ」

「ってか、大丈夫かな。人とか居ないよな……」

辺境の平原だ。こんな朝一の時間に散歩してるような人間は居ないだろう。

村人たちも日常作業の準備をしている時間帯だしな。

「心配しなくていいわよ、そんな大魔法《まほう》使うわけじゃないから。蒸《む》し暑《あつ》い平原を、ちょ～っと涼《すず》しくする程度よ。中途半端《ちゅうとはんぱ》に魔力《まりょく》を消失させるよりも効果的な使い方でしょっ」

「まぁ、そうだな。涼しくなるくらいなら問題ない、か」

なんか、今日の平原、いつにも増して暑いからな。この辺りも温暖化が進行しているのかもしれない。村に涼風《りょうふう》を届けるためにも、リリウムのストレス発散は意外と効果的かも。

「――ッスゥ、ハァ」

目を閉じて、呼吸を整えるリリウム。

直後、髪色《かみいろ》が蒼《あお》から銀へ一瞬《いっしゅん》で変化していく。

……あれ、なんか急激に寒くなってきたような……気のせいかな……。

って！　気のせいじゃねぇ！　リリウムの周りに、とてつもない冷気が発生している！

「あ、あのっ、ちょ、ちょっと、待ってくれませんかね⁉　リリウムさん⁉」

リリウムは目をカッと見開き、両手を平原に突《つ》き出した。

「深淵《リリウム》・の氷吹雪《ブリザード》ッ‼」

リリウムが唱えると、前方の平原に氷の吹雪《ふぶき》が飛んでいった。

吹雪が飛ぶ――そんな不可思議な現象が発生した直後。

吹雪の塊《かたまり》が着弾《ちゃくだん》したと思われる遠くの大地から、耳を劈《つんざ》くような大爆音《ばくおん》が轟《とどろ》いてきた。

◇◆◇◆◇◆◇◆◇◆

魔王軍新幹部ルゥミィは溜息《ためいき》を吐《つ》いていた。

「……ハァー。なんでアタシが、こんな辺境の田舎《いなか》に来なくちゃならないのよッ」

指揮官のドワイネルに緊急《きんきゅう》指令を託《たく》され、追憶の樹海《フォルニウム》の調査に向かうルゥミィ。

表情は暗い。その顔つきからは明らかにネガティブな感情が漏《も》れ出ていた。

「魔竜《まりゅう》フォルニスぅ？　そんなの味方に付けなくても、このルゥミィ様がレピシアを恐怖の海に沈《しず》めてやるのにッ!!」

ドワイネルからの指令――それは、追憶の樹海に封印されている伝説の魔竜フォルニスが目覚めた可能性があり、その詳細《しょうさい》を確認すべし、という内容であった。

フォルニスの伝説を知らないルゥミィにとっては理解しがたい任務であり、その重要性も把握していなかった。ただ、雑用を押し付けられたという思いだけが、ルゥミィの中で不満となって渦巻《うずま》いていた。

「なーんか、むしゃくしゃするから、このド田舎の平原を手始めに燃やしてやるか！　キャハハハッッッ!!」

ルゥミィはストレスを発散するかのように、周囲に炎を撒き散らした。

炎とともに発生した熱気が、温風となって辺り一面に広がっていく――

周囲の草花を燃やし尽《つ》くしたことで、満足感を得るルゥミィ。

「……さて、とッ！　メンドーだけど、フォルニスとかいうヤツを躾《しつ》けに行くとするかな……って……んん？　なんか、あっちに微弱《びじゃく》な魔力反応があるぞー？」

ルゥミィは、獲物《えもの》を見つけた野獣《やじゅう》のような鋭《するど》い目付きで遠くを突き刺す。

そして、その視線の先に――小さな村の存在を確認した。

「キャハッ！　キャハハハッッッ!!　あんなところに村みーっけ！　雑用の前の暇潰《ひまつぶ》しに皆殺《みなごろ》しに行って…………ん？　なんだ、あれ？」

魔力操作で自身の視力を大幅《おおはば》にアップさせているルゥミィ。そのルゥミィの焦点《しょうてん》は、小さな村ではなく、そこから放たれてきている一筋の光に当てられていた。

光は超高速で飛んできており、ルゥミィが瞬《まばた》きした直後には……、

「ふぎゃあああああああああッッッ!!」

光が身体を貫《つらぬ》き、周囲に悲鳴と爆音を轟かせた。

光の矢のように見えたソレは吹雪の塊であり、直撃《ちょくげき》を受けたルゥミィは凍《こお》りついたまま、その場に倒《たお》れてしまう。

「…………あ、あッ……な、なに……がッ……ぐふッ……」

そして、そのまま意識を失った――

◇◆◇◆◇◆◇◆◇◆◇◆

先程までと打って変わり、寒気に包まれる平原。

「……っくしゅん！　うぅ～、ざむいぃ～凍《こご》えて死んじゃうよぉぉ……」

リリウムが鼻水を垂らしながら身体を震《ふる》わせていた。

「自業自得《じごうじとく》すぎるわっ！　自分の使った魔法で風邪《かぜ》引くなよな……」

「私は氷や雪を眺《なが》めるのが好きなんですぅ！　寒いのは勘弁《かんべん》してもらいたいわっ。つくしゅん！　うぅ～寒っ寒っ、はやく村に戻ろーっと」

両手で全身を擦《さす》りながら身を縮めるリリウム。やはり俺以上に寒がりなようだ。

「……ってか……さっき、なんか女の子の声が聴こえたような気がするんだけど……気のせいかな……」

ふぎゃあああ、とかいう声。

「はぁ？　そんなわけないでしょ。気のせいよ、気のせいっ。はやく村に戻《もど》るわよ。ノアたちも待ってるしね！」

この広い平原で、リリウムの魔法に偶然《ぐうぜん》当たるような運の悪い人間……いるわけないか。

「……ああ！　そうだな！」

肌寒《はださむ》い空気を身体に浴び、俺たちは村へ引き返した。


村に戻ると、なにやら入り口付近に人だかりができていた。

「なにかしらね？　また冒険者《ぼうけんしゃ》が来たのかしら」

喧噪《けんそう》の中心にいる人物を眺めてみる。

すると、一人の男性がゼブマンさんと話している姿を確認することができた。

「お？　噂《うわさ》をすれば、ウィッシュ殿《どの》が戻って来たぞい」

俺に気づいたゼブマンさんが声を掛けてくる。

冒険者と思《おぼ》しき男性は俺を視界に入れると、目の前に来て手を差し出してきた。

「貴方《あなた》が村のリーダーのウィッシュさんですか！　お会いできて光栄です！」

俺は差し出された手を勢いで握《にぎ》り返したが、事情を全く飲《の》み込めないでいた。

「貴方は？」

簡素な服を身に纏《まと》っているが、男性の礼儀《れいぎ》正《ただ》しい所作からは、どこか気品の良さを感じられる。それと同時に、魔術師《ソーサラー》クラスの人間が放つ独特のオーラのようなものも感じた。

「ウィッシュ殿、こちらの方はルーヴィッチから来た冒険者じゃ。なんでも、この村にあるレイゾウコの噂を聞き付けて参られたそうじゃ」

「ルーヴィッチから？　レイゾウコを？」

旅の目的地までの道中ではなく、このザッケン村を目標にやって来たということか。なんだか知らない間に名が知れ渡っているんだな。不思議な気分だ。

「はい、私はルーヴィッチの商人ギルド本部から派遣されてきた冒険者です。最近、旅人の間で、こちらの村にあるレイゾウコというモノが話題になっておりまして。ギルド長から、レイゾウコがどのようなモノなのか確認してくるよう依頼《いらい》を受けたのです。それで、村の責任者であるウィッシュさんに御許可《ごきょか》を頂きたいのですが、いかがでしょう？」

なるほど。さすがは商人ギルドの総本山。金の匂《にお》いがするモノにはいち早く接触《せっしょく》を試みる、と。いずれ他の都市でもレイゾウコを普及《ふきゅう》させていきたいと考えていたが、まさか向こうのほうから先に調査に来るとは。

「すごーい！　私たちの花が世界《レピシア》に広がるかもしれないわよ！」

　リリウムは興奮して目を輝かせている。

　たしかに、これがレイゾウコ――氷の花の種蒔《たねま》きになるかもしれない。商人としては、商品の売り出しの機会を得たという状況だ。しかし……、

「性能を確認するのは良いですけど、まだ試作の段階ですので、ルーヴィッチで運用するのは無理ですよ？」

　まだザッケン村以外での実用化には程遠《ほどとお》いのだ。

「ありがとうございます。ギルドからの依頼内容は性能確認だけですので問題ありません」

　そして、俺とリリウムは冒険者をレイゾウコまで案内し、性能の説明をおこなった。

　俺たちの話を聴いていた男性は、時折、感嘆《かんたん》の声を漏らしていた。

「こちらの作物、本当に数日前に収穫したものなのですか!?　全然腐ってないですし、このまま普通《ふつう》に調理して食べられそうです………こ、これは、凄い……！」

「腐りやすい葉物でも数日ならば保管できますよ。ただ、先程《さきほど》も説明した通り、こちらの女性……リリィが居なければ、一日で使用できなくなるという問題点があります」

「なるほど……このレイゾウコはリリィさんの成果物なのですね」

俺の隣《となり》で助手のように佇《たたず》んでいたリリウムは、一瞬ドヤ顔を浮《う》かべたと思ったら、すぐに首を横に振《ふ》って、

「それは違います。このレイゾウコは、私たちパーティーみんなで作ったものです。ウィッシユが、村の人たちのためにという想《おも》いで動いたから出来たモノです」

パーティーメンバー全員の言葉を代弁するように答えた。

「ふふふっ、そうですか。やはりウィッシュさんはリーダーに相応《ふさわ》しい方のようだ」

「俺が、ですか？」

「ええ。問題意識を持って、みなの目標を作る。そして、仲間に各々《おのおの》の得意な役割を与《あた》え、行動させる……まさにリーダーですよ」

「そんな……買いかぶりすぎですよ」

褒《ほ》められた俺以上に喜ぶリリウム。その横顔を見て、なんだか俺は照れてしまった。

「収穫した作物は、すぐに食べる——我々の常識ですが、もし、その常識を覆《くつがえ》すことができたら生活に大きな変化が生まれます。そして、この変化は大きなお金《ルピ》も生みだすでしょう。私のリーダーは、お金の匂い非常に敏感《びんかん》な方でしてね……こうして部下の私に役割を与えたのですよ」

そう言って、男性は身分証である手形を取り出し、俺に見せてくる。

「……ん？　…………………ニーベール共和国、商人ギルド本部所属……副ギルド長⁉」

「え！　めっちゃ偉《えら》い人じゃん！」

驚きのあまり、リリウムも素の性格が出てしまっていた。

「私は商売のことには疎《うと》いですが、戦闘には慣れてましてね。こうして、ザッケン村まで派遣されてきたのです。そのおかげで、今日は大変貴重なものを拝むことができました」

「は、はぁ……」

商人ギルド本部の副長様――普通であれば、一介《いっかい》の商人である俺なんかが接触できる相手ではない。功績を挙げ、世界的に認められた商人でなければ謁見《えっけん》できないような方だ。

緊張《きんちょう》からか、変な汗《あせ》が流れてくる。

その後、俺は一通りの説明を終え、副長様を村の入り口まで送った。


「ウィッシュさん、今日はありがとうございました」

「い、いえいえ」

結局、俺は最後まで緊張しっぱなしだった。

「あのレイゾウコは、たしかに革新的なものです。ですが、私個人としては、これを生み出したウィッシュさんたちに興味が湧《わ》きました」

「リリィはともかく、俺は普通の商人ですよ……本当に」

「先程、お話したリーダーの資質――それは、仲間からの信頼《しんらい》の厚さが何よりも重要だと思っております。良い仲間に恵《めぐ》まれたウィッシュさんは、これから面白《おもしろ》いことをやってくれそうな気がします」

副長様はカバンから一枚の羊皮紙を取り出し、俺に手渡《てわた》した。

「これは？」

「ギルド本部発行の特別紹介状《しょうかいじょう》です。もし、ルーヴィッチに立ち寄ることがあったら、役人に見せてください。ニーベール共和国内で活動しやすくなりますよ」
マ、マジか……なんか、とんでもない人脈を築くことに成功したようだぞ……！
俺たちは副長様に感謝を述べ、ルーヴィッチ出立の見送りをする。

「ルーヴィッチまでの帰途《きと》、長い道のりでしょうけど、道中気をつけてくださいね」

「ウィッシュさんも村人のみなさんもお気をつけて。こちらの地域で魔竜フォルニスが出現したという報告も来ておりますから」

「は、はい……気をつけます……はははは」

「それに、つい先日、あの勇者レヴァン様が敗走したという話も流れてきております。こちらは真偽《しんぎ》不明ですが、もし本当だとしたら大変なことです。念のため村の守備を固めておいたほうがよいかと思いますよ」

え……レヴァンが⁉　敗走⁉

副ギルド長は「それでは！」と言って、村を離《はな》れていった。

俺は暫《しばら》くの間、いつもより少し寒さを感じる村内で、昔のパーティーメンバーのことを考えていた。

◇◆◇◆◇◆◇◆◇◆◇◆

副ギルド長が村を訪《おとず》れた日の数週間後。

ノアたちが眠《ねむ》る中、いつものように朝支度をしようと外へ出たところ――

「おい、お前ら！　さっさと出せぇ！」

聞き覚えのある声が耳に届いてきた。

……おいおい、またかよ。

村の入り口へ行くと、予想通り、声の主はリングダラム王国の役人ローガンだった。

いつかのように、お付きの兵士を連れて村人たちに言い寄っているようだ。

「ああ、ウィッシュさん、ちょうどいいところに来てくれました。またローガンが来て、無茶苦茶《むちゃくちゃ》言ってるんですよ」

俺の姿を確認した村人が声をかけてくる。

「懲《こ》りない奴《やつ》だなぁ……。それで、今回は何を要求してきてるんですか？　食料ですか？」

前回、腰《こし》を抜かして逃《に》げたのに、よく顔を出せたものである。

しかし、俺は波風を立てずに事を処理しなければならない。今の俺は村のリーダーなのだ。

「それが……」

村人の答えを聞く前に、

「いいから、早くレイゾウコとかいうやつを出せ！」

ローガンの口から目的物の名前が出た。

「レイゾウコ？　なんでローガンがレイゾウコを欲《ほ》しがってるんだ？」

隣国《りんごく》のお偉いさんが訪ねて来るくらいだ。リングダラム王国の役人がレイゾウコの確認に訪れることは予期できていた。

……しかし、よりにもよってローガンかよ……国のためじゃなくて、私利私欲のために使おうとしてるよな……間違《まちが》いなく。

「んんッ!?　お前、あの時の!?」

俺の存在に気づいたローガンが声をあげ、睨《にら》みつけてくる。

「その節はどうも。俺はウィッシュといいます。この村のリーダーを任されておりますので、何か用件があればお聞きしますよ」

「リーダーだとぉ？　この前は、よくも変な幻術魔法《げんじゅつまほう》でオレを騙《だま》しやがったな！」

「……え？」

何のことだろう？　……もしかしてフォルニスのこと、幻術で生み出した幻《まぼろし》とでも思《おも》い込《こ》んでいるのだろうか？

「とぼけやがって！　まぁいい、今日は強力な助《すけ》っ人《と》を連れて来ているからな！　この前のようにはいかんぞ？」

そう言うと、ローガンは強気な表情を浮かべ、後ろに控《ひか》えていたお付きの兵士たちを前へ出るよう促《うなが》した。

「――ふんっ。この辺境の村に、そんな大層なブツがあるとは思えんが？」

「おいおいっ、今日のところは大人しく従っておこうぜッ。最近、受注した依頼が失敗続きで、活動資金どころか生活するための金もなくなってきてんだ。今日、報酬《ほうしゅう》を貰《もら》わないとマジでヤバいぜ！」

不遜《ふそん》な態度の細身の男と、銀色の甲冑《かっちゅう》を身に纏った体格の良い男。村を見渡《みわた》しながら目の前に登場した二人の男は、ローガンの兵士などではない。

——俺のよく知る相手だった。

「レヴァン⁉」

「ふはははは ッ！　驚《おどろ》いただろう！　今日は特別に、勇者レヴァン様が護衛役として同行しているのだ！　ウィッシュとか言ったか？　言うことを聞かないと痛い目に遭《あ》うぞ？」

勝ち誇《ほこ》ったように大きな声で笑うローガン。

「んん⁉　お、おい⁉　なんでウィッシュがここに居るんだ⁉」

しかし、驚いていたのは、勇者の連れ——聖騎士ガリウスのほうだった。

「…………」

レヴァンは、無言で冷たい視線を俺に突き刺《さ》してくる。

「これはこれは！　レヴァン様、こやつと知り合いだったとは……それなら話は早い！」

俺にはローガンの下品でデカい声に返す言葉はない。

それよりも——

「レヴァン……無事だったのか…………良かった……！」

元仲間が元気で居てくれたことに安堵《あんど》していた。

パーティーを追放されたとはいえ、共に活動してきた仲間である。

レヴァンが敗走したという話を聞いてから、ずっと安否が気になっていた。

「……なんだと？　勇者の僕《ぼく》を愚弄《ぐろう》しているのか？　僕はお前ごときに心配されるほど、落ちぶれてはいない！」

一方のレヴァンは俺との再会を喜ぶどころか、不機嫌《ふきげん》さを露《あら》わにしていた。

「お、落ち着けって、レヴァン。一応、オレたちは役人に依頼されて来た護衛役だぜ？　ウィッシュが居るのは謎《なぞ》だが、レイゾウコとやらを出させるには好都合な状況《じょうきょう》だろ？」

……なんだか暫く見ない間に、レヴァンとガリウスの顔は少しやつれたように思える。

俺がパーティーを抜けた後、レヴァンたちにも色々あったのだろう。

ただ……俺には、それ以上に気になっていることがあった。

「ノエルとパルはどうしたんだ？　一緒《いっしょ》じゃないのか？」

賢者《けんじゃ》ノエルと魔法使《まほうつか》いパルの姿が見当たらない。それに、俺の後釜《あとがま》となった暗殺者《アサシン》のニーザも、この場には居なかった。

「ふんっ！　あんな腰抜《こしぬ》け共のことなど、今はどうでもいい。それよりもウィッシュ、お前がこの村と関わりがあるなら、村人たちにレイゾウコという冷却《れいきゃく》道具を持って来させろ。

さっさとしないと、元メンバーといえど容赦《ようしゃ》はしないぞ」

レヴァンは、腰にかけている剣《けん》の柄頭《つかがしら》に手を当てて凄《すご》んでくる。

「おい、お前ら村人たちも聞いているか!?　人類の希望であり、神レピスの使者でもある勇者レヴァン様のお言葉だぞ！　命令に従え！」

声を荒《あら》らげるローガン。その顔には余裕《よゆう》が感じられるが——

「あぁん？　勇者だと？　そんなヤツの言うこと、俺《おれ》たちが聞くわけないだろ！」

「私たちの希望は、ここに居るウィッシュさんです！　あなた方のように、奪《うば》うだけで何もしない人たちに尽くす礼は、どこにもありません！」

「勇者なんて、所詮《しょせん》レピスの犬だろ！　とっとと村から追い出せ！」

村人たちから一斉《いっせい》に非難の声があがると、ローガンの表情は一瞬で曇《くも》った。

「なッ!?　貴様らぁ！　勇者を馬鹿にすると、どういうことになるかッ——!!」

「……どけ、ローガン。どうやら、卑《いや》しい田舎者《いなかもの》には人間の言葉が通じないらしい。剣で分からせてやる必要がある」

レヴァンは柄頭に当てていた手を剣の握り部分へと動かす——

マズい！　このままだと、村の人たちに怪我人《けがにん》が出てしまう！

どうする!?　希望の光《ウィッシング・ユー》をレヴァンに使って、事を収めるか!?

……いいや、武力で解決するのはダメだ！　話し合いで何とかしたい！

俺が頭の中でアレコレと思案していた、その時だった――

「お、おい⁉　なんだ、あれは！　デカい影《かげ》が、この村に向かって来やがるぞ⁉」

聖騎士ガリウスが空を指差して叫《さけ》んだ。

その場に居た全員が、ガリウスの指差す方向へと目を向ける。

「………お？　あれは――」

俺が、村に飛んでくるデカい影の正体を確認するのと同時に、

「ま、魔竜フォルニスッッッ⁉　幻じゃなかったのか⁉」

ローガンが、ガリウス以上の驚愕《きょうがく》の声を張り上げた。

「おぉー、フォルニスさんだ」

「そういえば、今日遊びに来るって話だったたっけ？」

ローガンとは対照的に、緊張感なく話している村人たち。

「おい！　何を呑気《のんき》に話している！　クソッ、せっかくの金儲《かねもう》けが………。いいや、今回は勇者様が居られる！　勇者レヴァン様なら伝説の魔竜といえど、簡単に討伐《とうばつ》して――」

「………ぅ……ぁ……ぅぁぁ……フォ、フォルニス……こ、こわい、たすけてッ……」

レヴァンは青ざめた顔で全身を震わせていた。精神を折られ、意気消沈《いきしょうちん》しているようだ。

その顔には、なぜか死相のようなものが浮かんでいるようにも感じる。

そして――

「逃げろおおおぉ!!」

ガリウスの掛《か》け声を合図に、レヴァンたちは一目散に村から逃げ出していった。

取り残されたローガン一味は、その光景を見た直後、

「こ、こんな村、二度と来るかあああぁぁ!!」

レヴァンたちを追うように、村を飛び出していった。

「…………無事、解決かな。ははっ」

その後、安堵した俺は乾《かわ》いた笑《え》みを漏らし、フォルニスを村へ迎《むか》え入れる。

「？」

状況が分からないフォルニスは、大きな頭を横に傾《かたむ》けていた。

改めて村人たちにフォルニスを紹介《しょうかい》した後、家に戻ると――

「ちょっと！　朝からどこ行ってたのよ!?　起きたらウィッシュが居なかったから、心配しちゃったじゃないっ！」

家の前で立っていたリリウムに怒《おこ》られてしまった。

「お？　心配してくれてたのか？」

「ち、違《ちが》うわよっ！　そ……そのぉ……」

リリウムの温かい『魔心《まごころ》』が俺に届いてくる。

「ふふっ、ありがとな」

こうして俺のことを気遣《きづか》ってくれる仲間がいる――

昔の仲間のことは大切だが……今の俺は、ノア、リリウム、ミルフィナのパーティーメンバーであり、村のリーダーなのだ。

「ほ、ほらっ。家に戻って、お仕事の支度するわよっ！」

照れたように言うリリウム。

俺には信頼できる仲間が隣にいて、帰るべき家もある。

「ただいま」

ただいま、を言える家。

「ウィッシュ兄、おっかえりぃ！」「ウィッシュさん、おかえりなさい」

おかえり、と言ってくれる仲間。

何の変哲《へんてつ》もない日常の中で、俺はその幸福を身に沁《し》みて感じていた。

この仲間がいれば何でもできる、心からそう思っている。そう思わせてくれる。

「今日も一日、がんばろーねっ！」

「おう！　ミルフィナも野菜の手入れ頼《たの》んだぞ！　間違っても、収穫《しゅうかく》前のやつを食べたりするなよな？」

「そんなことしないも〜ん！　まったく、ワタシを食《く》いしん坊《ぼう》みたいに言ってくれちゃってさっ。リリィからも言ってあげてよぉー」

「いや、ミルは食いしん坊でしょ…………くんくん、食べ物の話をしてたからかしらね……何か良い匂いがしてきたわよ？」

ミルフィナに負《ま》けず劣《おと》らず、リリウムも食い意地が張ってるんだよな。

「くんくんっ……あぁ！　ノアお姉ちゃんが手に持ってる袋《ふくろ》から、良い匂いがするぅ！」

「あはは、バレちゃいましたかぁ。実は、今日のおやつにと思って、お菓子《かし》を焼いてみました。３人分ありますので、休憩《きゅうけい》時間に食べてくださいっ」

ノアは三つに分けられた小袋《こぶくろ》を、それぞれ俺とリリウムとミルフィナに手渡した。

「うわぁ、美味《おい》しそうなお菓子ねぇ！　ありがとう！　ノア！　畑仕事に疲れたら頂くとするわ」

「……じぃー」

ミルフィナは袋の中を確認した後、なにやら俺の持ってる袋に視線を向けてきている。

……嫌《いや》な予感がする。

「な、なんだ？　ミルフィナ？　ほらっ、今日のお仕事に行くぞっ」

「……なんかウィッシュ兄のお菓子のほうが大きい気がする」

そんなわけないだろ……。

とか思っている間に、ミルフィナに俺の袋を奪われてしまった！

「あっ、こらっ！　俺の分を取るなよー！」

「へへーんだっ、いっただきぃ〜〜〜！」

悪戯《いたずら》っ子のように笑うミルフィナ。

まぁ、俺とミルフィナの袋を交換《こうかん》しただけだから別にいいか……。

「ミルちゃん！　ダメですよおおおおお！」

なぜかノアが大声をあげ、ミルフィナが開けようとしていた袋に手を伸ばしていた。

「……？」

ミルフィナはノアの反応に首を傾《かし》げながら……しっかりと袋を開けていた。

「ダメですダメですダメですぅ！　むしろ、ウィッシュさんのお菓子だけ小さいです！

ミルちゃんのほうが形は大きいので、そっちを食べてくださぁい！」

え……そうなの……ちょっとショック……。

俺だけ小さいのか……へ、へぇ、そうなのか……うぅ。

知りたくなかった情報を知ってしまい、俺は人知れず落ち込む。その横で、リリウムが無言で俺の肩《かた》に手を乗せてきた。ニヤけた表情が腹立たしい。煽《あお》ってきているようだ。

「……あっれぇ？　ウィッシュ兄のお菓子、変な形してる～。お尻《しり》っぽ～い！　ワタシのは真ん丸だったのにぃ～、もぐもぐっ」

「あぁ！　ミルちゃ～ん！　食べないでくださいよぉ～～～！　えーん」

子供のような困り顔で泣くノア。

俺は、その様子を見て――

「ふふっ」

「もうっ、ウィッシュさんも笑わないでくださいようぅ」

思わず笑ってしまった。

「ノア、どんまーい。だいじょーぶ、チャンスはいくらでもあるって！」

「リリウムさん！　余計なこと言わないでくださいようぅ」

「もぐもぐ」

「ミルちゃん⁉　ウィッシュさんのお菓子、全部食べちゃってるじゃないですかぁ！」

「えへへ〜、ごめぇん、美味しくて、つい……もぐもぐ」

「口に食べ残しが付いちゃってるじゃないですか、もうっ。……ふふっ」

ミルフィナの口を拭《ふ》くノアの顔——言葉とは裏腹に、幸せそうに笑っていた。

世界から弾《はじ》き出され、居場所を失っていた一人の少女。

絶望の中で光を見つけられず、自分を不必要な存在だと言っていた少女。

その少女が、今、目の前で幸せそうに笑っている。

「……私たち、ちゃんと生きる意味になれているのかしらね」

リリウムが、そっと囁《ささや》いた。

「このお菓子が、答えじゃないか？」

「ふふっ、そうね」

異世界からの転生者、オリベノア。

俺たちが彼女《かのじょ》の希望となって道を切り拓《ひら》いていくんだ。

「……ノア、か。レピシアでは聞き慣れないけど、良い名前だよな」

ふと、思ったことを口に出してみた。

「えっ、そ、そうですか？　あ、ありがとう……ございますっ」

ノアは照れたように頬《ほお》を染めている。

「どういう意味なんだ？」

「乃愛《のあ》——人に愛を与えられる人間になってほしい、という願いが込められているそうです。それと、お話の中に登場する人物の名から頂いたみたいです」

「へぇ～、それってノアが暮らしていた世界の話よね？　どんな人物なの？」

「家族や仲間を大洪水《だいこうずい》から守るために、方舟《アーク》を作って救ったという人です。神様から信頼されていたという話を読んだことがあるので、私とは正反対ですね」

ノアは自嘲《じちょう》気味に笑った。

「そんなことないよ！　ワタシはノアお姉ちゃん、信頼してるもん！」

「ミルちゃん……ありがとうございますっ」

「そうよ。それに、ノアは愛を与えているでしょ？　このお菓子だって——」

「あぁ！　リリウムさん、また余計なこと言おうとしてますねぇ!?」

ミルフィナとリリウムの言葉に、再びノアに元気が甦《よみがえ》る。

「家族……仲間……方舟……」

「ウィッシュ兄、どうしたのぉ？」

「方舟……アーク……そうだ……うん！　そうか！　そうなんだ！　それがいい！」

「ちょっと⁉　一人でブツブツ呟いて勝手に納得《なっとく》しないでよ⁉　何が、それがいい！　のよ⁉　意味不明すぎてビビるわよ……」

「名前だよ、名前！　村の名前！　アークにしよう！」

「ウィッシュさんが任されていた件ですよね。でも、アークとは？　なぜ方舟を？」

「俺たちは自分たちの居場所を失って、漂流《ひょうりゅう》していた途中《とちゅう》でノアと出会ったんだ。そして、ノアに居場所を貰った。俺たちは救われたんだ！　この村に！　ノアに！」

生きる意味になっていたのは、ノアも同じ……。

俺たちにとっての希望の光であり、嵐《あらし》の後に架《か》かった虹《にじ》――それがノアだったんだ。

「……そっか……うん！　その通りね！　アーク、良い名前じゃない！　気に入ったわ！」

「ワタシも賛成！」

ネーミングで奇跡的《きせきてき》に通じ合うリリウム。そして女神《めがみ》ミルフィナ。

「俺たちは一緒に方舟に乗る仲間だ！　目指す先は決定していないけど、この先、何があろうと俺たちは仲間だ！　一緒に乗り越《こ》えて行こうぜ！」

俺がノアに微笑《ほほえ》みかけると――

「…………はい！」

少女の瞳《ひとみ》から、希望の光が滴《したた》り落ちた。

エピローグ

「えええ⁉　リリウムが元魔王《まおう》⁉」

あまりの驚きに、俺は素《す》っ頓狂《とんきょう》な声をあげてしまう。

「ちょ、ちょっと、ウィッシュ⁉　ここで、そんな大声を出さないでよねっ……」

「あ、ああ……スマン。衝撃《しょうげき》すぎて、つい……。ってか、魔王ってザイオンってやつじゃなかったのか……」

「は？　それ、いつの魔王よ」

「たしか、リリィの2代前の魔王だね〜〜〜。それにしても、その元魔王様が、こうしてアストリオンに堂々とやって来てるなんて、不思議だよねぇ〜！」

俺たちは樹海で収集した素材を売るため、フォルニスに乗ってアストリオンに来ていた。

人の多さと埃《ほこり》っぽさが漂《ただよ》う街の匂いに、なんだか懐《なつ》かしさすら覚えていたのだが……。

アークから半日で到着《とうちゃく》したことにも驚いたのだが、まさか、それ以上の驚きを受けることになるとは。

「ミルフィナは知っていたのか……」

「まーねっ。だって、リリィが魔王やってたのって最近だもん」

軽い口調で言い放つミルフィナだが、その手には当然のようにパンが握られている。

……きっと、最近ではないな。

「ってことは、リリウムは魔王から幹部に降格させられた挙げ句、その後クビにまでされてしまったということか……その……なんか、あれだな」

「そんな憐《あわ》れむような目で私を見るなぁ！」

「リリウムさんはリリウムさんですよ。元魔王でも、私たちの大切な仲間です」

「ノアぁ、ありがとう!!」

リリウムはノアに抱《だ》き付いて、頭や頬などを撫《な》でている。

最近……か。そういや魔王軍って、ここ数十年の間、レピシアの都市に攻《せ》め込んでこなかったんだよな。リリウムが魔王やってたから……なのかもしれない。

「それよりウィッシュ兄、この教会に用があったんじゃないのぉ？」

……そうだった。

俺は、今まさにレピス教会の建物に入ろうとしていたのだ。そこでリリウムから、自分が元魔王だったと打ち明けられたんだ。元魔王だから教会には立ち入らない、と。

「すみません。私はリリウムさんと一緒に外で待ってますね。私も入りづらいですし……

それに、リリウムさんに付いてあげていたいんで」

「わかった。じゃあ、ミルフィナと行ってくるから、ちょっと待っててくれ」

「んー？　ワタシも入らないよぉ？」

「え、なんで？」

リリウムとノアの事情は分かるけど、ミルフィナは自分の家みたいなもんじゃないのか。

「ワタシ、天界を追い出された時に決めたの。お父様や教会の人たちとは距離《きょり》を置くって。

ワタシの目標が達成されるまで……希望が叶《かな》うまでは、帰らない」

そして、ミルフィナは――お父様たちに認めてもらうんだ、と真剣《しんけん》な顔で呟いた。

ミルフィナの願い。それは、人間と魔族《まぞく》が争わず、お互《たが》いが平和に暮らせる世界をつくること。そのために、俺たちに力を貸してくれているんだ。

「……うん、わかった」

ミルフィナの気持ちは充分《じゅうぶん》に伝わってきた。

「それに！　今のワタシのお家は、アークだからね！」

「ふふっ、そうだったな。じゃあ、アークに早く帰るためにも、用事を済ませてくるよ」

俺はレピス教会の扉《とびら》を開け、中へと入る。

勇者パーティーを追放された後、立ち寄った教会。

俺は再び、こうして戻《もど》ってきた。あの時と同じく一人だが、今の俺には後ろに仲間がいる。

あの時とは違い、胸を張って司祭様《プリースト》の登場を待つ。

「憐れな子羊よ。レピス神を崇拝《すうはい》する我ら教会へ、よくぞおいで下さいました。レピス神の赦《ゆる》しと愛を受け取りに参られたのですね」

司祭様が奥《おく》の部屋から現れた。

「いいえ、違います」

「ふむ？　………おや？　よく見れば、貴方《あなた》は以前、教会に参られた旅の方では？」

「はい、そうです。その節は大変お世話になりました」

「いえいえ。我らレピス教会は、巡礼《じゅんれい》の行いをする者へ慈悲《じひ》と恵みを授《さず》けただけです。それで、巡礼の儀《ぎ》を終え、こうして戻ってきたのですね？」

「いいえ、違います」

「……？」

俺が教会へ来た目的。それは――

「あの時に頂いた３０００ルピを、お返しに来ました。旅の巡礼は途中で中止し、目的地に行く必要が無くなりました。ですので、ルピを返納しに参りました」

　ルーヴィッチの教会に返すつもりだった３０００ルピ。素材を売ったお金《ルピ》で、なんとか額を揃《そろ》えることができた。頂いた施《ほどこ》しは、しっかりと返さなければならない。

「なるほど、そうだったのですか。巡礼をお止めになったことは残念ですが、きっと我らが神レピスも深い慈悲で見守ってくれることでしょう」

「ああ……えっと、すみません。俺、ミルフィナ教の信者なんで！」

　そう言って、俺は司祭様に会釈《えしやく》した。

「ミルフィナ……教？　そんな神、聞いたことありませんよ〜〜〜」

　教会を出る時、司祭様の困惑《こんわく》の声が耳に響《ひび》いてきた。


　こうして、アストリオンでの目的を果たした俺たちは、自分たちの家——アークに帰ることにしたのだが……、

「ウィッシュ兄、どうしたの？」

　街中で足を止めてしまった。

　——俺の視界に、もう一つ大事な目的が飛び込んできたから。

「そんなとこに突《つ》っ立ってないで、はやくアークに帰るわよ？」

あの時の俺は何の力も持っていなかった。何の力にもなれなかった。

でも……今なら……。

「あの女性は……」

俺の視線の先にいる女性——ノアは、その女性を見て声を漏《も》らした。

女性はボロボロに乱れた服を着て、道の隅《すみ》でひっそりと座《すわ》っている。

誰《だれ》にも気づかれず、誰にも存在を認めてもらえない。そんな不条理な世界で、もがき生きることに諦《あきら》めてしまっている……そんな風に俺の瞳に映った。

「ミルフィナ。人間と魔族が争うのはダメだよな？　でも、人間と人間が争うのも絶対に良くないよな？」

「うん！　もちろんだよ！」

「リリウム。人間には醜《みにく》い部分がたくさんある。それでも、一緒に活動してくれるか？」

「もちろんよ！　魔族も人間も大して変わらないわ。良いところも悪いところもある！」

「ノア……俺は……居場所を失くした人たちの、希望の光となるような場所をつくりたい。そのためにはノアの力が必要だ。力を貸してくれるか？」

「はい！　もちろんです！」

パーティーメンバー全員が頷《うなず》いて、俺を後押《あとお》ししてくれる。

嫌なことや理不尽《りふじん》なことに向き合う必要なんかない。

生き方に正解も王道もない。

だから――

「もし、今の状況や環境《かんきょう》が辛《つら》かったら、俺たちと一緒に来ませんか？」

俺は女性の前に立ち、そっと手を差し伸《の》べた。

あとがき

いきなりですが、皆様に御報告があります。

なんと本作……、
コミカライズが決定いたしました！

いや～、驚きました。本当にビックリです。ええ、1行開けしてしまうくらいの驚きです。歓喜のあまり、自己紹介を忘れて真っ先にお伝えしてしまいました。

こちら、「コミックファイア」様でWEB連載される予定ですので、お楽しみに！

それでは改めまして――

本書を手に取っていただき、誠にありがとうございます。

こうして無事に出版できましたこと、拙作に関わって下さった全ての方々へ、そして、全ての読者様へ感謝を申し上げます。本当に、ありがとうございます。

「面白かった！」と言ってもらえる作品をつくるために私は作家になりました。少しでも「面白かった！」と感じていただけましたら、この上ない悦びです。

さて、本作はHJ小説大賞2020前期の受賞作を改題、改稿したものになるのですが、応募作との大きな変更点がメインヒロインの交代です。応募作では女魔族のリリウムがヒロイン格だったのですが、書籍化するにあたりノアへ変更することになりました。

今後、ノアがヒロインとして活躍できるかどうかは彼女の頑張り次第。まずは、主人公以上に堂々と表紙に載っているリリウムから、その座を奪うくらいには頑張ってもらいたいところです（笑）。

本作はWEB小説で人気の「追放もの」の話であり、私自身好きなジャンルの一つでもあるのですが、常々「追放もの」を読んでいて思っていたことがありました。

それぞれの作品の追放された主人公たちが一緒にパーティー組めば最強じゃん、と。

もう、お前らでパーティー組んじゃえよ、と。

そんな感じで「楽しい妄想」を膨らませた結果、自分で執筆することに。

改稿で変わったところは多々あるのですが、「明るく前向きに、楽しく生きていく」という当初の作品の空気感は、書籍になっても変わることはありませんでした。これは、私が「明るい追放もの」を思い浮かべ、そんな物語になればいいなと願って書いたからに違いありません。そして今後も、このユルい感じの世界観が変わることはないでしょう。

以下、謝辞になります。

本作の「明るく楽しい」という部分を評価していただき、世に送り出して下さった担当編集様。内容以外の様々な部分にまで私の意見を反映していただき、感謝しております。

素敵なイラストを描いていただきました、福きつね様。私の想像していたキャラクターたちが私の想像を超えて世に現れたことに、現在進行形で感動しております。デザイン案やラフを含め、全てが私の宝物です。

HJ小説大賞2020の選考に携わって下さった、編集部を始めとする全ての関係者様。また、カバーデザイン担当者様、校正、校閲担当者様や営業担当者様。本書の制作に御尽力下さった、全ての方々へ感謝を申し上げさせていただきます。

そしてそして、最後まで読んでいただいた読者の皆様へ、最大の感謝を！

長いタイトルなので、略称の「最強スキル《弱点看破》」だけでも覚えていただけると幸いです。（あれ？　私の自己紹介したっけ？　…………まぁいっか）

二〇二二年一月吉日　迅　空也

HJ文庫 https://firecross.jp/
982

役立たずと言われ勇者パーティを追放された俺、最強スキル《弱点看破》が覚醒しました1
追放者たちの寄せ集めから始まる「楽しい敗者復活物語」
2022年2月1日　初版発行

著者――迅 空也

発行者―松下大介
発行所―株式会社ホビージャパン
〒151-0053
東京都渋谷区代々木2-15-8
電話　03(5304)7604（編集）
03(5304)9112（営業）

印刷所――大日本印刷株式会社

装丁――coil／株式会社エストール

Printed in Japan

ISBN978-4-7986-2717-5　C0193

ファンレター、作品のご感想
お待ちしております

〒151−0053　東京都渋谷区代々木2−15−8
(株)ホビージャパン HJ文庫編集部 気付
迅空也 先生／榎きつね 先生

HJ文庫毎月1日発売！

追放されるたびにスキルを手に入れた俺が、100の異世界で2周目無双 1

追放されるたびに強くなった少年が、最強になってニューゲーム！

100の異世界で100の勇者パーティから追放されたエドは、自らが追放された世界が迎えた悲惨な結末を知り、全てをやり直して世界を救うことを決意した！　1週目で得た知識＆経験と、追放されるたびに獲得した超強力スキルをフルに使って2週目の世界で無双する!!

著者／日之浦 拓
イラスト／GreeN

発行：株式会社ホビージャパン